भट्ठी
में
पौधा

भट्ठी में पौधा

(कहानियाँ अपने समय और समाज की)

कमल चोपड़ा

वाणी प्रकाशन

वाणी प्रकाशन
4695, 21-ए, दरियागंज, नयी दिल्ली 110 002

शाखा

अशोक राजपथ, पटना 800 004

फ़ोन : +91 11 23273167 फ़ैक्स : +91 11 23275710

www.vaniprakashan.in
vaniprakashan@gmail.com
sales@vaniprakashan.in

BHATTHI MEIN PAUDHA
by Kamal Chopra

ISBN : 978-93-87648-89-0
Short Stories

प्रथम संस्करण, वाणी प्रकाशन

मूल्य : ₹ 395

सिटी प्रेस, दिल्ली-110 095 में मुद्रित

वाणी प्रकाशन का लोगो मक़बूल फ़िदा हुसेन की कूची से

अनुक्रम

सर्वभूतेषु

देवियाँ थीं कि प्रगट नहीं हो रही थीं। हलवा-पूड़ी-छोले सब-कुछ तो तैयार कर चुकी थी विमला। इन्तजार था तो बस कन्याओं का। मुहल्ले में से पूजन के लिए नौ कन्याएँ जुटाना मुश्किल हो रहा था, लेकिन...उसके पति गुप्ताजी कभी इसके घर, कभी उसके घर जा-जाकर कन्याओं को आमन्त्रित कर रहे थे। गिने-चुने घरों में कन्याएँ थीं, जो थीं वो भी छोटी-छोटी लाल-लाल चूड़ियाँ पहने कभी इसके घर, कभी उसके घर आ-जा रही थीं। नवरात्रों का अन्तिम दिन था आज।

आसपास के सभी घरों से टेपरिकॉर्डरों पर माता की भेंटों की ऊँची-ऊँची आवाजें आ रही थीं। पूरा माहौल श्रद्धा और भक्ति में डूबा हुआ था।

पाँच कन्याएँ आ चुकी थीं। सामनेवालों की लड़की रिंकी को विमला ने आवाज देकर बुला लिया। शर्माजी की दोनों बेटियों को गुप्ताजी स्कूटर पर बिठाकर ले आये थे।

"ये हुईं कुल आठ...होनी चाहिए नौ। एक और आ जाये तो...।"

"अब एक कहाँ से आये? पूजा ही तो करनी है।"

"नहीं, पूरी नौ होनी चाहिए।"

"छोड़ो, क्या फर्क पड़ता है?"

"बाद में कुछ हो-हवा गया तो...मुझे खामखाह का वहम रहेगा?"

"एक के हिस्से का परशाद निकालकर रख दो, बाद में किसी को दे देना, और नहीं तो मन्दिर भिजवा देना।"

"लेकिन...।"

तभी रिंकी बोली, "आंटी...मैं एक लड़की को बुलाकर लाऊँ!"

"हाँ-हाँ...जा बुला ला।"

कुछ देर में रिंकी नौवीं कन्या को बुलाकर ले आयी थी। एकसाथ नन्ही-नन्ही नौ देवियों को अपने घर आया देखकर विमला का चेहरा खिल उठा था।

घर में बने छोटे-से मन्दिर में रखी माता की मूर्ति की पूजा करने लगी थी विमला।

फर्श पर बिछी साफ चादर पर नन्ही देवियाँ आपस में फुसफुसा रही थीं, "मुझे ना, सिमरन आंटी ने ना ये चूड़ियाँ दीं...देखो...और साथ में पाँच रुपये भी!"

"मुझे भी...और बैंकवाली आंटी ने भी मुझे दस रुपये दिये...।"

"मेरे पास तो कुल बीस रुपये जमा हो गये।"

"और मेरे पास सत्ताईस...खी...खी...।"

उनकी खिलखिलाहट विमला की पूजा में संगीत का-सा आनन्द दे रही थी। थोड़ी पूजा करने के बाद विमला ने जयकारा लगाया, "बोल, साँचे दरबार की जय...बोल सच्चियाँ जोताँवाली माता तेरी सदा ही जय हो...!"

जयकारा लगाते हुए कन्याएँ खिलखिला रही थीं। विमला और उसके पति ने मिलकर एक-एक करके सभी कन्याओं के पैर धोये और उन्हें एक लाइन में बैठा दिया। 'जय माता दी, जय माता दी', कहते हुए सभी कन्याओं के हाथ पर धागे बाँध, बारी-बारी से सबके सिरों पर छोटी-छोटी लाल चुनरियाँ ओढ़ाईं।

रह-रहकर कच्ची धूप-सी पवित्र और मासूम-सी खिलखिलाहट गूँजने लगती। एक की हँसी थमती, तो दूसरी कन्या खिलखिलाने लगती।

कन्याओं को तिलक लगाकर विमला ने नारियल फोड़ा। उसकी गरियाँ सभी कन्याओं को थमाईं और फिर सभी कन्याओं के आगे हलवा और पूड़ी-छोले रखने लगी–

"लो परशाद ग्रहण करो, देवियो...।"

कन्याएँ छोटे-छोटे टुकड़े तोड़कर खाने लगीं।

बिना बात हँसी छूट रही थी कन्याओं की। और भी घरों से हलवा-पूड़ी खा चुकी थीं। देवियों को एकाध दाना और छोटा-छोटा पूड़ी का टुकड़ा खाता देखकर विमला ने कहा, "खाओ वई, परशाद खाओ।"

"बस...और नहीं खाया जा रहा...।"

"बाकी का घर ले जाके खाएँगे।"

कुछ नहीं बोली विमला। गुप्ताजी कन्याओं को देने के लिए इधर-उधर से रेजगारी इकट्ठी कर रहे थे।

कन्याएँ हलवा-पूड़ी की पेपर-प्लेटें घर ले जाने के लिए लेकर उठने लगीं तो विमला ने कहा, "अरे रुको, रुको! दान-दक्षिणा तो लेती जाओ!"

बारी-बारी सबको एक-एक दस का नोट और एक-एक रुपये का सिक्का

देने लगी। ग्यारह रुपये लेकर हँसते हुए विमला को आशीर्वाद-सा देती हुई फूली नहीं समा रही थीं।

नौवीं कन्या को ग्यारह रुपये भेंट करते हुए विमला की नजर उसके चेहरे पर पड़ी। अनजान-सा चेहरा लगा उसे। बड़े प्यार से उसने पूछा, "ये कन्या भवानी कहाँ से आयी है?"

कन्या शरमाकर नीचे देखने लगी। विमला ने फिर पूछा, "कहाँ रहती हो कन्या भवानी! इस नन्ही देवी का नाम क्या है?"

नौवीं कन्या ने घबराकर रिंकी की ओर देखा। रिंकी की खिलखिलाहट भी एकाएक बन्द हो आयी थी। हैरान थी विमला, इन्हें क्या हुआ?

"आंटी, ये ना मेरी सहेली है। पिछली गली के कोनेवाले मकान में ऊपरवाली मंजिल पर रहती है। इधर नये-नये आये हैं किराए पर...मैं तो पहले से जानती हूँ इसको। ये ना मेरे साथ मेरी क्लास में पहले से पढ़ती है इसलिए..."

बेहद भोले और मासूम से चेहरे पर नजर डाली विमला ने; प्यार उमड़ आया उस पर।

"अच्छा...तो अपना नाम बता दो!"

नौवीं कन्या ने बहुत झिझकते और झेंपते हुए कहा, "मेरा नाम नसीम है।"

"नसीम?"

बिजली का कोई नंगा तार छू गया विमला को। उसे लगा जैसे उसके समूचे वजूद पर कीड़े-मकोड़े रेंगने लगे हैं। क्षणभर को उसे लगा जैसे उससे कोई बहुत बड़ी भूल हो गयी है। कोई महापाप हो गया है जिसका उसे दण्ड भुगतना पड़ेगा...!

उसके दिलोदिमाग पर आँधी-तूफान सा चलने लगा था। कई आसमान फटने लगे थे, लेकिन बाहर ऐसा कुछ नहीं हो रहा था।

गुप्ताजी का चेहरा भी एकाएक बदरंग हो आया था—ये कैसी भूल हो गयी? ये कैसी परीक्षा है माँ तेरी...

मुजरिम की तरह मुँह झुकाए खड़ी थीं रिंकी और नौवीं कन्या। दोनों एक-दूसरे को कनखियों से देख रही थीं।

कुछ नहीं सूझा था विमला को। एकाएक वह माता की मूर्ति की ओर मुँह करके एकदम उसके चेहरे को देखने लगी। माँ का चेहरा मुस्करा रहा था। माँ हँस रही है, माँ गुस्से में नहीं है। माँ नाराज नहीं खुश है, इसका मतलब जो हुआ उसमें कुछ भी गलत नहीं हुआ।

विमला ने फिर से नौवीं कन्या को गौर से देखा। एकदम मासूम और

भोला–सा चेहरा। एकदम भोली माँ की तरह एकदम मूर्ति की तरह। माँ की बालरूप मूर्ति पत्थर की नहीं प्राणवान मूर्ति! माँ...माँ...माँ...

आँखों से आँसू बहने लगे विमला के। जाने कब उसने पास पड़े फूल उठाकर नौवीं कन्या के ऊपर चढ़ाए और बोली–कन्या भवानी तेरी जय!

पवित्र संगीत की तरह नौवीं कन्या की खिलखिलाहट गूँजने लगी। रिंकी ने भी उसकी खिलखिलाहट में साथ दिया तो नौवीं कन्या ने कुछ पुष्प उठाकर विमला पर बरसाते हुए कहा–कल्याण हो!

उनकी खिलखिलाहट का पवित्र संगीत पूरे वातावरण को खुशनुमा बना रहा था।

हंस : नवम्बर, 2001

गन्दे

अपने वक्त से कुछ पहले ही काम पर चली आयी थी मीना। आमतौर पर इस वक्त तक वे लोग सोये होते थे और वह आकर कॉलबैल बजाकर जगाती थी उन्हें, पर आज कोठी का दरवाजा खुला था। मालकिन खुद झाड़ू लेकर फर्श की धुलाई में जुटी हुई थी। पानी बहकर बाहर तक आया हुआ था। उसने अन्दर घुसते हुए हैरानी जताई, "बीबीजी! आज क्या बात है? खैर तो है..."

उसे देखते ही मालकिन चिल्ला पड़ी, "खैर ही तो नहीं है...लेकिन तू? अन्दर मत आइयो...अन्दर मत आइयो!"

"क्या हुआ है?"

"तुझे नहीं पता? बड़ी भोली है ना? झूठी मक्कार, धोखेबाज, गन्दी कहीं की, ऐसी लगती तो नहीं थी तू...? पर तू तो बाहर ही रह। गेट के पास बैठ जा...काम निपटाकर बात करती हूँ तुझसे..."

ऊँचाई से एकाएक गिरकर बहुत नाजुक-से किसी सहारे से घाटी में लटक गयी थी वह-बीबीजी को क्या हो गया है एकाएक?

बड़बड़ाती हुई मालकिन उधर अपने काम में जुट गयी थी-ऐसी लगती तो नहीं थी हरामखोर लेकिन...

कल जबसे मालकिन को मीना की असलियत के बारे में पता चला था तो तब से मालकिन को लगने लगा था-जैसे वह घरभर में चल रहे गन्दे विषाणुओं की आँधी से घिर गयी है।

उनका सारा तप, विश्वास, नियम और पवित्रता सब भ्रष्ट हो गये हैं। अनजाने में उससे कोई बहुत बड़ा पाप करवा दिया गया है। अब वह नरक की भागीदार होगी। उसे लगने लगा था उसका सारा घर अपवित्र हो गया है।

हरएक वो चीज जिसे पिछले दिनों किसी-न-किसी रूप में मीना ने छुआ था, कल तक वो उसे ठीक-ठाक लग रही थीं लेकिन आज उसे वही चीजें बेहद गन्दी, अपवित्र, घृणित और कीटाणुओं से लथपथ लग रही थीं।

एक दिन योंही अचानक मीना किसी पुरानी बाई के बताए अनुसार उनके यहाँ काम माँगने चली आयी थी और उन्होंने उसे रख लिया था। चौका-बर्तन और कपड़े साफ करने का काम वह ऐसे मन लगाकर करती कि शायद कोई अपना भी काम इतनी लगन और मेहनत से न करता।

दो वर्षों में वह इस घर की सदस्य जैसी बन गयी थी। जहाँगीरपुरी की झुग्गियाँ जहाँ मीना रहती थी यहाँ से काफी दूर थीं लेकिन वह अपने काम पर ठीक वक्त पर चली आती थी। उसने मालकिन को कभी शिकायत का मौका नहीं दिया था। मालकिन भी कभी उसके साथ मालकिन की तरह पेश नहीं आयी थी। कभी उसे महसूस ही नहीं होने दिया था कि वह नौकरानी है और वह मालकिन...।

हैरान थी मालकिन कि पहले वह मीना को पहचान क्यों नहीं पाई? ऐसी औरत होगी उसने सोचा तक नहीं था? भनक तक नहीं लगने दी थी उस चालाक, धोखेबाज, गन्दी और नीच औरत ने...?

कल शाम से मालकिन कितनी ही बार अपने घर को बुहारने-धोने के बाद कितनी ही अगरबत्तियाँ जला चुकी थी।

मालकिन काम में जुटी हुई है और वह बैठी है? बहुत अजीब लग रहा था मीना को, उसे समझ नहीं आ रहा था आखिर बात क्या हुई है? उससे ऐसा क्या अपराध हो गया है?

काफी देर इन्तजार करने के बाद मीना उठ खड़ी हुई—इस तरह क्यों पेश आ रही है मालकिन? पूछूँ तो सही? बात क्या है?

मालकिन ड्राइंगरूम में कपड़े से अपने हाथ पोंछ रही थी। उसे अन्दर आता हुआ देखकर बिदकने लगी, "बस-बस दरवाजे के पास ही रह...मुझे तेरा पहले से पता होता कि तू ऐसी औरत है, तो मैं तुझे अपने घर में घुसने भी न देती..."

"ऐसी औरत? क्या मतलब?"

"जब तू काम खत्म करके यहाँ से जा रही थी उस वक्त यहाँ एक बर्तन बेचनेवाली आयी बैठी थी ना?"

"हाँ हाँ, मैं जानती हूँ उसको। हमारी ही झुग्गी-बस्ती में रहती है। पुराने कपड़े लेकर बर्तन-वर्तन देती है।"

"उसीने बताया मुझे तेरे बारे में...।"

"क्या...?"

"बड़ी भोली बन रही है? जैसे सच में ही तू पाक-साफ है? सब पता चल गया है मुझे।"

"हमारे यहाँ आने से पहले गुण्डे उठाकर ले गये थे तुझे और उन्होंने तेरे साथ बलात्...तेरे साथ गन्दा काम किया उन्होंने। दस-दस जनों ने मुँह काला किया तेरे साथ?"

काँपकर रह गयी वह। आसमान टूटकर एकाएक उसके ऊपर आन पड़ा। अपने हाथों से मुँह छुपाकर नीचे फर्श पर बैठ गयी थी वह। एकाएक लगे आघात को ना झेल पाकर रुलाई फूट पड़ी उसकी। उस बर्तनवाली औरत की मुझसे क्या दुश्मनी थी? मेरे खिलाफ यहाँ बोलने का उसे क्या फायदा? इस घर में आकर लगने लगा था कि धीरे-धीरे मैं उस हादसे को भूल जाऊँगी पर...? उस औरत ने मेरी पिछली जिन्दगी खोलकर...औरतें ही औरतों के खिलाफ जाकर क्या हासिल कर लेती हैं?

अपना मुँह छुपाकर रोते हुए देखकर उस पर तरस खाने की बजाय मालकिन और भड़क उठी, "ये तिरिया चरितर किसी और को जाके दिखाइयो... एक-ना-एक दिन सच तो सामने आना ही था! असलियत खुल गयी तो रोना आ रहा है? ये भी पता चला है मुझे कि तेरा नाम मीना नहीं...अमीना-शमीना कुछ है? हमारे घर में तो प्याज, लहसुन तक नहीं आता और तू?"

एकाएक बिफर उठी, "कौन कहता है मैं मुसलमान हूँ...ये भी उसी बर्तनवाली ने कहा होगा। अच्छा हाँ...एक बार वो मेरे पास बैठी थी। मेरी मामी मुझे मिलने आयी। मैंने मामी को उससे मिलवाया-ये सईदा है मेरी मामी। उसने सोचा होगा मुसलमान के रिश्तेदार भी मुसलमान ही होंगे। अब मेरे मामा ने मुसलमान औरत से शादी कर ली तो इसमें मेरा क्या दोष? मैं कैसे मुसलमान हो गयी? मैं हिन्दू माँ-बाप की औलाद हूँ..."

मालकिन के माथे पर क्रोध, हिकारत और अविश्वास के बल कम नहीं हुए थे-और वो जो बात छुपाई तूने कि तेरे साथ दस-दस जनों ने गन्दा काम...

जवाब में चीख पड़ना चाहती थी मीना। कोशिश करके उसने उस चीख को अपने अन्दर रोका।

हालाँकि अपमान, घृणा और आरोपों की नुकीली बर्छियों ने न जाने कितनी बार घायल किया था उसे, पर आज...कुछ भर आये जख्मों के खुरंडों को किसी ने पहले से भी नुकीली बर्छियाँ फिर से गड़ा दी थीं। तड़फड़ाकर रह गयी थी वह। कोशिश के बावजूद शब्द नहीं फूट पा रहे थे उसके मुँह से।

उसे सिर झुकाए खड़ा देखकर मालकिन फिर कड़की, "कह दे...ये भी झूठ है कि तेरे साथ गन्दा काम...?"

चीख उठी वह, लेकिन आवाज बाहर नहीं आयी थी, "हुआ था..." बड़ी

कठिनाई हुई थी उसे यह कहने में। यह सुनकर एक कदम पीछे हट गयी थी मालकिन, जैसे बहुत गलीज संक्रामक घिनौने गुप्तरोगी किसी जीव को अपने सामने खड़ा देख लिया हो।

फिर उसने वे ही प्रश्न दोहराए थे जो उसने अपने सगे माँ-बाप और भाई के अलावा भी कई जनों के आगे रखे थे और उत्तर में वे लोग सख्त और सूखे पत्थरों की तरह ही बने रहे थे–मेरे साथ जो हुआ उसमें मेरा क्या कसूर है? मेरे साथ तो उलटा जुल्म हुआ है? मेरे साथ किसी को सहानुभूति क्यों नहीं? मुझे ही दोषी क्यों माना जा रहा है? मेरे साथ नफरत क्यों कर रहे हैं? जोर-जबरदस्ती के बाद मैं क्या कुछ और हो गयी हूँ? बड़ी-बड़ी दुर्घटनाओं में दुर्घटनाग्रस्त हुए लोगों से तो इतनी नफरत नहीं करते लोग? वो गन्द जो उस दुर्घटना में मेरे लगा था अभी तक लगा हुआ है! रोज नहाती हूँ मैं। महीनों हो गये उस बात को, एकदम ठीक-ठाक पाक-साफ हूँ मैं।

पति की आवाज सुनकर मालकिन अन्दर जाकर अपने काम में व्यस्त हो गयी थी। वह बाहर खड़ी रह गयी। क्रोध और अपमान में थरथराती हुई-सी। अन्दर जमा दर्द पिघलकर आँखों के रास्ते बह निकला था। यहाँ इस घर में आकर लगा था कि धीरे-धीरे जख्म भर जायेंगे लेकिन...सगे माँ-बाप ने भी उलटा मुझ पर ही...उस घर में ही मेरे लिए जगह न बची तो इस घर से क्या उम्मीद?

रेडीमेड कपड़ों की फैक्टरी में जहाँ वह नौकरी करती थी–काम से उस दिन लौटने में देर हो गयी थी। उन दिनों सुल्तानपुरी की झुग्गियों में अपने माँ-बाप और एक भाई के साथ रहती थी वह। आउटर रिंग रोड से जैसे ही वह अपने घर की ओर जानेवाले कच्चे रास्ते पर उतरी–एक मारुति के पास खड़े तीन-चार लड़कों ने उसके मुँह पर कपड़ा डालकर उसे जबरदस्ती उठाया और पास खड़ी मारुति में डालकर उसे ले भागे थे। रास्तेभर उन्होंने उसके मुँह को कपड़े से दबाए रखा था। उसे कहाँ ले जाया गया, उसे पता नहीं चल पाया था। उसे बस इतना महसूस हुआ था कि उसके सिर पर किसी चीज से वार किया गया है और वह बेहोश हो गयी थी।

होश आने पर उसने अपने-आपको अस्त-व्यस्त और जख्मी हालत में पाया था। भेड़ियों ने नोचा-खाया है, वह समझ गयी थी। लेकिन वह जंगल में नहीं, एक अँधेरे कमरे में बन्द थी। उसके जगह-जगह लगीं नोचों-खरोंचों से खून रिस रहा था।

उसके मुँह पर फिर से कपड़ा बाँधकर शायद उसी मारुति से उसे उसी जगह वापस छोड़ दिया गया था।

घर पहुँचकर उसने कुछ नहीं बताया था कि पिछले चौबीस घण्टे वह कहाँ रही थी? उसके साथ क्या हुआ था। लेकिन उसके लौट आने की खबर पाते ही भीड़ बनकर आ जुटे आसपास के लोगों ने अनुमान लगा लिया था और बड़ी तेजी से यह बात फैल गयी थी कि वह लुटकर आयी है।

वह निस्पंद निःसत्व-सी खड़ी थी। बापू पागलों की तरह अपने बाल नोच रहा था। छोटा भाई बुरी तरह सहमा सिकुड़ा-सा कोने में बैठा था। माँ बुरी तरह रोती-कुरलाती हुई अपनी छाती पीट रही थी। उसने आगे बढ़कर माँ को चुप कराने की कोशिश की, "माँ, मैं ठीक-ठाक हूँ...मरी तो नहीं?"

"इससे अच्छा तो था कि तू मर ही जाती...अब ना तू जी पाएगी और ना तुझे कोई जीने देगा...!"

हैरान परेशान थी वह–ऐसी कितनी बड़ी दुर्घटना हो गयी है उसके साथ? जिसका उसे अनुमान नहीं लग पा रहा है? सही-सलामत तो है वह...

बाहर खुसर-पुसर चल रही थी–ऐसी लगती तो नहीं थी–आजकल किसी का क्या पता चलता है? पहले से जान-पहचान होगी उनके साथ; खुद इज्जत लुटा आयी होगी?

तिलमिलाकर चीखी थी वह, "लुटाकर नहीं लूटकर मेरे साथ ज्यादती... जबरदस्ती...और आप लोग उलटा मुझे..."

बापू भी उलटा उसीको मारने दौड़ा था, "इतना होने के बाद भी जुबान लड़ा रही है? कुछ भी शर्म नहीं तुझे? तू तो मुँह दिखानेलायक नहीं बची..." और बापू ने बाँह से पकड़कर उसे अन्दर खींच लिया था।

रात भर माँ और बापू उसे गालियाँ बकते हुए कोसते रहे थे कि उसने उन्हें भी मुँह दिखानेलायक नहीं छोड़ा है। उसकी जिन्दगी तो बरबाद हुई सो हुई, उसके साथ उनकी जिन्दगी भी बरबाद हो गयी है...

अगले दिन दोपहर बाद आये पुलिसवाले को जब पता चला कि वह लौट आयी है तो उसने उलटा उन्हें ही झाड़ा था कि उन्होंने उसके लौट आने की खबर थाने में क्यों नहीं दी है? गुम होने की रिपोर्ट लिखवा सकते हो, लौट आने की नहीं?

"वे कौन लोग थे?" पुलिस के पूछने पर मीना ने कहा, "ये तो पता नहीं कि वे कौन थे लेकिन मेरे सामने आ जायें तो मैं उन्हें पहचान सकती हूँ, लगता है कि सड़क पार की कोठियों में ही रहते होंगे..."

"कुल कितने थे?"

"कुल तीन थे, जिसने मेरे साथ जबरदस्ती की एक वो। बाकी दो तो अपहरण में उसकी मदद करनेवाले ही थे...।"

"पर मैंने तो सुना है दस-दस जने थे...सभी जगह फैला हुआ है कि दस-दस जनों ने..."

"पता नहीं किसने फैला दी है यह दस-दसवाली बात। लोग एक को दस तो बना ही देते हैं। वो हरामी तो एक ही था...।"

कहते-कहते उसकी रुलाई फूट पड़ी थी। पुलिसवाले के पूछने पर मीना ने उसका थोड़ा-बहुत हुलिया बता दिया था। गाड़ी के बारे में भी कुछ सवाल पूछकर उस वक्त तो पुलिसवाला चला गया था। लेकिन शाम को आकर उसके बापू को फिर झाड़ने लगा था और जोर देने लगा था, "थाने चलकर अपनी रिपोर्ट वापस ले लो वरना...हमें तुम्हारी भी इनक्वायरी करनी पड़ेगी। कुछ माँ-बाप खुद अपनी बेटियों को धन्धे के लिए भेजते हैं और कभी-कभार ग्राहक से झगड़ा हो जाने पर खुद ही ऐसी रिपोर्ट कर देते हैं? कहीं आप लोग भी?"

तड़फकर रह गये बापू और माँ; उन्हें काटो तो खून नहीं। उनकी अजीब हालत देखकर पुलिसवाला हैवान की तरह हँसा और नरमाई से बोला, "तुम लोग थाने चलकर अपनी रिपोर्ट वापस ले लो...मामला खत्म...वरना..."

इतना समझ पाना बापू के लिए मुश्किल नहीं था कि पुलिस को उन लोगों का पता लग चुका है और खुद की जेबें भरने के बाद पुलिस उन गुण्डों को बचाने में जुट गयी है।

उन्हें भी अहसास था कि बात आगे बढ़ाने का मतलब है खुद की और अधिक बेइज्जती और बदनामी।

और बापू उसी वक्त उस पुलिसवाले के साथ जाकर मामला खत्म कर आया था।

सहानुभूति जताते हुए नाते-रिश्तेदारों की बातों में उसे अजीब किस्म का अफसोस-सा सुनाई देता। उसे लगता उसके जीते-जी उसके मुँह पर उसकी असमय मृत्यु का मातम मनाया जा रहा है।

इससे पहले कि बदनामी दूर-दूर तक फैले...जल्द-जल्द इसकी शादी कर दो...रह गयी तो रह ही जायेगी। जितनी जल्दी हो सके...वरना...

लाजो मौसी के इस सुझाव को बापू ने बहुत गम्भीरता से लिया था और अगले ही दिन से उसके लिए रिश्ता ढूँढ़ने में जुट गये थे। सुबह का निकला हुआ बापू चेहरे पर नाकामयाबी को लिए हुए शाम को घर

लौटता–आजकल अच्छी-भली लड़कियों की कद्र नहीं, ऐसे में दागी लड़की को कौन पूछता है?

पाँच–छह दिन बाद लाजो मौसी एक बूढ़े और बुढ़िया को साथ लेकर आयी थी। वे दोनों बड़े गौर से मीना को देखते रहे थे...और फिर मुँह मीठा करके खुशी-खुशी चले गये थे। हालाँकि माँ और बापू खुश नहीं थे, लेकिन लाजो मौसी बधाइयाँ देती हुई उन्हें अपने-आपको खुश किस्मत समझने के लिए कह रही थी। मीना समझ गयी थी कि माँ और बापू को यह रिश्ता न चाहते हुए भी करना पड़ रहा है।

लड़के के बारे में कुछ भी पता न चल पाने के कारण उसे स्वयं ही लाजो मौसी से पूछना पड़ा था।

"आजकल लड़केवालों के नखरे इतने हैं कि पूछो मत? लड़का शरीफ है। यहीं सुल्तानपुरी में ही रहता है। घर में बस वो दो बूढ़े माँ–बाप हैं। लड़के की उधर क्वार्टरों के पास गोली–टॉफी बेचने की दुकान है। तू जहाँ काम करती थी न...उससे थोड़ा आगे चलके लकड़ी का एक खोखा–सा है न...बस वही...।"

"वो...? उस पर तो एक अपाहिज–सा एक...बन्दा...उसके दोनों पैर लकवे के मारे हैं।"

"हाँ वही।"

"क्या? उस अपाहिज से मेरी शादी होगी? मौसी आप होश में तो हैं?"

"तेरा भाग्य ही ऐसा है तो...अपाहिज मत कह उसे। कुछ भी थोड़ी–बहुत कमीबेशी है तो क्या फर्क पड़ता है? उसका घर भी बस जायेगा। तुझे भी सहारा मिल जायेगा...।"

"सहारा कि बोझ...?"

"जरा ठंडी रह के सोच...अपनी तरफ तो देख...किसे नहीं पता कि तेरे साथ दस–दस जनों ने...? कहीं मुँह दिखानेलायक भी है तू? तेरे ये जो दाग लगा है उसका क्या?"

"नहीं–नहीं...मुझे नहीं करनी शादी..." बहुत बेबस और लाचार–सा होकर रोते हुए कहा था उसने।

लेकिन उसे बार–बार याद दिलाया जा रहा था कि अब वह एक दागी लड़की है। अब वह सामान्य नहीं रही है।

पूरे दिन बिना कुछ खाए–पिए पड़ी–पड़ी रोती रही थी वह। शाम को आईने में उसने अपना चेहरा देखा था। उसे कहीं कोई दाग या कालापन नजर

नहीं आया था। जिस्म पर लगी छुटपुट खरोंचें भर चुकी थीं। हुआ क्या है उसके? पहले जैसी ही तो है वह?

मीना का घर से निकलना बन्द कर दिया गया था। एक हफ्ते से काम पर नहीं जा पा रहा था बाप। रोटी के लाले पड़ गये थे, ऊपर से एकाएक शादी? बापू इधर-उधर से पैसों के इन्तजाम में मारा-मारा फिर रहा था। माँ और मौसी शादी की तैयारियों के नाम पर दो-चार कपड़े बनाने में जुट गयी थीं।

लाल-सी साड़ी पर चमकीले-से सितारे टाँकती हुई माँ के हाथ से साड़ी छीनकर मीना ने परे फेंकते हुए पूछा था, "शादी की जल्दी क्या है? कहाँ हैं मेरे दाग? ऐसी क्या आफत है? ठीक-ठाक तो हूँ मैं? नहीं करनी मुझे शादी।"

जवाब में माँ बस रोने लगी थी। मौसी ने उसे झिड़कते हुए कहा था, "तुझे नहीं पता क्या हुआ है? हम तो मान भी लेंगे कि तेरे कोई दाग नहीं, पर दुनिया? वो तो नहीं समझती है? वो तो यही कहेंगे कि इसके साथ दस-दस जनों ने मुँह काला किया, बस्स...कौन सुनेगा कि इसमें तेरा कोई कसूर नहीं है और वह एक मामूली-सी दुर्घटना थी, डरावने सपने की तरह। ...लेकिन दुनिया नहीं मानेगी...तू इतना समझ ले, अब तो ठीक-ठाक सामान्य वर नहीं मिलेगा...दुनिया ही नही जीने देगी।"

"दुनिया? दुनिया? जिनके साथ जुल्म हो वह दागी...जो करे उसे कुछ नहीं? औरत को ही क्यों लगता है दाग?"

"बेटी हम तेरे दुश्मन नहीं हैं, तेरे भले के लिए ही तो..."

"तभी आप मेरी शादी करके पीछा छुड़वाना चाह रहे हो?"

"ताकि तुम मुँह छिपाए बिना जी सको और हम भी...।"

बापू रेहड़ी गिरवी रखकर किसी से तीन हजार का कर्ज उठा लाया था। होनी को कौन टाल सकता है? किसी-न-किसी तरह सिर पर पड़ी इस आफत को तो निपटाना ही पड़ेगा। बापू के लटके हुए चेहरे को देखकर वह तड़फकर रह गयी थी।

मौसी ने छिटपुट सामान की लिस्ट बापू को देकर कहा था कि शादी के वक्त इसकी जरूरत पड़ेगी। लिस्ट लेकर बापू ज्यों ही बाहर जाने को हुआ, मीना ने आगे बढ़कर बापू के हाथ से लिस्ट छीन ली थी और खीझकर मौसी से बोली, "मौसी! इस हादसे के बाद मेरे शरीर में कुछ नुक्स आ रहा है क्या? मैं लँगड़ी-टुंडी-अपंग हो गयी हूँ क्या?"

"नहीं तो..."

"जब मैं अपंग-अपाहिज नहीं हुई हूँ तो...फिर मेरी शादी एक अपाहिज से क्यों कर रहे हो?"

कुछ जवाब नहीं दे पाई मौसी। उसने माँ और बापू को भी झिंझोड़-झिंझोड़कर पूछा था लेकिन वे भी बुत बने रहे थे।

वह और भी खीझ उठी थी, "तो ठीक है फिर...कान खोलकर सुन लो... मैं यह शादी नहीं करूँगी।"

"तो क्या बाप की छाती पर बैठकर मूँग दलेगी?"

"चाहे कुछ भी हो जाये...मैं शादी नहीं करूँगी..."

"कैसे नहीं करेगी? करनी पड़ेगी।"

"जबरदस्ती करोगे तो मैं घर से भाग जाऊँगी या जहर खा लूँगी...मरना मंजूर है मुझे, पर..."

"तेरे जैसियों को मौत भी कहाँ आती है? मर जाये तो पिंड न छूटे।" गालियाँ बकता हुआ बापू आपे से बाहर होकर उसे पीटने लगा। रोती-झींकती हुई माँ उसे बापू से छुड़वाने की कोशिश करने लगी थी।

मीना उस शादी के लिए नहीं मानी थी। दिन-रात क्लेश चलता रहा था उनके घर। सिर्फ उसका छोटा भाई धीरू ही उसका पक्ष ले रहा था। बाकी सभी तो जैसे जबरदस्ती करने पर तुले हुए थे।

भरसक प्रताड़ित करने के बावजूद वे लोग उसे उस शादी के लिए मना पाने में अपने-आपको असमर्थ पा रहे थे।

बेहद क्रोधित होकर बापू ने उसे बाहर धकेलते हुए कहा था, "शादी नहीं करनी तो निकल जा हमारे घर से..."

बापू को पीछे धकेलकर धीरू आगे आ गया था, "फिर मैं भी दीदी के साथ जाऊँगा। कोई जबरदस्ती नहीं चलेगी। हम दोनों भाई-बहन कहीं और किराये पर झुग्गी लेकर रह लेंगे।"

दीदी का हाथ पकड़कर चल दिया था वह। पीछे से बापू के चीखने की आवाजें आ रही थीं-जाओ-जाओ! मेरी इज्जत तो मिट्टी में मिल गयी। मैं अपने आपको बेऔलाद समझ लूँगा। मैंने तो अपनी रोजी-रोटी तक दाँव पे लगा दी और ये...? आज ही कर्ज वापस करके आता हूँ...।

अपने साथ काम करनेवाले एक मिस्त्री की मदद से धीरू को जहाँगीरपुरी में किराये पर एक झुग्गी मिलने में कोई दिक्कत नहीं हुई थी।

वहाँ भाई के साथ अकेला रहना उसके लिए नयी जिन्दगी शुरू करने जैसा लग रहा था लेकिन लोगों की उनमें कुछ अधिक ही दिलचस्पी और शक

बहुत बुरा लग रहा था उसे—लोगों को अपना फटा हुआ क्यों नहीं दिखता? दूसरों को छोटा और गन्दा सिद्ध करने में क्या मिलता है लोगों को?

फिर भी यहाँ खुश थी वह। यहाँ कम-से-कम उस अपाहिज के बोझ से तो बच गयी। खुद वह किसी पर बोझ नहीं बनना चाहती थी। अपने भाई पर भी नहीं। धीरू काम पर जाता ही था। झुग्गी का किराया और खाने का खर्च उसकी तनख्वाह से पूरा हो जाता था। पर वह बैठकर कब तक खाएगी? काम की भी कमी नहीं थी। पास ही के दो-एक दर्जियों के यहाँ से वह काज-बटन और कढ़ाई का काम लाकर करने लगी थी।

कुछ दिन बाद माँ भी उन्हीं के साथ रहने चली गयी थी, पर बापू उसके लिए तो जैसे वे मर ही चुके थे। धीरे-धीरे बापू का गुस्सा भी शांत हो जायेगा उसने सोचा।

जिस बुजुर्ग दर्जी के यहाँ से मीना काम लेकर आती थी, वह उन्हीं की जाति का था। जब से उसे यह पता चला था वह मीना को बेटी कहकर पुकारने लगा था।

बुजुर्ग दर्जी ने एक दिन धीरू और माँ को बुलाकर कहा, "मेरी नजर में मीना के लिए एक योग्य लड़का है किशन, थ्रीव्हीलर चलाता है। थ्रीव्हीलर किस्तों पर ले रखा है। कुछ ही किस्तें बाकी हैं। समझो गाड़ी उसीकी है। उसके माँ-बाप तो हैं नहीं। एक भाई शादीशुदा, वो बाहर कहीं रहता है। लड़का शरीफ है। मेरे पास कपड़े सिलवाने आता है। लेन-देन का कोई भी सवाल नहीं है। तुम चाहो तो बात चलाऊँ?"

गीली-सी चमक उभर आयी थी उनकी आँखों में।

और एक सप्ताह के अन्दर बापू ने गुस्सा छोड़कर फिर से अपनी रेहड़ी गिरवी रख के पैसों की व्यवस्था की। माँ और मौसी ने मिलकर कपड़े तैयार किये और पास ही के शिव मन्दिर में सादे तरीके से शादी निपटा दी गयी थी। वे हैरान थे कि यह सब इतने कम समय में कैसे हो गया था?

उस पर दाग लगे होने की बात शादी के वक्त तो छुपा ली थी उन्होंने लेकिन यह भेद खुलने में पन्द्रह दिन भी नहीं लगे थे। नयी-नयी शादी हुई, किशन उसे अपने ऑटो में बिठाकर शहरभर में घुमाता रहा था। सुल्तानपुरी में रहनेवाले किशन के एक जानकार थ्रीव्हीलरवाले ने उसे मीना के साथ घूमते देख लिया था। अगले दिन ही किशन उसे अकेला मिल गया तो उसने मीना के बारे में सारी बात बता दी।

काम से किशन वापस लौटा तो उसके तन-बदन में जैसे आग लगी हुई

थी। उसके माँ-बाप और भाई से लेकर रिश्ता करवानेवाले दर्जी को माँ-बहन की गालियाँ बकता हुआ वह मीना से पूछने लगा कि क्या उसे गुण्डे खराब कर चुके हैं? क्या वह दागी है? क्या वह उस गुण्डे से गिरी हुई है। मीना ने यह तो सहज ही मान लिया था कि उसके साथ जबरदस्ती हुई थी लेकिन उसके कहीं भी कोई दाग नहीं लगा हुआ है और वह गिरी हुई नहीं है। मैं अच्छे चाल-चलन चरित्र की थी, हूँ और रहूँगी...

सुनते ही किशन तो जैसे पागल हो गया था—इतना बड़ा धोखा? एक तो चोरी ऊपर से सीनाजोरी? हद है बेशर्मी और नीचता की...अच्छे चाल-चलन की है तू...चोरी, ऊपर से चतुराई...छोड़ूँगा नहीं मैं तुम सबको। अक्ल ठिकाने कर दूँगा तेरे परिवारवालों की...गुण्डों ने तुझे खराब किया और तू कहती है मैं...?

"हाँ, मैं पाक-साफ हूँ। बताओ कहीं से खराब हूँ? पन्द्रह दिन से यहाँ तुम्हारे साथ हूँ, तुम्हें मुझमें कोई खराबी नजर आयी?"

जवाब में वह लात-घूँसे जो बन पड़ रहा था, चलाने लगा था।

दो-तीन दिन पिटने के बाद रोती हुई वह अपने भाई के पास जहाँगीरपुरी लौट आयी। माँ भी वहीं आयी हुई थी। घर में रोना-पीटना मच गया था। रोना-कुरलाना सुनकर आसपास के लोगों को आ-आकर जुटता देखकर मीना खीझ उठी थी, "माँ! तुम भी ये रोना-धोना बन्द करो। कुछ भी तो नहीं हुआ है। सही-सलामत तो हूँ मैं...कोई मौत तो नहीं आयी मुझे?"

वहाँ जमा लोगों की तरफ मुड़कर मीना ने कहा, "यहाँ कोई तमाशा हो रहा है क्या? जाओ यहाँ से...।" और उसने झुग्गी का दरवाजा अन्दर से बन्द कर लिया।

माँ को चुप कराने की कोशिश में मीना के भी आँसू निकल आये। माँ तड़फड़ाकर रह गयी—इसी बात का डर था मुझे, इसीलिए तो कहा था कि उस अपाहिज से शादी कर ले। कोई सही-सलामत वर तुझे मिलने से रहा। हुई न वही बात। एक दाग तो पहले का लगा हुआ था 'छोड़ी हुई' होने का, ये दूसरा दाग और लगवा लिया तूने।

खीझ उठी वह, "कोई दाग-चाग नहीं लगा मुझे!"

"फिर वही बात। तेरे कहने से क्या होगा। दुनिया समाज तो देख-सुन रहा है, खामखाह का तमाशा बनाने का फायदा?"

"मेरा दुःख तमाशा है उनके लिए? एक तो मेरे साथ ज्यादती, ऊपर से...?"

"अब क्या होगा?"

"शादी ही तो नहीं होगी ना...कोई जरूरी है? शादी करनी भी नहीं मुझे...

कभी भी मेहनत करके दो रोटी इज्जत की कमा लूँगी। खामखाह की अधीनता मुझे करनी भी नहीं।"

दो-दो दाग लग जाने की बात यहाँ जहाँगीरपुरी की झुग्गियों में भी फैल गयी थी, लेकिन अब उसे परवाह नहीं थी। धीरे-धीरे लोगों के तानों-इशारों और हँसी को बेपरवाही से उड़ा देना सीख लिया उसने।

धीरू अपने दोस्तों के साथ किशन के पास उसे समझाने-मनाने गया तो वह उसकी बहन के लिए वाही-तबाही बकने लगा। बर्दाश्त नहीं कर सका वह और उन्होंने किशन को बुरी तरह पीटा और वापस लौट आये। बाद में पता चला कि अपना थ्रीव्हीलर फाइनेंसवालों को वापस सौंपकर वह यह शहर ही छोड़कर बाहर कहीं भाग गया था।

उसी बुजुर्ग दर्जी से काम लाकर करने में मीना को अब बहुत झिझक हो रही थी। यों उधर दो-एक दर्जी और थे जिनसे वो काम लाकर करने लगी थी। पर अब उसका मन नहीं लग रहा था।

किरयानेवाले की दुकान या रास्ते में अक्सर मिल जानेवाली बुढ़िया ने एक दिन उसे बताया कि इन्दिरा पार्क की एक कोठी में काम करती थी। उसका काम छूट गया है। वो लोग नयी कामवाली ढूँढ़ रहे हैं।

मीना अगले दिन ही वहाँ जा पहुँची और उसे काम मिल गया था। छोटा-सा परिवार था-दो बच्चे थे। बड़ी-बड़ी क्लासों में पढ़नेवाले।

सुबह काम पर निकलने और दिन ढले घर लौट जाती। घर में दिन भर वह और मालकिन अकेले ही रहते। मालिक, ज्यादातर बाहर ही रहते। बच्चे स्कूल चले जाते, काम भी कोई ज्यादा नहीं था। अपने घर जैसा ही लगता था उसे। बहुत खुश थी वह यहाँ।

उसके वो दाग पिछले दो सालों में मालकिन को तो दिखे नहीं थे, पर बर्तन बेचनेवाली औरत ने यहाँ आकर मालकिन को उसका पिछला इतिहास बताकर वो दाग दिखला दिये थे।

उसे मालकिन से ऐसी उम्मीद नहीं थी कि पता चलने पर इतना बदल जायेगी कि उसे अन्दर तक नहीं घुसने देगी। उसे समझ नहीं आ रहा था कि जुल्म मेरे साथ हुआ है। मालकिन को क्या? मालकिन को तो काम से मतलब है। मैंने मालकिन को क्या धोखा दे दिया? क्या जीवनभर हर जगह से मैं यों ही बेइज्जत होकर निकाल दी जाती रहूँगी? अन्दर तक आहत हो आयी थी वह।

तभी मालकिन ने आकर उसके आगे दो सौ रुपये फेंकते हुए कहा,

"उठा पैसे, तेरा-हमारा हिसाब बराबर। हमें ऐसी गन्दी, धोखेबाज कामवाली नहीं चाहिए।"

थरथराते हुए पूछा, "कैसा धोखा बीबीजी? मैंने कोई धोखा नहीं दिया आपको!"

"बात नहीं छुपाई तूने? बड़ी पाक-साफ बन रही है?"

"मैं हूँ पाक, पवित्र...काम की कमी नहीं है। आप पाक-साफ हो?"

कोई जलती हुई लकड़ी छुआ दी जैसे मालकिन को किसी ने, "तेरा नास जाये कुतिया, मुझसे पूछती है...आप पाक-साफ हो? मुझसे? हे राम! कितनी दुष्ट औरत है? तुझे क्या हुआ है?"

"होना क्या है, मामूली घटनाएँ तो होती रहती हैं।"

"कौन-सी घटना...?"

"कुछ नहीं, उस दिन आपने जल्दबाजी में तो केक खा लिया था जिस पर दुनिया भर की चींटियाँ और कीड़े-मकोड़े चढ़े हुए थे, बाद में आपने कितनी उल्टियाँ कर-करके अपना भीतर-बाहर साफ कर लिया था। दो-चार दिन बाद वह आप थू-थू करती रही थीं। लाल दवाई के कुल्ले भी किये थे आपने? अब तो आपका मुँह पाक-पवित्र है, आप उसी से खाना खाती हैं?"

"फिर? क्या मतलब तेरा? वो बात और ये बात एक ही है? वो मामूली-सी घटना और...?"

"वो भी मामूली बात ही थी। धोने-साफ करने से कौन-सी चीज पवित्र नहीं होती, रोज नहाती हूँ मैं...मैं तो पाक-पवित्र हूँ। आप जैसों ने ही इसे बहुत बड़ी और बुरी घटना बना दिया है।"

अवाक् रह गयी मालकिन। शायद उसे लगा था यह गलत नहीं कह रही थी। वैसे भी जो हुआ उसमें उसका क्या दोष है?

खामोश खड़ी रहीं दोनों कुछ देर। वह जाने को मुड़ी। मालकिन ने उसे नहीं रोका।

एकाएक मीना फिर मुड़ी और धीरे-से बोली, "बीबीजी, मेरी जगह किसी कुँआरी लड़की को मत रखना, उसके साथ कभी भी कुछ भी हो सकता है। क्या पता उसका आपको पता लग पाए या न लग पाए? और किसी शादीशुदा औरत को भी मत रखना क्योंकि उसके साथ तो वो लगा ही रहता है।"

एकदम निस्पंद और निरुत्तर-सी खड़ी थी मालकिन।

बहुत निराश और ना-उम्मीद हो आयी मीना। क्या वाकई वह ऐसी अपवित्र, दागी, गन्दी और घृणित हो गयी है? समाज में कोई उससे किसी तरह का

भी सम्बन्ध ना रखे—इतना लम्बा चलेगा रेप? एक ने मुँह काला नहीं किया, यहाँ सबके मुँह काले हैं। अगर नहीं तो लोग उसे ऐसा सोचने या महसूस करने को क्यों बाध्य कर रहे हैं?

चार–पाँच दिन वह घर से ही नहीं निकली थी। धीरे–धीरे हिम्मत जुटाकर फिर से एक दर्जी से काम लाने लगी थी।

उस दिन वह जहाँगीरपुरी के बस स्टॉप पर खड़ी थी। पास ही दो लड़के और खड़े थे जो बार–बार मुड़–मुड़कर उसकी ओर देख रहे थे और उस पर हँस रहे थे—दस–दस हा हा...वही तो है जिसके साथ दस–दस हा हा... दस–दस जने...हा हा...

अपने–आप में सिमटती–सिकुड़ती हुई–सी वह काफी देर तक यह सब बर्दाश्त करने की कोशिश करती हुई उनकी ओर से बेपरवाह हुई–सी खड़ी रही। लड़के अश्लील इशारे और फब्तियाँ कसने पर उतर आये तो वह और अधिक बर्दाश्त नहीं कर पाई। उसने अपनी दोनों चप्पलें उतारकर अपने दोनों हाथों में ले लीं और उन पर टूट पड़ी। उसका चंडीरूप देखकर एक लड़का तो डरकर भाग निकला पर दूसरे को धक्का मारकर उसने नीचे गिरा दिया था और उस पर चप्पलें बरसाने लगी थी।

भीड़ जुटने लगी थी, "क्या हुआ? क्या हुआ?"

"मुझे छेड़ रहा था ये गुण्डा...कई दिनों से छेड़ रहा था। जीना हराम कर रखा था इसने।"

"मारो साले को...गुण्डागर्दी की हद ही हो गयी है।"

"मारो मारो..."

"मारो मारो...माँ–बहनों का घर से निकलना मुश्किल हो गया है।"

जो आता, पूछता और पता चलने पर खुद भी उसे पीटने लगता। सड़क पर से गुजरनेवाले कार–स्कूटरवाले रुक–रुककर पूछ रहे थे—क्या हुआ? क्या हुआ? पता चलने पर वे पिटते हुए लड़के पर हँसते—हा हा...पीटना चाहिए ऐसे लोगों को...मारो–मारो...

लोग उसे पीट रहे थे। मीना भीड़ से थोड़ा अलग खड़ी हुई थी। हैरान थी वह—मैं तो सोचती थी दुनिया मेरे खिलाफ है, दुनिया तो मेरे साथ है।

हंस : मई, 2002

आड़

कई दिनों से असद ने न तो गायत्री को ही चराई के लिए भेजा था और न वह खुद ही घर से बाहर निकला था। जिस कोठरी में वे खुद रहते-सोते थे, उसमें एक खूँटा गाड़कर उसने गायत्री को बाँधना शुरू कर दिया था और जहाँ पहले गायत्री बँधती थी, उस पर छप्पर के नीचे वह खुद रहने लगे थे। असद तो गायत्रीवाली कोठरी के दरवाज़े पर चारपाई बिछाकर दिन-रात उसकी रखवाली कर रहा था। गायत्री की हिफाजत में अपनी तरफ से कहीं कोई कसर नहीं छोड़ रहा था। हर आहट पर उसकी रूह जैसे काँपकर रह जाती थी।

खुले रहने की आदी गायत्री कोठरी में बँधी-बँधी आज बहुत बेचैन होकर कुछ बिदक रही थी। असद ने उसे कोठरी से निकालकर वापिस छप्पर के नीचे ला बाँधा। इतने दिन कुछ नहीं हुआ तो आगे भी जो होगा देखा जायेगा। मुझे पता है वह सब मेरी हिम्मत तोड़ने के लिए किया, पर मैं नहीं डरूँगा। जो डर गया सो मर गया। डराकर ही तो मारना चाहता है वो हमें...सोचते-सोचते असद की आँख लग गयी।

गायत्री के बुरी तरह रम्भाने, अरड़ाने से असद हड़बड़ाकर उठा। उसने देखा एक परछाईं उसके घर की बाहरी चारदीवारी को फाँदकर भाग रही थी। उसने पीछा करने की कोशिश की, लेकिन अँधेरे में वह परछाईं जाने कहाँ गुम हो गयी थी। वह वापिस गायत्री की ओर लपका। घबराहट के मारे उसे कुछ नहीं सूझ रहा था। जैसे-तैसे उसने माचिस की तीली जलायी थी। तीली की मरियल-सी रोशनी में उसने जो देखा, उसकी रूह काँपकर रह गयी थी। गायत्री की पूँछ और कान कोई काटकर ले गया था। गायत्री दर्द से बुरी तरह अरड़ा रही थी। उसकी घरवाली और सात साल का बेटा नूरा भी उठकर आ गये थे—गायत्री की हालत देखकर वे भी बुरी तरह रोने लगे थे।

क्षणभर में असद के दिमाग में सबकुछ साफ-साफ आ गया कि यह नापाक हरकत किसकी है; उस आदमी को किसने भेजा होगा? और आगे वे

क्या करनेवाले हैं? किसी पूजास्थल को अपवित्र करके फसाद खड़ा करवायेंगे और फिर जब लोगों को पता चलेगा कि असद यानी एक मुसलमान की गाय के अंग गायब हैं तो लोग उसी पर शक करेंगे कि यह नापाक हरकत असद की ही है। इसके लिए मिलनेवाली भयानक सजा के बारे में सोचकर वह पसीना-पसीना होने लगा था।

उन्हें अपने सर पर साक्षात् मौत मँडराती हुई नजर आने लगी थी। खौफ और दहशत के मारे असद के हाथ-पाँव काँपने लगे थे। उसे कुछ समझ नहीं आ रहा था, वह अब अपनी और परिवार की जान कैसे बचाये? कहाँ जा छुपे? गायत्री को कहाँ ले जा छुपाये। उसे कुछ समझ नहीं आ रहा था, वह क्या करे? कहाँ जाये? उसे लग रहा था वह अपने पूरे परिवार की लाशों के पास बैठा रो रहा है। इसी बीच उसकी घरवाली ने रसोई में से हल्दी लाकर कटे हुए अंगों के शेष भाग पर लगाकर पट्टी कर दी थी।

अब उसे लगने लगा था जैसे वह दंगाई दरिन्दों से घिर गया है—गाय क्या सिर्फ हिन्दुओं की माँ हो सकती है?

उसे तो उसी दिन से ही अंदेशा हो गया था कि गायत्री को लेकर कुछ बखेड़ा होनेवाला है, जिस दिन से शामनाथ चौधरी को पता चला था कि असद के पास बहुत बढ़िया गाय है, जो एक दिन में चौदह सेर दूध देती है और यह गाय और कोई नहीं उन्हीं की एक बीमार बछिया थी जिसे कि उन्होंने ही असद को कई साल पहले खुद ही दिया था। वह पता चलते ही उसी दिन चौधरी असद के घर खुद चलकर अपनी उस बछिया जो कि अब साक्षात् कामधेनु गाय थी, को लेने चले आये थे।

लेकिन असद अपने घर की बड़ी बुजुर्ग जैसी उस गाय को किसी भी कीमत पर किसी भी हालत में शामनाथ चौधरी को देने को तैयार नहीं हुआ था। असद की ये 'ना' चौधरी को अपने रुतबे पर सीधे ही थूकने जैसी लगी। काफी कहासुनी के बाद चौधरी असद को देख लेने की धमकी-सी देकर चले गये। उसी क्षण से असद और उसके परिवार के सर पर किसी भयानक लाइलाज रोग की कोई तलवार-सी लटक रही थी...चौधरी गाय पर हक तो ऐसे जता रहा है जैसे उसने ये बछड़ी मुझे मुफ्त में दी थी। पूरे सात दिन लगकर चौधरी के घर में दिहाड़ी लगाई थी, उसी के एवज में चौधरी ने ये बीमार बछड़ी मुझे दी थी, वो भी एकदम मरने-मराने की हालत में...।

लकड़ी का बहुत अच्छा कारीगर था असद। कई साल पहले एक दिन जब चौधरी के घर उनके बच्चे के लिए लकड़ी का पालना बना रहा था तो

उसे पता चला कि चौधरी की गाय की एक छोटी-सी बछड़ी कई दिन से बीमार है और ठीक होने में नहीं आ रही। चौधरी ने जानवरों के एक डॉक्टर को बुलाकर दिखाया तो उसने एक पर्चे पर कुछ टीके और दवाइयाँ लिखकर दे दीं। पता चला कि वे टीके-दवाइयाँ इतने महँगे थे कि उनमें कम-से-कम चार सौ रुपये खर्च आते थे। चौधरी ने कहा था, "चार सौ रुपये और डॉक्टर के रोज आकर टीका लगाने की फीस अलग? फिर कोई गारंटी नहीं कि बच ही जायेगी...इतनी कीमत की तो ये बछड़ी है भी नहीं, फिर इस पर इतना खर्च कैसे कर दूँ? मरने दो!"

बछड़ी को उसकी हालत और ऊपरवाले की मर्जी पर छोड़ दिया गया था। घर के अन्दर काम करने में दिक्कत होने की वजह से चौधरी के घर के पिछवाड़े बैठकर असद काम करता था। वहीं पास ही पड़ी हुई वह बछड़ी अपनी मौत से लड़ती रही। घरवालों ने उसे पानी पिलाना तक छोड़ दिया था। उसे तड़फता हुआ देखकर असद की रूह भी तड़फड़ाकर रह जाती। अपना काम छोड़कर वह बार-बार उठकर उसे पानी पिलाता।

इस तरह बछड़ी का तिल-तिलकर मरना असद से बर्दाश्त नहीं हो रहा था। उसने चौधरी से कहा भी कि मालिक अगर पैसों के बदले इस बेजुबान की जान बच सके तो बचा लीजिए। उसकी इस अर्जी पर चौधरी ठहठहाकर हँस पड़ा—जितने की ये है नहीं उससे ज्यादा इसके इलाज पर खर्च कर डालूँ तो मुझे कौन समझदार कहेगा?

"इस तरह तो ये मर ही जायेगी।" तड़फकर कहा असद ने।

"तो क्या करें?"

एकाएक असद ने कहा, "कहें तो मैं ले जाऊँ इसे अपने घर?" असद के इस प्रस्ताव को सुनते ही चौधरी के दिमाग में विचार कौंध गया—बहुत भावुक हुआ जा रहा है ये तो? एकदम बेवकूफी की हद तक, इसका भी कुछ फायदा उठाया जा सकता है, पर क्या?"

चौधरी को एकदम चुप्प-सा देखकर असद ने खुद ही कहा, "आप चाहें तो आखिरी साँस गिनती इस बछड़ी के एवज में जो आपके यहाँ काम किया है वो मजदूरी आप ही रख लें।"

"ठीक है तू भी क्या याद करेगा, ले जा।" उलटा अहसान जताते चौधरी ने कहा।

बिना कोई नफा-नुक्सान सोचे असद बछड़ी को घर लाकर उसकी सेवा और दवा-दारू में जुट गया। जाने कैसा लगाव हो गया था और उसके परिवार

को उस बछड़ी से। अपना काम-धन्धा छोड़कर बछड़ी की सेवा में जुटा देख लोग उसे टोकते—पागल हो गये हो क्या? इस पर खर्च करने का फायदा?

किसी जीव से प्यार करना पागलपन होता है क्या? अपने घर के किसी फालतू बूढ़े, बुजुर्ग या किसी बच्चे का इलाज करवाते समय नफा-नुक्सान सोचा जाता है क्या? लोग उलटा उसी पर हँसते और गर्दन झटककर चल देते। अपने घरेलू इलाज से फायदा न देखकर जिस दिन उसने अपनी घरवाली का जेवर बेचकर जानवरों के उसी डॉक्टर का इलाज शुरू करवाया था, उस दिन 'गायत्री' नाम रख छोड़ा था असद ने उस बछड़ी का और उसी दिन से उस इलाज से उसकी हालत भी बड़ी तेजी से सुधरने लगी थी।

उसी बीमार बछड़ी ने बड़ी होकर असद और उसके परिवार के सारे दलिदर ही धोकर रख दिये थे। उसके सारे कर्जे अपने दूध से चुका ही दिये थे। गायत्री की मदद के बिना नसीम के हाथ पीले होने नामुमकिन-सी ही बात थी। नसीम भी तो उसे अपनी सगी माँ से भी बढ़कर मानती थी। ससुराल के लिए विदा होने के वक्त गायत्री के गले लगकर कैसे फूट-फूटकर रोयी थी। उसके जाने के बाद भी दो-चार दिन गायत्री ने चारे में मुँह तक नहीं मारा था। फिर कुछ दिन बाद जब नसीम की खैर खैरियत की चिट्ठी आयी थी, नसीम की माँ ने वो चिट्ठी सबसे पहले गायत्री को पढ़कर सुनाई थी। वो बेजुबान भी जैसे सबकुछ ही तो समझती थी। नसीम के राजी-खुशी होने की खबर पाकर पेटभर कर खाया था उस दिन गायत्री ने। और नूरे की माँ ने भी तो गायत्री को आटे का पेड़ा खिलाये बिना खुद कभी नहीं खाया था। लोग हँसते—पिछले जन्म में कहीं तुम लोग हिन्दू तो नहीं थे? माँ की तरह पुज रही है गायत्री तुम्हारे यहाँ।

वह फखर से जवाब देता—माँ होने के सारे फर्ज पूरे किये हैं गायत्री ने, फिर सभी जीवों से प्यार करना तो सभी धर्मों में सिखाया जाता है। अपने जवाब पर लोगों को हैरान देखकर वह कहता, "पता नहीं क्यों लोग अपने धर्म के बारे में सिर्फ खुशफहमियाँ और दूसरों के धर्म के बारे में सिर्फ गलतफहमियाँ ही पाले रखते हैं?"

गायत्री जो कि अब उस परिवार में बड़ी बुजुर्ग की-सी हैसियत रखती थी और जिसे पहले उन्होंने पाला था, अब वह खुद उस पूरे परिवार को पाल रही थी। असद को परेशान देखकर बार-बार रम्भा उठती थी जैसे उसे दिलासा दे रही हो! असद भी अपना दु:ख और उसका दर्द साझा करना चाहता था और उसके गले लग रोने लगता जैसे वह सबकुछ समझ-बूझ रही हो—शामनाथ जो

चाहता है मैं कैसे मान लूँ? कहता है थोड़े-बहुत पैसे लेकर गाय मुझे सौंप दे। कोई पैसे लेकर अपनी माँ दूसरों को सौंप सकता है? कोई उस चौधरी से पूछे उस वक्त तूने भी उस बीमार बछिया को मरने के लिए छोड़ दिया था अब तू किस मुँह से उसे माँग सकता है? ये तो जोर-जबरदस्ती की बात हो गयी। सिर्फ इसलिए कि हम गरीब हैं और मुस्लिम भी? इसी बात का ही तो मुझे डर है कि कहीं शामनाथ ओछे हथकंडों पर ना उतर आये और खुद ही कोई नापाक हरकत करके खुद ही कोई बखेड़ा ना खड़ा कर दे और अपने फायदे के लिए कोई दंगा न करवा डाले...।

रूह काँपकर रह गयी असद की। उसके दिलो-दिमाग पर कितने ही मासूम और बेगुनाहों की चीख-पुकार चील-कौओं की तरह मँडराने लगी थी।

उसकी घरवाली और बेटे का घर में से निकलना भी दूभर हो गया था। उन्हें रास्ते में रोककर शामनाथ चौधरी की बात मान लेने के लिए धमकियाँ दी जाने लगी थीं।

शाम हो चुकी थी। चूल्हा जलाती हुई नूरे की माँ बोली, "क्योंजी, यो ना हो सके कि कुछ दिनों के लिए गायत्री को ले जा के मामा के यहाँ छोड़ आओ? कम-से-कम गायत्री तो सही-सलामत रहेगी वहाँ...।"

"मेरे दिमाग में भी आयी थी ये बात पर...चौधरी को तो कुछ-ना-कुछ मौका चाहिए। अगर इधर उसने अफवाह उड़ा दी कि हमने अपनी देवी जैसी गाय को किसी कसाई को बेच डाला है तो..."

"चौदह सेर दूध देनेवाली अपनी गाय को कोई कसाई को क्यों बेचेगा?"

"बात जब धर्म की आ जाती है ना, तो सारे तर्क-तरीके धरे रह जाते हैं।"

उन्हें कुछ समझ नहीं आ रहा था कि क्या करें, क्या नहीं करें? एकाएक नूरे की माँ ने कहा, "फिर तो इस फसाद से बचने का एक ही रास्ता है कि हम गायत्री को किसी हिन्दू भाई को सौंप दें।" कहते-कहते नूरे की माँ का गला भर्रा गया और आगे कुछ नहीं बोल पायी वह।

फिर उसी ठण्डे-से लहज्जे में असद ने उसकी बात बेकार कर दी, "फिर तो चौधरी और ज्यादा चिढ़ जायेगा...खुद ही कोई शरारत करके नाम हमारा ही लगा देगा। लोग भी हमीं पर शक करेंगे कि हमने अपनी माँ-जैसी गाय एकाएक किसी और को सौंप कैसे दी? इसमें जरूर कुछ साजिश होगी। अब तो सिर्फ एक ही रास्ता बचा है कि हम खुद ही अपनी गायत्री को शामनाथ चौधरी को ही सौंप दें, इसीमें सबकी भलाई है?"

उसकी बात सुनते ही नूरे की माँ फूट-फूटकर रोने लगी, "नहीं...गायत्री

के बिना हम कैसे रहेंगे?" और वह गायत्री के गले लगकर काफी देर तक रोती रही।

बेहद निराश और नाउम्मीद-सा होकर असद ने कहा, "इसके सिवाय अब हमारे पास कोई चारा नहीं है वर्ना बात बढ़ गयी तो जाने कितने मासूम और बेगुनाह बेमौत...।"

थोड़ी देर बाद अपने-आप पर काबू पाकर नूरे की माँ ने कहा, "इसे ले ही जाना है तो नूरे के आने से पहले ही ले जाओ...वो आ गया तो रो-रो के बखेड़ा खड़ा कर देगा।"

मन मार के असद उठा, 'आज आखिरी बार तो दूह ही लूँ...फिर पता नहीं अमृत जैसा दूध नसीब हो या नहीं...'

वह उठा ही था कि राम मन्दिर के पुजारीजी की बीवी आ धमकी। उसे आया देखकर एकबार तो असद और उसकी बीवी की रूह काँप गयी। क्षणभर में जाने कितनी भयावह आशंकाओं ने उनके दिलो-दिमाग को हिलाकर रख दिया, लेकिन अगले ही क्षण पुजारिन के हाथ में लोटा देखकर उनकी जान-में-जान आयी।

बहुत डरते झिझकते हुए पुजारिन ने कहा, "हमारा छह महीने का बच्चा बहुत बुरी तरह बीमार है...मिनट-मिनट में उलटी-दस्त कर रहा है।" कहते-कहते पुजारिन का गला रुँध गया, "वैद्यजी ने कहा है कि इसे गाय का दूध पिलाओ...अगर हो सके तो थोड़ा-सा दूध...।"

"क्यों नहीं? क्यों नहीं? माँ के दूध पर तो सब बच्चों का बराबर का हक होता है ना?"

असद की मायूसी, निराशा और नाउम्मीदी जाने कैसे एकाएक धुल-पुँछ गयी थी, "आप लोटा रख जाओ, मैं दूध दूह के अभी नूरे के हाथ आपके घर ही पहुँचा देता हूँ।" असद ने नये उत्साह में भरकर कहा।

पहले जैसे जोशोखरोश से वह गाय के सानी-पानी में जुट गया...चौधरी तो सिर्फ मुनाफे की बात सोचता है बस्स...उसे क्या पता कि राम के साथ हमारे मुल्क की तहजीब और कद्रें-कीमतें जुड़ी हुई हैं। अगर हम गायत्री चौधरी को सौंप दें तो पारबती बुआ, जिसके इकलौते जवान बेटे को टी.बी. हो गयी है, को चौधरी मुफ्त में दूध देगा?

दूध की पहली धार उसने बाल्टी में गिराई ही थी कि उसे कुछ बच्चों का शोर सुनायी दिया। उसने मुड़कर देखा-धूल-मिट्टी से सने हुए चार-पाँच बच्चे उसके पीछे आ खड़े हुए थे। नूरे के सिवाय सभी बच्चे हिन्दुओं के थे। नूरा

बोला, "अब्बू! ये मेरे दोस्त हैं...दूध की एक-एक धार इन्हें भी पिलाओ ना?"

"हाँ, हाँ...क्यों नहीं, एक-एक कर मेरी बायीं ओर आते जाओ।"

असद बारी-बारी सब बच्चों के मुँह में गाय के थन से सीधे ही दूध की धारें मारता रहा। बच्चे खुशी से किलकारियाँ मार रहे थे। आखिर में कोई चार-पाँच साल का बच्चा जोकि उन सबमें से छोटा भी था, डरते-डरते आगे बढ़ा।

"डरो मत...हाँ-हाँ...मुँह खोल...पूरा मुँह खोल।"

ज्योंही असद ने उसके मुँह में दूध की धार मारी, नूरा बोला, "अब्बू ये लड़का पता है कौन है? शामनाथ चौधरी का पोता..."

चौधरी की नाम आते ही असद काँपकर रह गया। उसके हाथ के काँपने से दूध की धार बच्चे के मुँह के अन्दर ना जाकर चेहरे पर पड़ गयी। उसकी नाक, गाल...सारे चेहरे पर दूध लग गया। बच्चा खाली मुँह चलाकर रह गया। इसे देखकर बाकी सब बच्चे हँस-हँसकर दुहरे होने लगे। बहुत पवित्र और बेखौफ-सी उस हँसी को सुनकर असद की रूह भी खिल उठी। वह भी हँस पड़ा। गायत्री भी बार-बार उधर देख-देखकर खुश हो रही थी। माँ की तरह बच्चों की खुशी में अपनी खुशी ढूँढ़ती हुई-सी।

असद ने चौधरी के पोते का मुँह पुछवाया और फिर बड़े प्यार से दूध की धारें पिलायीं। खुशी से उछलता हुआ वह जाने लगा तो असद ने उसे आवाज देकर रोका और कहा, "अपने दादा को कहियो कि गाय जो दूध देती है उस पर लोगों का नाम लिखकर नहीं देती। माँ के दूध पर सब बच्चों का बराबर हक होता है। गाय के दूध पर अपना सिर्फ अपना नाम लिखने की कोशिश फिजूल है।"

उनके जाने के बाद असद को लगा कि शामनाथ के पोते से उसे यह सब नहीं कहना चाहिए था। वह तो पहले ही से फुँका बैठा है। कहीं उसे यह सब बुरा लगा तो चिढ़कर जाने क्या कर बैठे?

कैसे बुरे-बुरे ख्यालों के डर से उसे सारी रात नींद नहीं आयी। लेकिन कुछ ऐसा-वैसा हुआ नहीं। इससे असद को थोड़ी तसल्ली हो गयी थी।

अगली रात गायत्री के कोठरी के अन्दर बँधे-बँधे कूदने-बिदकने से असद ने उसे वापिस उसी छप्पर के नीचे ला बाँधा और उसी रात उसकी पूँछ और कान काट लिए गये थे। इस सबका ही तो डर असद को खाये जा रहा था। उसे लगा आज की रात उसके परिवार के लिए आखिरी रात है। आज का दिन देखना भी नसीब होगा या नहीं, कुछ पता नहीं। गलती मेरी है, मैंने गायत्री

को बाहर बाँधा ही क्यों? लोग अपने छोटे-छोटे स्वार्थों के लिए धर्म की आड़ लेकर कितना नीचे गिर सकते हैं? कितने लोगों की जान ले सकते हैं।

उनके घर पर मची हुई कुरलाहट को सुनकर आस-पास के उनकी बिरादरी के लोग आ जुटे थे।

"क्या हुआ? क्या हुआ?"

"खैर तो है ना? कुछ बोलो भी?"

बहुत खोद-खोदकर पूछने के बावजूद वे बोले कुछ नहीं, बस रोते रहे। फिर असद ने बस इतना कहा, "किसी ने गायत्री के कान और पूँछ काट लिए और अब खुद ही दंगाकर उसका जिम्मा हम पर ही डालना चाहता है।"

"है कौन वो काफिर...उसे जिन्दा नहीं छोड़ेंगे हम, है कौन वो?"

असद ने किसी का नाम नहीं बताया पर कुछ ही देर में लाठियों और लोहे के सरियों से लैस एक सेना तैयार हो गयी थी और वे अपने धर्म की जय और दूसरे धर्म के नाश के नारे लगाने लगे थे। असद को थोड़ा सहारा तो हो गया था कि अब उतना अकेला और असहाय नहीं है। पर लग रहा था कि जो होनेवाला है वह किसी के लिए भी अच्छा नहीं होगा।

पूरे इलाके में तनाव की स्थिति उत्पन्न हो गयी थी। वैसा ही हो रहा था जैसा असद को डर था। उधर मन्दिर के बाहर भी भीड़ आ जुटी थी। धर्म पर आये खतरे को देखते हुए उनके हाथों में भी त्रिशूल, लाठियाँ और सरिये आ गये थे। शामनाथ मन्दिर के बाहरी अहाते में खड़े इधर-उधर जैसे कुछ ढूँढ़ रहे थे।

पुजारीजी शोर सुनकर बाहर आये और पूछने लगे, "यह सब क्या है? क्या ढूँढ़ रहे हैं चौधरी साहब?"

हड़बड़ा गये शामनाथ, "वो, वो ढूँढ़ना क्या...हाँ, हाँ सुना है कि किसी ने गाय के कटे हुए अंग? यहाँ दिख नहीं रहे? गये कहाँ? म्लेच्छों की हिम्मत तो देखो। हम इन म्लेच्छों का नामोनिशान मिटा देंगे..."

"लेकिन चौधरी साब, यहाँ ऐसा कुछ नहीं हुआ है...किसी ने मन्दिर में कोई माँस-वाँस नहीं फेंका है...मैंने सुबह खुद सफाई-वफाई की है। मुझे तो ऐसा कुछ नहीं मिला, लेकिन आपने किससे सुना है यह सब?"

जवाब नहीं दे सके शामनाथ चौधरी। नारे लगाती हुई भीड़ भी एकदम चुप्प हो आयी थी। पुजारीजी ने हँसते हुए कहा, "चौधरी साब, आप भी...इतने बड़े आदमी होकर अफवाहों पर यकीन करके चले आये।"

"अफवाह क्या...मैंने तो खुद..." कहते-कहते एकाएक रुक गये चौधरी,

उन्हें लगा इतने लोगों के बीच जैसे वे एकाएक नंगे हो गये हैं। एकाएक सन्नाटा-सा छा गया वहाँ। चौधरी साब के हाथ-पाँव काँपने लगे, अगर लोगों को पता चल जाये कि यह हरकत उन्हीं की है तो लोग क्षणभर में उनके चीथड़े उड़ा देंगे। मारे घबराहट के चौधरी साहब पसीना-पसीना हो आये। आँय-बाँय करते हुए बोले, "मैंने खुद...मैंने तो खुद कहा है कि ये अफवाह ही होगी!"

बात को सम्भाल ही लिया चौधरी साहब ने। उनके साथियों की भी जान में जान आ गयी।

शामनाथ चौधरी की आवाज की कड़क फिर लौट आयी थी, "पर पता चला है कि वो असद है ना? उस म्लेच्छ ने जो गाय पाल रखी थी उसके कान और पूँछ गायब हैं। हमारे मन्दिर को अपवित्र करने के लिए ही उसने ये हरकत करायी है। ठीक है यहाँ गऊ माँस बरामद नहीं हुआ है पर उस म्लेच्छ ने गऊ माता के साथ ऐसी हिंसक हरकत किसलिए की है?"

अब एकाएक पुजारीजी को कोई जवाब नहीं सूझा। उन्होंने हथियारों से लैस भीड़ को देखा। उनकी आत्मा काँप उठी। चौधरी साहब कड़कड़ाते हुए अपना सवाल फिर दोहरा रहे थे। पुजारीजी के दिलो-दिमाग पर जाने कितने बेकसूर और मासूमों की चीख-पुकार चील-कौओं की तरह मँडराने लगी थी। 'जैसे भी हो, मैं ये हिंसा नहीं होने दूँगा।' मन ही मन उन्होंने निर्णय किया और बोले, "वो दरअसल ऐसा हुआ कि कल मैं असद के घर के पासवाले कीकर के पेड़ से दातुन काटने गया हुआ था। वहीं असद की गाय भी चर रही थी। एकाएक उस गाय को जाने क्या हुआ कि मुझे मारने दौड़ पड़ी। मेरे तो होश ही उड़ गये...मेरे हाथ में दातुन काटनेवाला चाकू था, मैंने अपनी आत्मरक्षा को वही चला दिया और बस असद की उस गाय के कान और पूँछ कट गये। मुझे भी बहुत अफसोस है ये जो कुछ भी हुआ...खैर! मैं इसके लिए शास्त्रों के अनुसार पश्चाताप करूँगा ही..."

पुजारीजी से ऐसे बयान को चौधरी साहब को बिलकुल भी आशा नहीं थी। उनके लिए अब ये समझना कुछ मुश्किल नहीं था कि खुद उन्होंने रात को जो गऊ-माँस मन्दिर में फिंकवाया था उसे दिन होने से पहले पुजारीजी ने कहीं फेंक, छुपाकर जगह को धो-धाकर साफ करवा दिया होगा ताकि दंगा ना हो सके। हिंसा ना भड़क सके।

अपने इरादों और मंसूबों पर पानी फिरता देखकर चौधरी शामनाथ को गुस्सा तो बड़ा आ रहा था पर वे कर कुछ नहीं पा रहे थे। वे खीज उठे, "क्यों झूठ बोल रहे हैं पुजारीजी? आप शायद असद को बचाना चाहते हैं।

आप जैसों की वजह से हमारा धर्म मार खा रहा है। हम कैसे मान लें कि आप जो कह रहे हैं वो सच है?"

"आप ही बताइए कैसे विश्वास होगा आपको?"

"ठीक है...आप भगवानजी की मूर्ति के सामने खड़े होकर कसम खाइए कि आप जो कह रहे हैं, वो सच है!"

शामनाथ चौधरी जानते थे कि पुजारीजी झूठ बोल रहे हैं–अब देखता हूँ कैसे खाते हैं ये झूठी कसम?

पुजारीजी धर्म संकट में पड़ गये थे। योंही झूठ बोलना और बात है, पर मन्दिर में भगवान के सामने खड़े होकर कसम खाना और बात है। कैसे खायें वो झूठी कसम? उनकी आत्मा तक काँप उठी थी। तो क्या बेकसूर और मासूमों को हिंसा की आग में धकेल दें। नहीं, मेरा धर्म हर हालत में हिंसा से लोगों को बचाने की शिक्षा देता है। मैं दंगा नही होने दूँगा। इसके लिए मुझे चाहे कुछ भी करना पड़े और पुजारीजी ने सबके सामने कसम खाकर हिंसा को भड़कने से रोक लिया।

मुँह की खाकर शामनाथ अपने घर की ओर लौटते हुए सोचने लगे थे। एक तो काम नहीं बन पाया ऊपर से मैंने गऊ माता के कान और पूँछ कटवा डाले, उलटा वो पाप मेरे सिर चढ़ गया। एक मैं हूँ जो...और एक वो पुजारीजी जिसने झूठी कसम खाकर इतना बड़ा फसाद होने से रोक लिया। लेकिन मैं शामनाथ इनसे मात खा लूँ...? जिस दिन कभी मौका मिला तब बताऊँगा इन्हें।

खतरा टल गया था। शाम तक सबकुछ शांत हो गया था पर गऊ माता के जख्म अब भी टीस रहे थे। असद और दूसरे लोगों के मन में पुजारीजी के लिए इज्जत और भी बढ़ गयी थी।

कई दिन बाद सुबह-सुबह जबकि शामनाथ चौधरी कोई नयी तगड़ी चाल चलकर पुराना हिसाब चुकाने की सोच रहे थे। असद गाय की एक नन्ही-सी बछड़ी को लिए हुए आ पहुँचा था। दुआ-सलाम के बाद असद ने कहा, "मालिक, हमारी गाय गायत्री ने बछड़ी दी थी। इसे मैं आपको भेंट देने आया हूँ।"

दूध जैसी सफेद नन्ही-सी बछड़ी को देखकर चौधरी की रूह तक जैसे खिल उठी थी। शर्म से पानी-पानी हो गये शामनाथ चौधरी। उन्हें लगा कि जैसे किसी ने थप्पड़ मार-मारकर उनके चेहरे को इतना बिगाड़ दिया है कि वे किसी को मुँह दिखाने लायक नहीं रहे हैं।

समीचीन कथावर्ष : 1993

मुद्दा

इससे गिरी हुई हरकत और क्या होगी? बेटी की उम्र की बच्ची के साथ रँगे हाथों वह पकड़ा गया।

घोर कलियुग है वर्ना सूरज टूटकर गिर जाता या धरती फट जाती लेकिन कुछ भी नहीं हुआ। आग की-सी तेज गति से फैल गयी थी वह खबर झुग्गी बस्ती में। पिनपिनाते बच्चों, आवारा लड़कों, कड़कड़ाती औरतों और वाही-तबाही बकते बूढ़े-बुढ़ियों की अच्छी-खासी भीड़ जुट आयी थी वहाँ।

दूसरों के झमेलों में झाँककर मजा लेने का मौका चूकना नहीं चाहती थीं आसपास की झुग्गियों में रहनेवाली औरतें। कुछ औरतें अवाक् थीं। डरी, सहमी और कुछ तैश में आकर आपे से बाहर हुई जा रही थीं। बस्ती के लौंडे-लफंगों को भी हीरो बनने का जैसे मौका मिल गया था—ये साला प्रधान है या हैवान? इस साले को तो चौराहे पर नंगा करके गोली मार देनी चाहिए।

कोई-न-कोई तमाशा होता है रोज बस्ती में। कौन क्या करता है? कहाँ जाता है? किसके पास आता है? किसके सम्बन्ध किसके साथ हैं। हमेशा शक की निगाह रहती हैं लोगों की एक-दूसरे पर। जहाँ भी दो औरतें मिलतीं, तीसरी के बारे में बातें करने लगतीं। उसे बदचलन सिद्ध करतीं और फिस्स-फिस्स करके हँसतीं। जाने क्यों अपनी तकलीफें भूलकर दूसरों में इतनी दिलचस्पी लेतीं।

बिन्नी के पड़ोस में अभी कल ही तो ड्रामा हुआ था। उनके पड़ोस में रहनेवाली दमयन्ती के घर उसका कोई चचेरा भाई मिलने आया था। थोड़ी देर बैठकर चला गया। उसके जाने के बाद बस्ती के लफंगे लगे उसकी झुग्गी के चक्कर काटने, लगे दमयन्ती को छेड़ने—अब तो घर पर ही आने लगे? हमारे होते बाहर से लौंडे बुलाने की क्या जरूरत है? आसपास की औरतें भी उसे बुरा-भला कहने लगीं। दमयन्ती भी ठहरी मुँहफट, किसी से दबनेवाली नहीं थी। कुछ वह पहले से ही बदनाम है और कुछ वह औरों के मुकाबले साफ-सुथरी और बन-ठनकर रहती है। जवाब में उसने भी खरी-खरी सुनाईं—जो

किसी पर गलत और गन्दा इल्जाम लगाता है वहीं गन्दा होता है। वही गन्दा जिसकी जुबान गन्दी। अच्छा-खासा तमाशा खड़ा हो गया था।

और आज ये बखेड़ा हो गया—कहाँ मासूम बच्ची और कहाँ झुग्गियों का प्रधान?

बुरी तरह फँस जाने के बावजूद झुँझलाता हुआ ऐंठ रहा था किशन प्रधान। इतना घटिया इल्जाम? मैंने कुछ किया भी है? ऐसा सोचना भी पाप है मेरे लिए तो...? ऐसी नीच हरकत मैं करूँगा? मेरी उम्र तो देखो। चिन्नी से बड़ी तो घर में मेरे बेटियाँ हैं।

लोग मुझे किशन प्रधान कहते हैं। एक-एक की मदद की है मैंने, और मैं ऐसा काम करूँगा? खबरदार अगर किसी ने मुझे गाली दी। हाथ लगाया तो...सब जानते हैं, मैं पांडेजी का खास बन्दा हूँ। मेरी पहुँच ऊपर तक है।

पीछे से आवाजें आ रही थीं—चोरी ऊपर से सीनाजोरी...प्रधान हो या कोई और...अब चाहे पांडेजी का बाप। पाप तो पाप है। पांडे के नाम पर डर के बैठ जायें? बच्चियों की इज्जत लुटने दें।

धूप चढ़ती जा रही थी। जानते हुए भी कोई उसकी बात नहीं सुनेगा। वह फँस चुका है। वह झुँझलाया—मुझ पर यह झूठा इल्जाम लगाया जा रहा है।

पहले इन्हीं झुग्गियों में रहता था किशन। राजनीति में पड़कर कुछ ही दिनों में उसने ड्रीमलैण्ड सोसायटी में अपना फ्लैट ले लिया था और वह शान से रहने लगा था। अपनी झुग्गी जिसकी दीवारें और छत उसने पक्की करवा ली थीं और पार्टी का झण्डा लहराता रहता था, को उसने चुनाव कार्यालय में बदल लिया था। अब किशन इन झुग्गियों में चुनाव के दिनों में ही नजर आता था।

भीड़ में खड़े काले मसूढ़ों और पीले दाँतोंवाले चन्दू पर किशन की नजर पड़ी तो समझ गया वह। इसी की कारस्तानी है यह। चन्दू खिलखिला रहा था। तड़पकर रह गया। किशन अपनी ही पार्टी के वर्कर चन्दू को अपने विरोध में खड़ा देखकर हैरान था। इतने साल मिलकर काम किया। आज एकाएक दुश्मन बनकर सामने आ डटा? पांडेजी ने खुद बसाई थीं ये झुग्गियाँ। उनकी पार्टी का गढ़ है ये बस्ती। घर में रखी वोटों की गड्डियों से भरी हुई तिजोरी की इस तरह उनके इस वोट बैंक में विपक्ष अभी तक सेंध नहीं लगा पाया था। लेकिन आज आपसी फूट का पांडेजी को पता चलेगा तो क्या कहेंगे? खून खौलकर रह गया किशन का।

जाकर चन्दू की गर्दन पकड़ ले, उसका मन हुआ लेकिन मामला बहुत

नाजुक है वह भी एक मासूम बच्ची के साथ बलात्कार का! जाने कैसे उसने अपने-आपपर काबू पाया।

तबीयत खराब होने की वजह से अपनी झुग्गी में लेटी चिन्नी की माँ घटना की खबर पाते ही दौड़ती चली आयी थी। उसके कपड़े अस्त-व्यस्त थे और वह बेहद घबराई हुई थी। उसका साँस फूला हुआ था। भीड़ में घिरी रोती हुई अपनी बच्ची पर नजर पड़ते ही उसकी भी रुलाई फूट पड़ी थी। चिन्नी के पास पहुँचते ही वह उसके सिर, पेट, छाती और पीठ को अपने हाथों से छूकर उसकी सलामती की टोह लेने लगी थी।

कलपते-कोसते और रोते-श्रापते हुए एकबारगी चिन्नी की माँ ने वहाँ जमा तमाशाइयों के कलेजों को थर्रा दिया था। किसी औरत पर हाथ डालता तो बात समझ में आती। पर नौ साल की बच्ची? थोड़ा-बहुत तो दरिन्दे भी देख सोच लेते हैं।

एकाएक टूट पड़ी इस आफत को माँ झेल नहीं पा रही थी। हमदर्दी दिखाती भीड़ जैसे उन्हें लगातार नंगा किये दे रही हो। माँ की घबराहट, बेचैनी और रोना देखकर चिन्नी एकदम चुप लगा गयी थी। समझने की कोशिश कर रही हो जैसे कि हुआ क्या है? तरह-तरह के उलटे-सीधे प्रश्न पर प्रश्न पूछ रही थीं चिन्नी से वहाँ जमा औरतें।

चिन्नी का हाथ पकड़कर माँ उसे अपनी झुग्गी की ओर लेकर चल दी अपने पंखों में दुबकाकर सुरक्षा देते हुए किसी पक्षी की तरह। झुग्गी नजदीक ही थी। झुग्गी पर पहुँचकर उसने दरवाजा अन्दर से बन्द कर लिया। बाहर से हँसी-मजाक, ताने-फिकरे और बातें बनाती औरतों की आवाजें आ रही थीं।

इसी बात का डर था चिन्नी की माँ को। पहले कभी भी जब वह कहीं बच्चियों के साथ हुए कुकर्म की बात सुन लेती थी तो उसकी आत्मा दहलकर रह जाती। चिन्नी के बापू के गुजर जाने के बाद तो वह अपने-आपको और चिन्नी को और भी कमजोर और असुरक्षित-सा महसूस करने लगी थी।

चिन्नी को पढ़ा-लिखाकर बड़ा बनाना चाहती थी वह। पर गन्दे जमाने, बिगड़े माहौल, बुरे वक्त और कुछ लोगों की बातों से डरकर उसने चिन्नी को स्कूल से हटाकर अपने साथ काम पर ले जाना शुरू कर दिया। दो-तीन कोठियों का काम पकड़ रखा था चिन्नी की माँ ने। चिन्नी उसका हाथ बटा देती।

खाँसी-जुकाम तो लगा ही रहता था चिन्नी की माँ को। उस दिन मालकिन ने उसे खाँसते देखा तो जोर दिया कि वह गुलाबी बाग चेस्ट क्लीनिक में जाकर अपना चैक-अप करवाये। कोई बीमारी निकली तो इलाज-विलाज

वहाँ सब फ्री में हो जायेगा। एक्सरे और थूक-खून की जाँच हुई तो पता चला कि उसको तो टी.बी. है, इसीलिए उसे रोज-रोज बुखार-सा बना रहता था। दहलकर रह गयी वह। अपनी बजाय उसे चिन्नी की चिन्ता अधिक थी।

इलाज तो शुरू हो गया पर मालकिन ने साफ जवाब दे दिया। हमारे घर भी बीमारी फैल सकती है। हिसाब लेकर चुपचाप लौट आयी वह। ऐसी स्थिति में मालकिन की जगह वह खुद होती तो शायद वह भी यही करती। उसकी बीमारी उससे चिन्नी को न लग जाये। वह खुद इस चिन्ता में है...तो मालिकों के घर भी तो छोटे-छोटे बच्चे हैं। उन्हें बीमारी लग गयी तो...? काम का क्या है, पचास मिल जायेंगे। बीमारी ठीक हो जाये, काम करने को उम्र पड़ी है। वैसे भी अभी दूसरे घर का काम उसके हाथ में था जहाँ उसने चिन्नी को अकेले ही भेजना शुरू कर दिया था। दो वक्त कोठी की साफ-सफाई, टोकराभर बर्तन। तड़फकर रह जाती चिन्नी की माँ। जबतक चिन्नी काम पर से लौट न आती तबतक उसके दिलो-दिमाग पर कोई साँप दाँत गड़ाये रहता। आज थोड़े ही देर के लिए बाहर निकली थी चिन्नी और यह काण्ड हो गया।

बेहद डरी हुई थी चिन्नी। अभी तो माँ रो रही है। चुप होगी तो बुरी तरह पीटेगी उसे। उसने किया ही क्या है? उसका कसूर ही क्या है? झुग्गी में आकर माँ ने भी चिन्नी से वही प्रश्न पूछे थे जो बाहर लोग पूछ रहे थे—क्या-क्या किया था किशन प्रधान ने? कहाँ से पकड़ा था? कपड़े उतारे थे?

उसके मना करने के बावजूद कि कुछ भी तो नहीं हुआ उसके साथ? लेकिन बार-बार पूछा जा रहा था नौ साल की है वह। सब समझती है वह। क्या होता है गन्दा काम? बल्कि उसे तो पिछले साल ही पता चल गया था जब वह आठ साल की थी।

पीछे की झुग्गियों में रहनेवाली चिन्नी की सहेली नीतू ने खेलते-खेलते अचानक ही एक दिन चिन्नी से पूछ लिया, “तू जानती है? बड़े होकर आदमी लोग औरतों के साथ क्या करते हैं?” चिन्नी ने कंधे उचकाकर मुँह बिचका दिया, “क्या?” उसका हाथ पकड़कर खींचते हुए मीतू बोली, “चल मैं दिखाती हूँ।”

झुग्गी बस्ती के पश्चिम में एक पॉवर सब-स्टेशन था जिसकी पिछली दीवार से हटकर कुछ झुग्गियाँ थीं। उनमें से एक झुग्गी मिस्त्री मोहनलाल की भी थी जोकि स्टील के बर्तन बनानेवाली फैक्टरी में काम करता था। उसकी झुग्गी बाँस और लकड़ी की छोटी-छोटी फट्टियों से बनी हुई थी। बरसात से बचने के लिए झुग्गी की छत पर काली-सी तिरपाल डाल रखी थी। पॉवर

सब-स्टेशन और झुग्गी के पीछे थोड़ी-सी जगह खाली थी, लेकिन इधर से किसी का आना-जाना नहीं था।

झुग्गी के पिछवाड़े से लकड़ी की फट्टी एक जगह से थोड़ी-सी टूटी हुई थी। जिसमें से झाँकने पर अन्दर का सबकुछ साफ-साफ दिखाई देता था।

शाम का वक्त था। धूप ढल चुकी थी। झुग्गी के पिछवाड़े जाकर मीतू और चिन्नी बारी-बारी से अन्दर झाँकने लगी थीं। मिस्त्री मोहनलाल अभी काम से नहीं लौटा था। मिस्त्री की बीवी उनसे बेखबर अपने काम में जुटी हुई थी। शायद वह फटे हुए कपड़े में टाँके लगा रही थी। झुग्गी में अभी भी दिन की रोशनी बाकी थी। शाम पौने छह बजे अपनी ड्यूटी खत्म कर मिस्त्री मोहनलाल आया।

आते ही उसने अपने कपड़े उतारे। बीवी को खींचकर नीचे लिटाया और दबोच लिया। मीतू ने चिन्नी से फुसफुसाते हुए कहा, "देख-देख!" चिन्नी की छोटी-छोटी आँखें फैलकर चौड़ी हो गयी थीं, साँस रोककर देख रही थी वह। हैरान थी वह, इस आदमी को हो क्या गया है? पागलपन का कोई भूत सवार हो गया है क्या इस पर? औरत भी चीख-चिल्ला नहीं रही जबकि वो आदमी उसे काट रहा है।

ज्यादा देर तक अन्दर के दृश्य नहीं देख पाई चिन्नी। डर के मारे थरथर काँपने लगी वह। एकाएक वह पीछे हटी और गिरती-पड़ती भाग खड़ी हुई। पीछे-पीछे मीतू भी भागी आ रही थी। काफी दूर जाकर रुकी।

सहमी शर्माई-सी उसने खुले हुए मुँह पर हाथ रखा हुआ था। चिन्नी थरथरा रही थी जैसे कोई जुर्म करते पकड़ी गयी हो!

तभी तो बस्ती के लड़के रोज इधर-उधर ताक-झाँक करते रहते हैं। रोज लड़ाइयाँ होती हैं। लड़के तो शर्माते भी नहीं। हँसते, चिढ़ाते, सीटी बजाते भाग जाते हैं। सारे लड़के ही बिगड़े हुए हैं। बस्ती के तो...तभी तो माँ मना करती है—लड़कों के साथ मत खेला कर। कहीं अकेली मत जाया कर। ठीक ही तो कहती है माँ। पता नहीं कब किसके सिर पर भूत सवार हो जाये। चिन्नी को लग रहा था जैसे कोई बिफरा हुआ सांड उसे अपने पैरोंतले रौंदने के लिए उसकी ओर दौड़ता आ रहा है।

अचानक मीतू ने पूछा, "क्या हुआ? अच्छा चल गुड़िया-गुड़िया खेलते हैं।" मुँह बिचकाकर कूदती-फाँदती हुई चिन्नी घर की ओर दौड़ गयी।

चिन्नी का मन होता कि वह भी लड़कों की तरह निश्चिन्त होकर बैटबॉल खेले। साइकिल चलाये। जोर-जोर से सीटी बजाये। शोर मचाये, किसी के

पीछे दबे पाँव जाकर अचानक 'हाउ' करके उसे डरा दे। यों ही घूम-घूमकर पूरा शहर देखे। जोर-जोर से गाना गाये। वह कुछ भी करती, माँ उसे डाँटने लगती। वह सिसकने लगती, "इससे अच्छा मुझे ट्रंक में बन्द कर दो...।"

अभी कुछ ही दिन पहले वह झुग्गी के दरवाजे पर बैठी गाना गा रही थी—कुड़ी क्वारी तेरे पिच्छे-पिच्छे जाता कहाँ है सोणेया? ऊपर से माँ आ गयी। छड़ी उठाई और पीटने लगी। मार-मारकर खाल उधेड़ दी। पीट-पीटकर थक गयी तो हाँफते हुए माँ गालियाँ बकने लगी। बिगड़ रही है तू। चिन्नी पूछना चाह रही थी कि गाना इतना बुरी बात है तो शादी-ब्याह, भजन-कीर्तन, हर जगह क्यों गाते-बजाते हैं लोग? गाना भी नहीं गा सकती मैं?

रोने को हो आयी थी चिन्नी, आज बापू होते तो शायद माँ इतनी चिड़चिड़ी न होती।

बस्ती के पास गुजर रहे तारों पर कुंडी डालकर लाइट खींच रखी थी झुग्गीवालों ने। उस दिन चिन्नी का बापू शिवराम लौटा तो झुग्गी में अँधेरा था। आज दिन में चली तेज आँधी से शायद हिल गया था उसका वह कुंडी कनेक्शन। आते ही उसमें तार फिर से फेंकी पर तार अटकी नहीं। खीझकर वह खम्भे पर चढ़ गया। स्पार्किंग हुई खम्भे पर और अगले ही क्षण करंट का झटका खाकर वह नीचे आ गिरा और वहीं दम तोड़ दिया उसने। हमेशा के लिए अँधेरा हो गया चिन्नी की माँ की जिन्दगी में। माँ की करुण चीख-पुकार से बस्ती थर्राकर रह गयी।

शिवराम की सुध लेने की बजाय बस्तीवाले अपने चोरी के कनेक्शन हटाने के लिए तारें वापस खींचने लगे। दुर्घटना हुई है। पुलिसवाले, बिजलीवाले और जाने कौन-कौन आयेंगे? बस्ती में अँधेरा छा गया। जान-पहचानवालों ने आकर रोती-कुरलाती चिन्नी की माँ को समझाया। जितनी जल्दी हो सके, शिवराम का दाह-संस्कार कर देना चाहिए। पुलिस आ गयी तो लाश अपने कब्जे में कर लेगी। पोस्टमॉर्टम होगा, कल छुट्टी है उधर लाश सड़ती रहेगी। जानेवाला तो चला गया। पीछेवालों के लिए कैसे-कैसे पेचीदा पचड़े पड़ जायेंगे। पिण्ड छुड़ाना मुश्किल हो जायेगा। रात के अभी दस भी नहीं बजे थे कि वे दाह-संस्कार करके लौट भी आये थे।

जैसे-तैसे पाल रही थी वह चिन्नी को। आँखों में आँसू थे माँ के; अभी तो वह जिन्दा है तब यह हाल है। बीमार-वीमार रहती है वह। कल अगर उसे कुछ हो गया तो? चौराहे पर पड़े लावारिस माँस की बोटियों की तरह हो जायेगी उसकी बेटी की हालत। तड़फड़ा रही थी माँ।

हैरान थी चिन्नी। आज रोये चली जा रही है माँ और दिन तो गलती किसी की भी हो, आकर उसे धुन देती थी। उस दिन पानी लेकर लौट रही थी वह, तभी चौदह-पन्द्रह साल के एक लड़के ने उसे छेड़ दिया, "आय हाय? उर्मिला मातोंडकर...।"

"तू मतोंडकर...तेरी माँ मतोंडकर।" और चिन्नी ने उसके पत्थर उठा के दे मारा। माथे पर गूमड़ पड़ गया लड़के के। रोता-चिल्लाता भाग गया वह। थोड़ी देर बाद उस लड़के की माँ उनकी झुग्गी पर शिकायत करने आ पहुँची, "गजब...लड़की हो के सर फोड़ दिया छोरे का!"

चिन्नी चीखी, "पहले उसने मुझे छेड़ा क्यों?"

उनके जाने के बाद माँ ने चिन्नी को खूब पीटा—लड़की होके तू जरा-जरा सी बात पे बखेड़ा खड़ा करेगी? लड़की है तू! चुप करके चले आना चाहिए था तुम्हें।

हैरान-सी आँखें चौड़ी करके देखा था माँ को, "क्यों?"

हैरान थी चिन्नी आज, इतनी बड़ी बात हो गयी पर...माँ ने न तो उसे पीटा है न डाँटा-डपटा है। आज माँ उसे जान से ही मार देगी—या माँ सुधर गयी है? रह-रह के माँ के हौल उठ रहे थे।

बाहर बाकायदा नारेबाजी शुरू हो गयी थी—किशन प्रधान हाय! हाय! बच्चियों की इज्जत करे खराब। काटो साले को, करो हिसाब। बलात्कारी बना प्रधान। जान ले, अब सारा जहान। आसपास की औरतें जलते हुए चूल्हे, भूख से रोते बच्चे, बिखरे हुए बर्तन और अपनी झुग्गियों के दरवाजे खुले छोड़कर उनकी झुग्गी के बाहर जमा होकर बातें बनाने लगी थीं—मर्द की तो खैर जात ही ऐसी है। मैं पूछूँ कि चिन्नी उसके दफ्तर में करने क्या गयी थी? कोई जोर-जबरदस्ती करेगा तो क्या बच्ची रोयेगी-चीखेगी नहीं? किसी ने चिन्नी की आवाज सुनी? आग लग गयी है दुनिया के! भड़ाक से दरवाजा खोला चिन्नी ने, किसके आग लगी है? मैंने किया ही क्या है? कुछ हुआ भी है? काली ठिगनी और चालाक औरतें अब कब्र में पाँव लटकाये बुढ़ियों ने अपने-अपने चेहरों की रंगत बदलने की कोशिश की लेकिन खिसियाकर रह गयीं। चिन्नी चीखी, "रंजू कह रही थी चुनाव होनेवाले हैं। स्टिकर और कमीज पर लगनेवाले बिल्ले मिल रहे हैं। वही लेने गयी थी मैं किशन चाचा की झुग्गी पर। वो बोले अगले हफ्ते आयेंगे। वापिस निकल रही थी झुग्गी से कि बस चन्दू ने शोर मचा दिया।" तमाशा देखने आयीं औरतों को पीछे हटाते हुए पड़ोस में रहनेवाली दमयन्ती ने झुग्गी के अन्दर आकर दरवाजा

भिड़ा दिया। उसे आया देखकर चिन्नी की माँ का कलेजा धड़कने लगा। पतली-साँवली तेज-तर्रार और मुँहफट औरत थी दमयन्ती। उसका पति एक प्राइवेट दफ्तर में चपरासी था। उसकी हमदर्दी चिन्नी की माँ को अच्छी नहीं लग रही थी। पर वह उसे हौसला दे रही थी। कोई कब तक भेड़ियों के डर से बच्चियों को घर में दबाकर छिपाकर रखे? जमाना ही कुत्ते-भेड़ियों का है! थोड़ी देर पहले लोग कह रहे थे पुलिस को बुलाओ। लेकिन उससे पहले उस मुजरिम किशन ने खुद मोबाइल पे फोन करके पुलिस को बुला लिया। पुलिस आयी और उलटा किशन की हिफाजत में जुट गयी। लोगों को पीछे हटाया और दूसरी तरफ से उसे निकालकर बड़ी शान से उसे जीप में बैठाया और साथ ले गयी।

मातम छा गया था झुग्गी में। बाहर से नारों का तेज शोर आ रहा था। हर वक्त मौत-मुसीबत मँडराती है माँ के सिर पर। एक तो बेटी ऊपर से सर पर बाप का साया नहीं। कब कौन हाँक' ले जाये या हलाल कर दे? खैर मनाने के सिवा करे क्या बच्ची की माँ?

झुग्गी के बाहर जमा भीड़ को पीछे हटाता एक पुलिसिया दरवाजे पर आया। उसके हाथ में कुछ कागज और एक फाइल थी। झुग्गी के अन्दर दाखिल होने के लिए उसे काफी झुकना पड़ा। उसे आया देखकर चिन्नी और उसकी माँ का साँस सूख गया। चेहरा पीला जर्द हो गया!

"थाणे चलो, बयान लेणा है थारा...।"

चिन्नी की माँ की आवाज ही नहीं निकली पर दमयन्ती पुलिसिये को कड़ककर पड़ गयी, "क्यों चले थाने? हमने क्या किया? किस बात का बयान? किसी ने कुछ नहीं किया? लड़की बिल्ले लेने गयी थी। अभी झुग्गी के दरवाजे पर ही थी। शरारती लोगों ने खामखाह बात उड़ा दी।"

"लेकिन-वेकिन कुछ नहीं।"

"आप जबरदस्ती मत कीजिए।" ऐसी औरत शायद पहली बार देखी थी पुलिसिये ने। जो उसकी खाकी रौब से जरा भी नहीं डर रही थी। खा जानेवाली नजरों से देखा दमयन्ती को। फिर एकाएक पैंतरा बदला, "देखो भाई, आप लोगों को उस राक्षस के खिलाफ बयाण देणा चइये...ना तै वा साफ बच जावैगा। जनता भी भड़क रई सै...उसे भी शान्त करणा सै...यों ही छुट्टा घूमता फिरेगा साल्ला...थारी खातर ई तै हम लड़ रये सैं।"

कुछ नहीं सूझ रहा था चिन्नी की माँ को। एकदम सुन्न पत्थर-सी बनी बैठी थी वह। जवाब दमयन्ती ने ही दिया, "बच्ची की जो बदनामी होगी वह?

जब वह लड़की कह रही है कुछ हुआ ही नहीं तो हम झूठा बयान क्यों दें? अपने पाँव पर कुल्हाड़ी आप मार लें।"

"पर वो बलात्कारी।"

"कह दिया न हमें नहीं पता..."

एकाएक फिर पैंतरा बदला पुलिसिये ने, "अरे! नाराज क्यों होवो सो? थारी खातर त लड़ रयै सै, हम अर आप? समझ ही नई रये? चालो न्यू करो–आप किशन प्रधाण के खिलाफ बयाण दे दो। मैं तमने पाँच हजार रुपये नगद अभी दे देता हूँ। चाये तम इसे हरजाना समझ लो या जो थारी मरजी। थारा कुछ नहीं बिगड़ेगा गारंटी मेरी। कहाणी हम लिख लेंगे। बल्कि कहाणी त पहले से तैयार सै। बस तम उस पै दसखत कर देना।"

किसी साजिश के तहत हो रहा है यह सब, उनके लिए समझना कठिन नहीं था।

बाहर नारों का शोर कुछ कम हो गया था।

आसमान बादलों से घिरा हुआ था। शाम जल्दी घिर आयी थी। झुग्गी में कुछ अँधेरा-सा हो आया था। एकाएक फीका और फुसफुसा-सा ठहाका मारते हुए दमयन्ती ने रंग बदला–पाँच हजार? अभी दे देंगे? फिर तो मजे हो गये हमारे? कर देते हैं दस्तखत पर पल्ले से पाँच हजार रुपया लगाकर आपको क्या फायदा? फटी आँखों से देखती रह गयी चिन्नी की माँ। यह क्या नाटक चल रहा है उसकी झुग्गी में? ये कौन हैं फैसला करनेवाले? बेहद डरी, सहमी और सिकुड़ी-सी बैठी थी चिन्नी। लगभग फुसफुसाते हुए पुलिसिया बोला, "म्हारी छोड़ो पाँच हजार लगाये, तो कमा बी लेंगे। मोटी मुर्गी फँसी सै। पिण्ड छुड़ाने के लिए कुछ तो पल्ला झाड़ेगा ही। पाछले चुनाव में भतेरा कमाया साल्ले ने। चुनाव के दौरान सर्ट, साड़ियाँ, बिल्ले और वोटरों की पर्चियाँ और चुनाव से एक दिन पहले शराब की बोतलें बाँटने के लिए इलाके के विधायक पाण्डेजी से साले को भतेरा पैसा मिला था। साले ने थोड़ा-बहुत बाँटा, बाकी खुद डकार गया। चन्दू अपने यार से भी पिछले चुनाव में बहुत काम लिया था पर इस किशन ने धेला भी उसके हाथ लगणे नई दिया। अपनी जेबें भर लीं। पिछले चुनाव से ही खार-खाये बैठा है चन्दू। ईब फिर चुनाव आणेवाले हैं। ईब फेर पैसा बरसेगा। दो-चार दिन में झुग्गियों के प्रधान का फैसला होनेवाला है। बच्ची के साथ बलात्कार करने के चक्कर में किशन तो बदनाम हो जायेगा। चन्दू भी प्रधानी का दावेदार है बल्कि वोई प्रधान बनेगा। चन्दू की तो चाँदी हो जायेगी। चुनावों में कपड़े और शराब बाँटने के लिए इसे भी माल

मिलेगा। उसमें से चन्दू भी अपनी जेबें भर लेगा। यो सारा बखेड़ा किशन को बदनाम करके खुद माल डकारने के लिए खड़ा किया जा रहा है।" दमयन्ती की आँखों में खून उतर आया था। उसके सामने राजनीति, पुलिस, कानून, पैसे का क्रूर भयावह नंगा नाच चल रहा था।

बादलों की तेज गड़गड़ाहट से उनका दिल दहल उठा था। बरसात होगी तो बाहर कीचड़-ही-कीचड़ भर जायेगा। बाहर निकलना मुश्किल हो जायेगा। पानी झुग्गी में घुस आया तो सामान तो खराब होगा ही जीना भी दूभर हो जायेगा।

"दूसरी पार्टीवालों से भी तुम फैदा उठा सकते हो। उन्हें भी तो मुद्दा चाहिए। थोड़ी-सी बदनामी पर फैदा ही फैदा...तो ठीक सै न? मैं मन मुताबिक कहाणी लिख लेता हूँ आप दस्तखत कर देना।" भड़ककर पड़ गयी दमयन्ती, "हमें नहीं लिखवानी रिपोर्ट, जो हुआ वही बयान देंगे। हमारी कोई इज्जत नहीं है क्या? बच्ची की जो बदनामी होगी उसका क्या होगा?"

"बदनामी तो यों भी होगी! थोड़ी और हो लेगी...पाँच हजार कम नहीं होते?"

"अपनी ही बहन-बेटी के नाम से लिख लो न रिपोर्ट? आपके घर में भी बहन-बेटी तो होगी?"

पूँछ पर लात पड़ गयी जैसे उसके, "आ...तेरी तो मैं माँ की...मैं शरीफों की तरह पेश आण लग रहा हूँ और तुम? तुम दोनों-तीनों को पकड़कर अन्दर बन्द कर दूँगा। चार गवाह खड़े करके केस बना दूँगा। ये औरतें बच्ची से धंधा करवाती हैं। मेरा के पाड़ लोगे?" मशीनगन से कई गोलियाँ एकसाथ दाग दी हों उनके जैसे किसी ने। माँ एकदम लहूलुहान और क्षत-विक्षत हो आयी थी।

एकाएक माँ चीख पड़ी, "निकल जाओ यहाँ से। ज्यादती करेगा तो तेरी शिकायत ऊपर कर देंगे?"

"बाहर पब्लिक है। गुण्डागर्दी कैसे कर सकता है?"

किलसकर रह गया पुलिसिया फिर फनफनाता हुआ पैर पटककर बाहर निकल गया।

संयत होने में थोड़ा वक्त लगा था उन्हें। पुलिसिये को झाड़कर भगा दिया। ऐसी हिम्मत तो नहीं थी उसमें। ऐन वक्त पर दमयन्ती ने आकर उसे हिम्मत और सहारा दिया। दमयन्ती जिसे बस्तीवाले बदचलन औरत समझते हैं, कितनी साफ और सुलझी हुई औरत है वह? बदनामी का खंजर अब भी माँ के कलेजे में जैसे धँसा हुआ था। क्या होगा? कैसे जियेंगे? दमयन्ती ने धीरे-से कहा, "जाना कहाँ है? लोगों की क्या परवाह करना? जो दूसरे पर कीचड़ उछालेगा उसके अपने हाथ भी तो गन्दे होंगे। लोग तो मेरे बारे में

क्या-क्या कहते हैं? लेकिन मुझे पता है कि मैं निर्दोष और स्वच्छ हूँ। दुनिया में कुत्ते बहुत हो गये हैं तो क्या जीना छोड़ दें? इस डर से कि कुत्ता काट लेगा उसे दुतकारना छोड़ दें?"

चिन्नी झुग्गी के कोने में एकदम डरी-सहमी सिकुड़ी हुई-सी पड़ी थी। उसकी आँखें डर से पत्थर हो गयी थीं।

बाहर का अँधेरा काला घना और शान्त था। दिन भर हो-हल्ला करनेवाले आसपास के लोग अपनी-अपनी झुग्गियों पर लौट चुके थे। इतमीनान था उन्हें मुजरिम को पुलिस पकड़ ले गयी है। उसे तो दण्ड मिलेगा ही। इक्का-दुक्का लोग थाने तक भी जाकर लौट आये थे। पता चला किशन थाने में ही है। हँसी-मजाक और चाय नाश्ते के साथ-साथ पूछताछ चल रही है। बस्ती का खदबदाता माहौल बदस्तूर चलने लगा था जैसे कुछ हुआ ही न हो!

गलियों में एक-दूसरे से लड़-लड़कर लहूलुहान होते कुत्तों के भौंकने की आवाजें आ रही थीं। आज माँ ने चूल्हा भी नहीं जलाया था। उसकी आँखें एकदम लाल अंगारे जैसी थीं। अभी थोड़ी ही देर हुई थी कि झुग्गी के बाहर उन्हें कुछ शोर-सा सुनाई दिया। झुग्गी का दरवाजा खटका। न चाहते हुए माँ को खोलना पड़ा। दस-पन्द्रह हट्टे-कट्टे आदमी खड़े थे। झक्क सफेद कुर्ते पाजामेवाली एक भारी-भरकम काया हाथ जोड़कर आगे बढ़ी। पीछे से आवाज आयी, "ये तिवारीजी हैं विपक्ष के नेता?" अपने चेहरे पर गद्गद भाव छिपाकर मायूसी-सी लाकर कहा, "आपकी बच्ची के साथ जो हुआ हमें अफसोस है। आपके साथ हमदर्दी है हमें। आपकी बच्ची हमारी बच्ची। हम छोड़ेंगे नहीं मुजरिम को। तन-मन से आपके साथ हैं हम। आप पीछे मत हटना। हम मामले को बहुत आगे तक ले जायेंगे।"

मारे गुस्से के माँ काँपने लगी थी। गला सूख गया था। बमुश्किल बोल पाई, "कुछ भी तो नहीं हुआ मेरी बच्ची के साथ फिर हम बात क्यों बढ़ायें? कुछ हुआ ही नहीं...मेरी बच्ची की जान छोड़िये।"

भारी-भरकम कायावाले की भी जैसे पूँछ पर लात पड़ गयी, "ऐसे कैसे छोड़ दें? आपकी बेटी हमारे लिए एक मुद्दा है। आनेवाले चुनावों के लिए यों भी हमारे पास कोई मुद्दा नहीं है। हम इसी को मुद्दा बनायेंगे। बच्चियों के साथ बढ़ते बलात्कार और बिगड़ती कानून व्यवस्था यह मुद्दा! हमें पता है आप बदनामी के डर से मामले को छिपाना चाहते हैं। पर हम दूसरी पार्टीवालों के कारनामे जनता के सामने रखेंगे। हमने मीडियावालों को भी फोन कर दिया है। कैमरे लेकर आते ही होंगे।"

तड़फकर रह गयी थी माँ। दमयन्ती और आसपास के दो-चार लोगों ने भी कहा, "जब कुछ हुआ ही नहीं तो?"

"नहीं हुआ तो भी मामले की जाँच तो होनी चाहिए? बच्ची की मेडिकल जाँच से सब पता चल जायेगा। कुछ हुआ है या नहीं? हमने ऊपर तक फोन कर दिये हैं। बड़े थाने से दल-बल के साथ आती होगी पुलिस..."

मीडिया और पुलिसवाले आ पहुँचे थे।

खतरे में बच्चियाँ हमारी हैं। पांडे की पार्टी बलात्कारी है। आसमान नारों से गूँजने लगा था।

मारे डर, घबराहट, गुस्से और दहशत के चिन्नी थरथरा रही थी। उसे चक्कर आने लगे थे और वह गिर-पड़ने को हो रही थी। दो-एक पुलिसवाले उसकी ओर लपके—बच्ची की ये हालत है और आप कह रहे हैं कुछ हुआ ही नहीं। और वे बच्ची को जाँच के लिए लेकर चल पड़े। पीछे रोती-कुरलाती माँ चली आ रही थी। जैसे उसकी बच्ची को जिबह करने के लिए ले जाया जा रहा हो! पीछे-पीछे हो-हल्ला करती हुई भीड़ चली आ रही थी। गिरती-पड़ती बेहाल माँ चीखी—कुत्तो! कमीनो!! ये क्या जबरदस्ती है? जो नहीं हुआ, वो अब हो रहा है...सबके सामने...।

कथाक्रम : जनवरी-मार्च, 2005

संक्रमण

आज कालू वहीं काम पर बैठा था, जिसे ना करने के लिए उसकी माँ ने मरते वक्त उसे सख्त ताकीद की थी। माँ ने मरते वक्त कहा था, "हे श्वान-पुत्र, इन अन्तिम क्षणों में तुम्हें अपनी आँखों के सामने देखकर मैं खुशी-खुशी मर सकूँगी। पिछली बार मेरे चार बच्चे हुए थे। उनमें से कौन कहाँ गया? मुझे किसी का कुछ पता नहीं। इस बार छः बच्चे हुए थे। उनमें केवल एक तुम ही जीवित बचे हो...मैंने तुम्हें अपने पंजों और पूँछ के इस्तेमाल की सभी कलाएँ समझा दी हैं...जबड़ों के व्यायाम और प्रयोग के विषय में सविस्तार समझा दिया है...प्रभु-कृपा से अब तुम जवान हो और तुम्हारे जबड़े भी मजबूत हैं...तुम जो मर्जी खा सकते हो...बन्दर, भैंस, बकरा, बिल्ली-ताजा या मरा हुआ, जैसा शिकार मिल सके...दिल करे, तो सड़ी-गली लाशें भी खा सकते हो, क्योंकि तुम हड्डीखोर वंश के हो। तुम्हारे लिए कुछ भी अभक्ष्य नहीं है...यहाँ तक कि मरा हुआ आदमी भी...लेकिन आदमी की खोपड़ी के अन्दर का गूदा मत खाना...बाकी चाहे कुछ भी खाना, पर मरे हुए मानव का मस्तिष्क मत खाना, मत खाना!" यह कहते हुए उसकी माँ ने प्राण त्याग दिये थे।

तब वह जवान था। उसके खून में जोश, पंजों में ताकत और जबड़े में मजबूती थी। उसने अपने शरीर को कई बार झटकारा, मानो वह अपनी माँ की नसीहतों के गीले लिजलिजेपन को झाड़ रहा था, "हुँह! ये बूढ़ी खुद तो पुरानी कद्रों-कीमतों को ढोते-ढोते मर गयी...मुझ पर भी दकियानूस खयालात लादना चाहती थी-हुँह ! मुझे मौका मिला, तो मैं मानव-मस्तिष्क अवश्य खाऊँगा...अवश्य खाऊँगा!" आसमान की तरफ मुँह करके वह काफी देर तक भौंकता रहा, ताकि अपनी ये ख्वाहिश कभी भूले नहीं।

एक दिन जब उसने सुना कि आदमी का खून ही मुँह से लग जाने पर कुत्ता एकदम पागल, खतरनाक और खूँखार हो जाता है, तो वह एकदम बेचैन, बेताब और बेबस हो उठा, "पूरा आदमी खाने पर तो जाने मैं क्या बन

जाऊँगा, बड़ा मजा आयेगा। अब तो मैं मानव-मस्तिष्क अवश्य खाऊँगा।"

कई दिनों तक किसी मरे हुए आदमी की लाश की तलाश में वह इधर-उधर मारा-मारा फिरता रहा, पर उसे कहीं भी ऐसी कोई लाश नहीं मिल पाई, क्योंकि कुछ लाशें दफना दी जाती थीं, कुछ जला दी जाती थीं, कुछ बहा भी दी जाती थीं और कुछ को बिजली से फूँक दिया जाता था। उसे गुस्सा भी आया—"हूँह! ये भी कोई मौत हुई? कोई मरे, तो 'कुत्ते की मौत' मरे, ताकि बाद में लाश सड़कों पर घसीटी जाये और कूड़े के ढेर में फेंक दी जाये, ताकि जो चाहे, अपनी भूख मिटाए—आदमी की तरह नहीं कि मरने के बाद भी किसी काम न आये...हुँह...लेकिन कभी-न-कभी, कहीं-न-कहीं मानव-मस्तिष्क खाने को मिलेगा ही।"

श्मशान और कब्रिस्तान के चक्कर काटना फिजूल है—यह सोचकर वह आमतौर पर नदी किनारे चक्कर काटता रहता। एक दिन एक लाश को किनारे पर वह घसीट भी लाया, पर वहाँ से गुजरते एक आदमी की नजर उस पर पड़ गयी। वह लाठी को लेकर उसके पीछे यों भागा कि उसे अपनी जान बचानी मुश्किल हो गयी। काफी दूर निकल जाने के बाद वह इतनी देर तक भौंकता रहा कि उसके जबड़े ही दुखने लगे। मन मसोसकर रह जाने के सिवाय उसके पास कोई चारा नहीं था।

भक्ष्य-अभक्ष्य खाकर वह किसी तरह अपना जीवनयापन करने लगा था। उसे लगने लगा था कि मानव-मस्तिष्कवाली उसकी ख्वाहिश शायद ही पूरी हो पाए। वह एकदम निराश और नाउम्मीद हो गया। अपनी बेबसी और लाचारी पर उसे रोना आ गया। वह जितना अधिक बुरी तरह रो सकता था, रोने लगा—बऊ...अऊ...चऊ...बऊ...अऊ...अऊ...

सारी रात वह इधर-उधर सुनसान गलियों में रोता फिरा। अपने रोने में उसने बहुत सूक्ष्म, तीक्ष्ण और गहन सुरों का प्रयोग करने का प्रयास किया। रोते-रोते उसने अपने करुण विलाप का अर्थ लगाने का भी प्रयास किया—साधो, ये मुर्दों का गाँव, आये न एक भी मुर्दा किसी के काम...अपने विलाप से सन्तुष्ट होकर वह और अधिक मनोयोग से रोने लगा। उसका रोना माहौल को और भी भयावह बना दे रहा था!

सारी रात रो-रोकर सुबह होते ही थककर वह रघु नाई के लकड़ी के खोखे के नीचे छिपकर सो गया। थोड़ी देर बाद शोर-शराबा सुनकर उसकी आँखें खुलीं, तो जो दृश्य उसके सामने था, उसे देखते ही उसकी रूह काँप गयी। आसपास के कुछ खोखों और कुछ दुकानों में आग लगी हुई थी। लोग गुस्से

से फनफनाते हुए वाही-तबाही बक रहे थे। मार-काट और लूट-मार मचा रहे थे। उनका दंगा देखकर दंग रह गया वह—मानव अपने जिन गुणों के कारण 'श्रेष्ठ प्राणी' कहलाता है, ये स्वयं ही अपने उन गुणों की ऐसी-की-तैसी कर रहे हैं...और हम जिन अवगुणों के कारण बदनाम हैं, उनमें भी ये हमसे काफी आगे हैं।

डर के मारे उसकी पूँछ पिछली टाँगों के साथ चिपकती जा रही थी। शाम तक कर्फ्यू लगा दिया गया था और देखते ही गोली मार देने के आदेश दे दिये गये थे। बड़े चौराहों और मुख्य-मुख्य मार्गों पर पुलिस तैनात कर दी गयी थी।

गलियाँ एकदम सुनसान थीं। उसे लगा—आज तो उसी का राज है...ये सब लोग तो लड़-लड़कर मर जायेंगे। एक दिन ऐसा आयेगा, जब पूरी दुनिया पर कुत्तों का ही राज होगा...अपने ही विचार को परे झटककर जीभ बाहर लटकाकर थोड़ी देर हाँपने के बाद वह यों ही मुँह उठाकर इधर-उधर गलियों का मुआयना-सा करने लगा। वह बेहद खुश था, क्योंकि आज उसे कोई रोकने-टोकनेवाला तो था नहीं।

गलियों में घूमते-भटकते हुए उसे एक आदमी की लाश दिखाई दी। खुशी से उछल पड़ा वह। डरते-डरते वह लाश के निकट गया—कहीं ऐसा न हो कि अभी यह जीवित ही हो। कुऊँ-कुऊँ करते हुए लाश को सूँघने के बाद तो खुशी से उसकी अन्तड़ियों में घुर्रट-घुर्रट की आवाजें आने लगीं। पूँछ अपने-आप ही हिलने लगी। उसने इधर-उधर देखा, फिर वह लाश पर एकाएक टूट पड़ा। संयोगवश उस लाश की खोपड़ी फूटी हुई थी, शायद किसी दंगाई ने उसे लोहे की छड़ से मारा था। खोपड़ी के अन्दर का गूदा निकालने में उसे कोई असुविधा नहीं हुई। मानव-मस्तिष्क का अंश मुँह में आते ही वह खुशी से झूम उठा। गुलगुला रसभरा हड्डीरहित पदार्थ खाने का उसका ये अजीब-सा अनुभव था—अहो भाग्य...दंगों के कारण ही यह सम्भव हो पाया...वरना अपनी ख्वाहिश पूरी हुए बिना ही मर जाता...

मानव-मस्तिष्क खाने के कुछ ही देर बाद उसने अपने मस्तिष्क में कुछ संकीर्णता...एक तंगमिजाजी और बोझिलता का-सा अनुभव किया।

शहर में कर्फ्यू दो-तीन दिन बाद ही उठा लिया गया था। वह अपने-आप में कुछ अन्तर अनुभव करने लगा था, पर उसका आपा अपने बस में नहीं था। दो-तीन दिन मानव-शव खा-खाकर उसे उबकाई-सी आने लगी थी। मुँह का स्वाद बदलने के लिए वह गन्दे नाले के पास खाल उतारने के बाद पड़ीं सड़ रहीं दूसरे जानवरों की लाशों पर हाथ साफ करने चल पड़ा।

संयोगवश आज खाल उतारनेवाला एक भी आदमी वहाँ मौजूद नहीं था। दो-एक जानवरों के शव वहाँ पड़े थे। जी भरकर उसने भोजन किया और हड्डी का टुकड़ा मुँह में डालकर चूसने लगा। तभी वहाँ कुछ और कुत्ते भी आ गये। उन्हें देखते ही वह गुर्राने लगा। ज्यों ही दूसरे कुत्ते बचे-खुचे भोजन की ओर बढ़े, वह बुरी तरह भौंकने लगा। उसे इस तरह अपने पर भौंकता देखकर एक कुत्ते ने कहा—हे पुण्यात्मा...कहें कि आप-हम इस कदर क्यों बिगड़ रहे हैं? अगर आप भी भूखे हैं, तो आइए...सादर भोजन ग्रहण करें।

"हे दुष्टो...मैं तो पहले ही अपना पेट भर चुका हूँ..."

"हें...? पेट भरा होने के बावजूद आप हमसे लड़ रहे हैं। कहें कि हमारा जीवन-सिद्धांत—'खाओ और खाने दो!' आपने कैसे भुला दिया?"

उसका सिर शर्म से झुक गया, "अरे, ये मुझे क्या हो गया? पेट भरा होने के बावजूद मैं उन्हें लड़ाई के लिए ललकार रहा था, पहले तो कभी ऐसा नहीं हुआ था...ये मुझे क्या हो गया है?"

एक नाली से पानी पीकर वह ज्यों ही आगे बढ़ा, सामने से काले रंग के एक और कुत्ते को आता देखकर उसकी बाँछें खिल गयीं, "कहो महानुभाव, क्या हाल है? तुम्हारा और मेरा रंग एक जैसा है...मुझे तुमसे मिलकर बड़ी खुशी हुई...अपने जैसे रंग के कुत्ते को देखकर मेरी पूँछ अपने-आप हिलने लगती है...देखो, तुम्हारी पूँछ भी हिल रही है। ये खुशी स्वाभाविक है...बल्कि सत्य तो यह है कि काले रंग के कुत्ते ही श्रेष्ठ होते हैं...बाकी सब तो अधम और नीच हैं। हमारे रंग के कुत्तों ने सदियों से दूसरों पर राज किया है...सदियों से दुश्मनों के जुल्म सहे हैं, पर अब...हमारा रंग श्रेष्ठ है...हम श्रेष्ठ हैं! बाकियों को हमें काट भगाना है। काटो, काटो..."

उसकी बातें सुनकर दूसरा कुत्ता थर-थर काँपते हुए बोला, "हे पुण्यात्मा, आपका मस्तिष्क ठिकाने है? कहें कि आप इस प्रकार की भयंकर बातें क्यों कर रहे हैं?"

एकाएक उसे कोई जवाब नहीं सूझा, दूसरा कुत्ता उस पर दो-चार बार भौंका, फिर मुँह मोड़कर चला गया, वह ठगा-सा खड़ा रहा। फिर अपनी पिछली बाईं टाँग से अपना कान खुजलाने लगा। थोड़ी देर बाद अपना सिर आसमान की तरफ उठाकर मुँह पूरा खोलकर पूँछ हिलाने लगा, मानो किसी आसमानी ईश्वरीय ताकत के सामने अपनी आस्था प्रगट कर रहा हो! एकाएक उसे लगा, उसकी आस्था सम्बन्धी आदतें ही श्रेष्ठ हैं। खुश होकर वह भौंकने लगा—भऊ भौं-भौं...भड़क के भौंको भौं-भौं...अरे, मेरी तो भौंकने की भाषा

का प्रचार करना चाहिए...कहीं ऐसा न हो कि भाषा लुप्त होती चली जाये, बल्कि सबको ऐसी ही श्रेष्ठ आदतें अपनानी चाहिए...ये भाषा सबके भौंकने के लिए अनिवार्य कर दी जानी चाहिए...भड़क के भौंको भौं...भौं...

जहाँ भी उसे अपने भाई लोग मिलते, वह अपनी आदतें और अपनी भाषा का प्रचार करने लगता। उसके भाई लोग उसे टोकते, "भाई, जान लीजिए कि स्वतन्त्रता हमारा, बल्कि सबका जन्मसिद्ध अधिकार है...उछलने की, दौड़ने की, गुर्राने की, भौंकने की स्वतन्त्रता...कोई जैसे मर्जी खाए या हगे, हमें क्या...? हमारे रंग...हमारी कौम, हमारी भाषा खतरे में है...भाई...कहीं कोई खतरा नहीं है...केवल पेट की चिन्ता करो...केवल बोटी और पेट की चिन्ता..."

उसे खुद नहीं समझ आ रहा था कि उसे क्या हो गया है? वह क्यों इन फिजूल बातों को इतना तूल देकर खुद के लिए इतनी परेशानियाँ खड़ी कर रहा है।

अगले दिन दोपहर बाद वह सोकर उठा, तो उसे लगा कि जिस गली में वह सोया हुआ था, वह उसके बाप की है, गली में उसका ही राज है, गली सिर्फ उसकी है। इधर-उधर आवारागर्दी करते हुए कुछ कुत्ते उस गली में घुसने लगे, तो वह उनके सामने अड़कर खड़ा हो गया, "मैं, घोषणा करता हूँ कि यह गली सिर्फ मेरी है। अपनी गली में हर कुत्ता शेर होता है। तुमने इधर घुसने का दुस्साहस किया, तो मैं तुम लोगों को फाड़ खाऊँगा-भौं-भौं..."

"भौं-भौं-भौं...गली हम सबकी है; देश सबका साझा है।"

बाकी कुत्ते उस पर टूट पड़े। थोड़ी देर बाद वहाँ से गुजरनेवाले एक बूढ़े कुत्ते ने उनकी लड़ाई छुड़वाई, "लड़ाई-लड़ाई माफ करो-भाइयों की छी-छी साफ करो।"

तब तक वह बुरी तरह घायल हो चुका था। एकदम लहूलुहान। पूरी तरह बातें सुनने के बाद बूढ़ा बोला, "हे श्वान-पुत्र! कुत्तों को एक बीमारी होती है-जलातंक, जिसमें कुत्ता हवा, खासकर पानी के प्रति असहिष्णु और आतंकित हो जाता है और फिर जल्दी ही मर जाता है। इसी तरह मानवों में भी कई प्रकार के फोबिया (भय) हो जाते हैं। जैसे दूसरों के रंग, धर्म, भाषा...वगैरह से वे इतने असहिष्णु और आतंकित हो जाते हैं कि वे लड़-लड़कर ही मर जाते हैं...इस प्रकार तो तुम भी लड़-लड़कर मर जाओगे। तो हे श्वान-पुत्र! बताओ कि तुम इस प्रकार के फोबियों के शिकार क्यों और कैसे हुए? क्या तुम्हें किसी आदमी ने काट खाया था?"

असहनीय दर्द के कारण उससे बोला भी नहीं जा रहा था। बड़ी कठिनाई से उसने स्वीकार किया कि उसने मानव-मस्तिष्क खाया था। बूढ़े ने दुःख व्यक्त करते हुए कहा कि ये तुमने क्या किया? यदि अब भी तुम्हें अपने किये पर अफसोस हो, तो शायद तुम बच सकोगे, वरना...।

हंस : जनवरी, 1997

बाँस-फूस-खपच्ची

झुग्गी के अन्दर जगह कम थी। वे कुल चार जने थे। तीन अन्दर घुस आये थे। एक बाहर ही खड़ा रहा था। घुसते ही उन्होंने जयसुखलाल से तीन हजार रुपये माँगे। सुना-अनसुना सा करते हुए जयसुखलाल ने कुछ जवाब नहीं दिया। ज्यों-का-त्यों बैठा रहा। अपने शब्द दोहराते हुए उन्होंने फिर से उससे पैसे माँगे। किसी ढीठ की तरह बीड़ी निकालकर सुलगाने लगा। वे माँ-बहन की गालियों पर उतर आये। जयसुखलाल पर किसी तरह का असर ना देखकर उनमें से एक ने चाकू निकालते हुए कहा, "आज तो हम तीन हजार लेकर ही जायेंगे वर्ना..."

झुंझलाते हुए जयसुख ने साफ-साफ कह दिया कि उसके पास तीन हजार छोड़...तीन कौड़ी भी नहीं हैं। जब हैं ही नहीं तो दे कहाँ से!

कनकटे के जैसे चिंगारी लग गयी, "साले मादर...झुग्गी में तो चौड़ा होके ऐसे बैठा है जैसे तेरे बाप की हो! पैसे ही नहीं हैं, पैसे नहीं हैं। फैंको साले का भग-भोसड़ा उठाके बाहर। सफेद कुर्तेवाले टुना ने उसे शांत करते हुए थोड़ा संयत लहजे से जयसुख को समझाने की कोशिश की, "देख, तू सीधी तरह पैसे दे दे। कलिराज प्रधान ने कहा है कि पैसे लेकर ही आना। आज तो हम पैसे लिए बिना नहीं जायेंगे।"

एकदम गूँगा पत्थर-सा बना रहा जयसुख। एक शब्द भी नहीं बोला।

कालेभुसुंड ने अपने गुस्से पर काबू पाते हुए कहा, "एक साल से ऊपर होने को आया। तूने यह झुग्गी प्रधानजी से छह हजार रुपयों में खरीदी थी। तीन हजार तूने उस वक्त दे दिये थे। हमने तुझे झुग्गी का कब्जा दे दिया। बाकी के तीन हजार रुपये तूने दो-तीन महीने बाद देने का वायदा किया था। हमने कहा चलो कोई बात नहीं, तीन महीने बाद तूने कहा मेरे पास पैसे हैं नहीं। मेरा काम छूट गया। ये हो गया वो हो गया। हमने दो-चार महीने की मोहलत दी कि चल ऐसा कर जब तक तू बाकी के पैसे न दे पाये तब तक

तू हमें झुग्गी का किराया ही देता रह। किराया सात सौ रुपया बनता था। चल तू पाँच सौ रुपया देता रह, कुछ महीने तूने किराया दिया फिर वो भी देना बन्द कर दिया। अब साले न तू इस झुग्गी का मालिक है और न किरायेदार! और न ये झुग्गी तेरे बाप की है। तो...अब या तो पैसे निकाल या तू ही बोल तू चाहता क्या है!"

उन्हें थोड़ा-सा शांत देखकर जयसुख झुँझलाया, "जब मेरे पास हैं ही नहीं तो दूँ कहाँ से! किसी की मजबूरी भी तो देखनी चाहिए। साल से काम-धंधा है नहीं। जब होंगे पाई-पाई का हिसाब कर दूँगा।"

लोहे के ट्रंक की नुक्कड़ के पास पड़ी दारू की थैली पर कालेभुसुंड की नजर पड़ी तो लपककर उसने खोलकर मुँह को लगा ली-दारू-मीट की तो खूब ऐश हो रही है।

किलसकर रह गया वह। मीट के पकने की खुशबू तो साथवाली झुग्गी से आ रही है। यहाँ तो खाने के भी लाले पड़े हुए हैं। देख लो डिब्बे-कनस्तर सब खाली हैं।

थैली खाली करके बाहर फेंकता हुआ कालाभुसुंडा बोला, "चल ठीक है। अब तू बता चाहता क्या है।"

जसमती पानी भरने गयी हुई थी। लौट रही थी तो झुग्गी से आती हुई ऊँची-ऊँची आवाजें उसे दूर से ही सुनाई दीं। दौड़कर वह अपनी झुग्गी पर पहुँची तो देखा, तीन हट्टे-कट्टे आदमी उसके पति को बुरी तरह पीट रहे हैं। चौथा हाथ में चाकू लिए खड़ा उसे पिटता हुआ देखकर हँस रहा था।

बुरी तरह चीखने लगी वह।

कनकटे ने अपना सस्ता-सा प्लास्टिक का जूता उतारकर जयसुख के कान के नीचे मारा।

"मार दिया, मार दिया!" बिलबिलाता हुआ वह नीचे बैठ गया। टुने ने उसकी पीठ पर पैर रखकर उसे आगे को ठेल दिया। वह औंधे मुँह जा गिरा। मौका देखकर कनकटा उसके पैंदे पर जूते मारने लगा।

"हा आयी, हा आयी!" जयसुख बुरी तरह डकरा रहा था। पति को पिटता हुआ देखकर तड़फकर जसमती आगे बढ़ी। चाकूवाले ने उसे बाहर ही रोक लिया और गाली देते हुए पीछे धकेल दिया।

पति को पिटता हुआ नहीं देख पा रही थी। वह तो तड़फड़ाकर चीखने लगी, "अरे! मार दिया रे...मार दिया ! कोई बचाओ रे...कोई है तो बचाओ रे..."

उसकी पुकार की तड़प ने आसपास की झुग्गियों में रहनेवाले लोगों के

दिलों की धड़कनों में एकबारगी विघ्न उपस्थित किया था। कुछ झुग्गियों के दरवाजे खुले फिर बन्द हो गये। शायद उन्होंने भी किसी के फटे में टाँग अड़ाकर खुद को परेशानी में ना डाल लेने की व्यावहारिकता इसी जमाने से सीख रखी थी। आवाजों से ही उन्हें पता चल गया था कि मामला जयसुख और कलिराज प्रधान के बन्दों के बीच है।

कलिराज प्रधान को किसी ने चुना नहीं था, लेकिन वह अपने-आपको उस झुग्गी बस्ती का 'प्रधान' बताता था। सरकारी जमीनों पर पुलिस की मदद से झुग्गियाँ डलवाकर कब्जे करना कल्ली प्रधान का मुख्य धन्धा था। अनगिनत झुग्गियाँ डलवा रखी थीं उसने इस बस्ती में। यहाँ तक कि हर पाँचवीं झुग्गी का मालिक कल्ली ही था, जिन्हें कि उसने किराये पर दे रखा था। इलाके के विधायक कृष्ण प्रताप के यहाँ उसका आना-जाना था। जिसके चलते उसे अपनी गुण्डागर्दी चलाने में थोड़ी सहूलियत मिल जाती। ज्यादातर लोग उससे पंगा लेने में कतराते थे और उसकी छोटी-मोटी ज्यादतियाँ तक बर्दाश्त कर जाते।

मदद की उम्मीद में जसमती की पुकार इधर-उधर टक्करें मार रही थी, "बचाओ-बचाओ रे! जालिम बदमाशों ने मार दिया रे! मार दिया...अकेला निहत्था मेरा घरवाला।"

बहुत पास-पास झुग्गियाँ, एकदम सटी हुईं। बीच-बीच में पतली-सी फट्टियों या कहीं-कहीं टाट का पार्टीशन। एक-एक झुग्गी में कई-कई लोग। कुल मिलाकर हजारों की आबादी, लेकिन मदद के लिए कोई भी आगे नहीं आया। जसमती ने पड़ोसियों को उनका नाम ले-लेकर पुकारा। लेकिन कोई प्रत्युत्तर नहीं। कुछ का दरवाजा खटखटाया पर कोई पीकर बेसुध था तो किसी की तबीयत खराब हो गयी थी। सब जैसे अपनी-अपनी बाँस-फूँस-खपच्ची की कब्रों में दफ्न हो गये थे।

वैसे तो आसपास की झुग्गीवालों की एक की एक से नहीं बनती थी। रोजाना ही कोई-ना-कोई किसी-ना-किसी से बात-बेबात उलझा होता। लेकिन अपने-आपको जयसुख का लँगोटिया कहनेवाला हरनाथ सारा-सारा दिन उसके साथ बैठकर ताश खेलनेवाला जगराम और शाम को उसके साथ दारू पीकर उसके लिए जान देने की कसमें खानेवाला शिवराम, सभी पता नहीं इस वक्त कहाँ थे।

धीरे-धीरे तमाशबीनों की भीड़ बढ़ने लगी। उसकी तरफ से उनसे लड़ना तो दूर कोई बीच-बचाव के लिए भी आगे नहीं आया था।

बहुत बेरहम होकर पीट रहे थे वे लोग जयसुख को। थोड़ी दूरी पर खड़े

लोग आपस में फुसफुसा रहे थे–अरे रे! लगता है आज तो ये लोग इसे मार ही डालेंगे। हाय–हाय रे मर जायेगा बेचारा!

बहरे बेदर्द पड़ोसियों की बुजदिली और बेरहम गुण्डों की हैवानी कसाई-गीरी की जीभर गलियाने और चीख–चीखकर श्रापने के बाद एकाएक जसमती के मुँह से निकला था, "पुलिस...कोई पुलिस को बुलाओ रे!"

शायद ही वहाँ कोई डरा हो पुलिस के नाम से। कल्ली प्रधान के आदमी तो ठहठहाकर हँस पड़े थे। जसमती ने जैसे कोई मजाकिया जुमला फेंका हो। लापरवाही से हँसा कालाभुसुंडा–पुलिस क्या कर लेगी, थोड़ी ही देर पहले हम त्रिभुवन दरोगा के साथ ही खा–पी रहे थे। अभी वहीं से उठकर आ रहे हैं। पुलिस आ गयी तो उलटा उसीकी लेनदार हो जायेगी। देने को इनके पास कुछ है नहीं। उलटा वैसे पुलिस और तोड़ेगी...।

परिणाम सबको पता था। लोगों को ठीक ही लगी थी कालेभुसुंड की बात। कोई फायदा तो है नहीं पुलिस को बुलाने का। कोई नहीं दौड़ा पुलिस चौकी की ओर। यों पिटता हुआ नहीं देख पा रही थी जसमती अपने पति को–

"अरे! कोई तो बुलाओ पुलिस को...।"

"जा साली...खुद बुला ला अपने पुलसिये खसमों को...देख लेंगे उन्हें भी..." पुलिस चौकी की ओर दौड़ पड़ी वह।

झुग्गियों के पास ही बने पच्चीस–पच्चीस गज के मकानोंवाली पुनर्वास बस्ती वजीरपुर में थी पुलिस चौकी। चौकी इन्चार्ज थे त्रिभुवन सिंह। अच्छी–खासी कीमत थी इस चौकी की, क्योंकि झुग्गियों की लम्बी–चौड़ी पट्टी इसके अन्दर आती थी जिसमें कच्ची शराब से लेकर स्मैक तक सभी कुछ खुलेआम मिलता था। छोटे–मोटे उठाईगीरों और स्मैकियों की तो यहाँ कोई गिनती ही नहीं थी। अतिक्रमण और बिजली चोरी का अच्छा–खासा महीना बँधा हुआ था।

चौकी के दरवाजे खुले थे। बाहर एक साठ वॉट का पीला–सा बल्ब जल रहा था। रात के ग्यारह बजे बदहवास–सी औरत को चौकी में अकेला घुस आया देखकर मेज के पास ऊँघ रहे पुलसिये की आँखें एकाएक चौड़ी हो आयीं। उसे समझ नहीं आया कि वह सपने से एकाएक जगा है या जागते में उसके आगे सपना चल रहा है। डर के मारे जसमती की आवाज नहीं निकली तो पुलसिया कड़का, "के पंगा हो गया!"

"वो...वो मेरे पति को मार रहे हैं...उधर झुग्गियों में...।"

"सैं कौण?"

"कल्ली प्रधान के आदमी...।"

कल्ली प्रधान नाम जरा भारी पड़ा पुलसिये पर। कुछ सोचने समझने के बाद पुलसिये ने ठण्डे लहजे में कहा, "थानेदार साहब बाहर गये हुए हैं...बाकी लोग भी गश्त पर सैं। मेरी डूटी तै आड़ै ई सै...तू जरा इन्तजार कर सकै तै आड़ै ई बैठ जा। थानेदार साहब आ गये तै तेरी गैल भेज देंगे...।"

"पर इतनी देर में तो वो लोग उसे मार ही डालेंगे।" उसने घबराकर कहा।

"मैं के करूँ मेरी डूटी तै आड़ै ई सै?"

पुलसिये की आँखों को उसने अपने-आपको घूरते हुए पाया तो उसे वो सहायता केन्द्र किसी गुप्त राक्षसी गुफा से अधिक भयानक लगने लगा। इन्तजार करे या लौट जाये, कुछ समझ नहीं आ रहा था उसे। एकाएक घबराकर वह चौकी के बाहर आ खड़ी हुई।

आने-जानेवाले लोगों से दिन भर कुलबुलानेवाली गलियाँ रात के वक्त सुनसान थीं। काले स्याह भूतों जैसे इक्का-दुक्का लोग ही आ-जा रहे थे।

इतनी देर में वहाँ पता नहीं क्या हो जाये? उसका दिल धाड़-धाड़ धड़क रहा था। उसके पैर तेजी से बस्ती की ओर बढ़ने लगे थे।

कैसे बुरे खयाल उसे जैसे हाँक रहे थे। चाहकर भी वह उन बुरे खयालों को रोक नहीं पा रही थी। वो डेढ़ पसलिया आदमी और चार हट्टे-कट्टे मुस्टंडे? कैसे सह पायेगा उनकी ठोकर लात? आज तो कुछ होकर रहेगा। मैं तो पहले ही दुःखों की मारी? कैसे तो जी रहे हैं हम? दुनिया भर के दुःख मेरी ही जान को पड़े हैं?

पाँच साल हो गये थे उनकी शादी को। अभी तक वह माँ नहीं बन पाई थी। इधर-उधर बहुत दिखाया। डॉ. आशा गुप्ता का बहुत नाम सुना था, उसे दिखाया तो चेक-अप करके उसने कहा-आठ हजार रुपये खर्च होंगे। एक छोटा-सा ऑपरेशन होगा इसके बाद वह माँ बन पायेगी। इधर-उधर से पैसे उधार लेकर जयसुख तो तैयार था उसका इलाज करवाने के लिए लेकिन वह नहीं मानी। अपना रहने का ठिकाना नहीं ऊपर से बच्चे को और ले आयें। पहले सिर छुपाने के लिए एक छत का इन्तजाम हो जाये फिर वह अपना इलाज करवायेगी और माँ बनने की सोचेगी।

पहले शिव मन्दिर के पास चाट की ठेली लगाता था जयसुख। एक दिन अचानक कॉरपोरेशनवालों ने उसका ठीया तोड़कर उसकी रोटी का जरिया बन्द कर दिया। उसी दिन दारू पीकर घर लौटते हुए एक लावारिस गाय ने उसे अपने सीगों पर उठाकर जमीन पर दे पटका। चोट उसके कूल्हे की हड्डी पर लगी। तब से मेहनत का काम वह कर नहीं सकता था और हल्का काम वह

करना नहीं चाहता था। छिटपुट नौकरी करके अपने खाने-पीने का इन्तजाम कर लेता और पड़ा रहता। दस दिन से ज्यादा तो कहीं टिकता ही नहीं था। लोगों के घरों में बरतन माँजते हुए भी जसमती हर वक्त अपनी छत का सपना देखती। फूँस-खपच्ची-तिरपाल की कैसी भी एक छत हो, पर हो अपनी!

बस्ती तक वापिस पहुँचते-पहुँचते उसकी साँस फूल गयी थी। माथे पर पसीना चुहचुहाने लगा था। बस्ती में घुप अँधेरा था।

अँधेरे के बावजूद उसकी झुग्गी के आगे भीड़ जमा थी। अनहोनी की आशंका से उसके हाथ-पाँव थरथराने लगे। उसका साँस जैसे जहाँ-का-तहाँ रुका हुआ था। वहीं दिलेर मर्द और झाँसी की रानियाँ जो थोड़ी देर पहले चार गुण्डों-मुस्टंडों से एक अकेले कर्जदार आदमी को पिटता हुआ देखकर दूर खड़े-खड़े तमाशा देख रहे थे। अब उस झुग्गी के पास आ गये थे क्योंकि वे चारों गुण्डे-मुस्टंडे जा चुके थे। उसके जाने के बाद उन मर्दों की दिलेरी और उन औरतों की बहादुरी लौट आयी थी।

वे दिलेर मर्द और बहादुर औरतें छोटे-छोटे झुण्डों में बँटे आपस में तबादला-ए-खयालात कर रहे थे।

थरथराते कदमों से भीड़ में से रास्ता बनाती हुई किसी तरह जसमती डेढ़ चारपाई जितने क्षेत्रफलवाली अपनी झुग्गी में दाखिल हुई तो देखा,उसका पति परमेश्वर जयसुख चुपचाप पैरों के भार बैठकर अपने सिर को घुटनों में दिये गठड़ी-सा बना बैठा था। जैसे वो गुण्डे-मुस्टंडे उसकी हड्डियाँ, गर्दन-वर्दन सबकुछ तोड़-तोड़कर जाते समय इकट्ठी कर गये हैं।

पत्नी को लौटा देखकर जयसुख कराहने लगा। पत्नी ने घबराकर पूछा, "क्या हुआ जी? खैर तो है ना?" जवाब में जयसुख और कराहने लगा तो जसमती उन मुस्टंडों को गालियाँ बकती हुई उन्हें श्राप देने लगी कि उनका सत्यानाश हो जाये। कलपते हुए उसने अपने पति से पूछा, "ज्यादा तो नहीं लगी? कहाँ-कहाँ लगी?" दर्द से बिलबिलाता हुआ वह पत्थर की मार खाये किसी पिल्ले की तरह किंकियाते झींखते हुए झुँझलाया, "अब लौटी है साली तू...मादर...तेरी माँ की..."

उसे अपने पति की गालियाँ सुनाई नहीं दे रही थीं। सहारा देकर उसने पति को नीचे बिछी बोरी पर लिटाया और उसके जख्मों पर हल्दी लगाने लगी।

"वो कह रहे थे पैसे दे या झुग्गी खाली कर। मैंने कहा कैसे खाली कर दूँ? तीन हजार दे रखे हैं वो? वो बोले, इतने दिन से रह रहा है! न ब्याज न किराया? झुग्गी तेरे बाप की है? मैंने कहा, बाप के बेटे ने तीन हजार दे

रखे हैं। खरीद न समझो किराये पर ही समझ लो। बीच-बीच में किराया देता भी रहा हूँ। आज तक का किराया-विराया काट के फिर भी मेरे डेढ़ हजार निकलते हैं। बिना किराया दिये मैं तीन महीने और रह सकता हूँ। वो बोले, ठीक है पिछला सौदा कैंसिल। तीन महीने के बाद झुग्गी खाली कर दियो। ये फैसला करके टले हैं।"

लम्बी सर्द-सी साँस छोड़ते हुए जसमती ने झण्डेवाली माँ का मन-ही-मन शुक्रिया अदा किया कि उसने उसका तीन महीने तक तो संकट टाल दिया। अब वो किसी-न-किसी दिन ग्यारह रुपये का प्रसाद चढ़ायेगी। तीन महीने बाद देखा जायेगा। जानें सलामत रहें। आगे भी माँ झण्डेवाली मेहर रखेगी!

पड़ोसी के दुख में शामिल होने का धर्म निबाहते हुए आसपास के कुछ खाये-पीये मर्दों के बाहर जमा छोटे-छोटे झुण्ड काम-धंधों के मन्दे होने से लेकर सरकार के निकम्मेपन तक की बातों-बहसों में जुटे हुए थे। फिस्स-फिस्स खिस्स-खिस्स करतीं औरतों के झुण्ड से कभी कोई-कोई आवाज खुलकर खनक जाती। उन्हें आज जैसे मौका मिला था अपने-अपने बच्चों की नादानियों, परेशानियों और पतियों की ज्यादतियों से लेकर कपड़ों-साड़ियों की बातें करने का। अपने सेठ-सेठानियों की बेहूदगियों और क्रूर हरकतों का खुलासा करने का।

जसमती की चिन्ता थी कि गुम चोटों के दर्द से तड़फड़ा रहे जयसुख के लिए रात के इस वक्त दवा-गोली का इन्तजाम कैसे हो? बीच-बीच में रह-रहकर तड़पकर कहता, छोड़ो दवा-फवा, कहीं से थोड़ी-सी दारू हो जाती तो...

उसे अपनी ठुकाई का इतना दुःख नहीं था जितना अपनी नयी कच्ची दारू की थैली का था जिसे कालेभुसुंड ने उसके सामने ही गटक लिया था। लेकिन बस्ती की खासियत यह भी थी कि कोई किसी को मुफ्त में खाना खिलाये या न खिलाये, दूसरे को दारू पिलाने का आग्रह जरूर करता।

कुछ ही क्षणों में प्रबन्ध हो गया था। जिसे देखते ही जयसुख के चेहरे पर अजीब-सी दर्दभरी मुस्कराहट आ गयी थी। दारू के अन्दर जाने से पहले ही उस पर उसका असर शुरू हो गया था। उसका बिलबिलाना बन्द हो गया था।

बाहर से औरतों की फिस्स-फिस्स खिस्स-खिस्स की आवाजें आ रही थीं।

"जमाना बहुत खराब आ गया है न?" दूसरी औरत ने सुर मिलाया, "और देखो तो एक अकेली औरत रात के इस वक्त थाने जा चढ़ी। हिम्मत तो देखो अगली की।"

इस हैरतनाक बात से वहाँ ज्यादातर औरतों का मुँह खुला-का-खुला रह

गया था, जबकि उन्हें पहले से पता था कि जसमती पुलिस से मदद माँगने गयी थी कि उसके पति की जान बच सके। थाने जाते-जाते बड़े-बड़े मर्दों का रास्ते में ही पैंट-पाजामा गीला हो जाता है। ऐसे में एक अकेली औरत का रात के वक्त थाने जाना उन लोगों के हिसाब से जलती चिता में कूदकर आत्मदाह करने जैसा था।

"गयी तो थी जरूर बड़े नाज से अपने खाकी खसमों को बुलाने...पर आयी बेचारी बैरंग।" वहाँ जमा लोगों को लगा बात तो सच है लेकिन नहीं आयी तो आ तो सकती है, आ गयी तो? एकाएक सभी को अपने-अपने चूल्हे-चौके घर-बार, पति, बरतन, बच्चे याद आने लगे और वे अपनी-अपनी झुग्गियों की ओर बढ़ने लगे।

सुबह जब रामदीन मोची अपनी पेटी, हरखू गुब्बारेवाला अपने बाँस का चौखटा और फत्ते माल ढोनेवाला अपना रिक्शा लेकर अपने काम पर निकलने ही वाले थे कि बस्ती में एक पुलसिया आकर गरजा, "रे कित सै वो माधुरी दीक्षित? रात नै जिसके घर आले का मरडर होन लग रया था?"

खाकी वर्दी की मौजूदगी से बस्ती की रोजमर्रा की खटक-खटक पर कोई असर नहीं पड़ा था इसीलिए कि उन लोगों का वहाँ आना-जाना लगा ही रहता था। फिर भी वे आगे बढ़-बढ़कर परिचय बढ़ाने की गरज से सलाम ठोक रहे थे, "साबजी नमस्ते, साबजी नमस्ते!" कुछ इसलिए भी आगे हो रहे थे, अगर किसी की नमस्ते का थानेदार ने जवाब दे दिया तो उसकी बस्ती में कद्र बढ़ जायेगी कि अगले की जान-पहचान थाने तक है।

आगे-पीछे हो रहे बस्ती के लोगों के राम-सलाम को एकाएक झटककर पुलसिये ने अपना सवाल फिर दोहराया, "रे भाई तम यो बताओ उस बीरबानी की झुग्गी कुण सी सै जो रात थाणे आयी थी?"

झुग्गी सामने ही थी।

दरवाजे पर खाकी झलक को देखकर, बोरी पर चौड़ा होकर लेटा हुआ जयसुख एकाएक दर्द के मारे बिलबिलाने की एक्टिंग करने लगा। दया का पात्र बनने की उसकी चालाक मक्कारी को भाँप लिया था पुलसिये ने, पर वह बोला कुछ नहीं। शायद अनुमान लगा रहा था कि यहाँ से आज की दिहाड़ी का जुगाड़ बना पायेगा कि नहीं? पता लगने पर कि जसमती जिसे माधुरी दीक्षित बताकर खोजता हुआ वह यहाँ तक आया; सुबह-सवेरे ही काम पर निकल गयी थी।

एकबारगी पुलसिये का मुँह फटे जूते-सा लटक गया। बड़बड़ाने लगा वह,

"इब मैं किसकी माँ ने मौसी कहूँ? लेन-देन में जरा-सी खटपट हुई पौंच गये थाणे...पुलिस ना हो गयी घरेलू नौकर हो गयी। पुलिस ने इतना सस्ता समझ रक्खया सै सालयाँ नै?"

पुलसिये को लगा वह यों खाली हाथ लौट जायेगा तो इसमें उसकी बहुत बेइज्जती है। बस्ती में कोई अपनी झुग्गी ठीक कर रहा था, किसी का सामान बाहर पड़ा था; किसी से सौ, किसी से पचास, पुलसिया अपनी दिहाड़ी बनाकर ही टला।

जाते-जाते पुलसिया जिन-जिनका नुकसान कर गया था, वे बाहर चौड़े में खड़े होकर जसमती को गालियाँ बकने लगे थे, जिसकी वजह से बस्ती में बेवक्त पुलिस आयी और उनका नुकसान कर गयी।

आसपास की झुग्गियों में रहनेवाली औरतें जो अपनी-अपनी झुग्गियों में रखे कलर या ब्लैक एंड व्हाइट टीवियों पर हिन्दी फिल्में देख-देखकर अपने-आपको हीरोइनों से कम नहीं समझती थीं और उनके अन्दाजे गुफ्तगू की कॉपी करने की हर वक्त कोशिश करती थीं, वे भी अपना-अपना चूल्हा-चौका छोड़कर बाहर आकर झुण्ड बनाकर बातें बनाने लगी थीं। ये राँड जसमती थाने करने क्या गयी थी? किसी पुलसिये से कुछ चक्कर होगा, नहीं होगा तो पड़ ही गया होगा।

"हमारे पीहर के गाँव में एक औरत का घरवाला परदेस गया रहा। पीछे से एक लड़का उसे छेड़ दिहिना। उ औरत गयी थाणे। हुआ थाने दस ठो पुलसिया रहा। बस...इज्जत बचाये खातिर गयी रही, उलटा इज्जत दे आयी। उ दस रा...बारी-बारी...।"

"जसमती की तो थाने में पहले से किसी से साठ-गाँठ होगी तभी तो देखा नहीं कैसे वो पुलिसवाला माधुरी दीक्षित-माधुरी दीक्षित करता डोल रहा था?"

जलते हुए चूल्हे और चलते हुए टीवी छोड़कर वे औरतें बातें बनाने में मशगूल थीं। इधर-उधर की घटनाओं का जिक्र करके निन्दा गान करती हुई औरतों का निष्कर्ष था कि जाल में फँसी मछली की जान, गिद्ध के पंजे में फँसी माँस की बोटी और थाने पहुँची औरत की इज्जत कभी बच नहीं सकती। वे गरीब हैं और झुग्गियों में रहते हैं पर उनकी भी कोई इज्जत है? जसमती के चरित्र में ही कुछ खोट है तभी तो शादी के पाँच साल हो जाने के बावजूद उनके कोई बच्चा नहीं है।

आमतौर पर अपना सिर-मुँह ढककर मर्यादा में रहनेवाली औरतों ने एक-दूसरे से बढ़-चढ़कर जाने कहाँ-कहाँ से खोजकर या गठ-गढ़ के ऐसे-ऐसे

राज खोले कि उन औरतों को मारे शर्म के अपने ही दुपट्टे से अपना ही मुँह छिपाकर 'हाय राम! हाय राम!' कहना पड़ा।

अपने-अपने शक जाहिर करने और अनुमान लगाने में उन औरतों को बड़ा मजा आ रहा था। पर इस पर वे एकमत थीं कि जसमती के चाल-चलन में खराबी है और उसका पति जयसुखलाल नामर्द।

उन औरतों को अपने काबिल और बेहद अनुभवी होने पर जरा भी शक नहीं था, बल्कि उनका दावा था कि उनकी बातें हमेशा सच निकलती हैं।

ये सब बातें जयसुख को भी पता चलें जोकि बड़ा मर्द बना फिरता है। यह सोचकर वे औरतें और मर्द धीरे-धीरे जयसुख की झुग्गी के आगे भीड़ बनकर जुड़ने लगे। उसके साथ हमदर्दों का नाता बनाकर वे अपनी शिकायतें और शक उसके आगे जाहिर करने लगे। उनका एक-एक शब्द जयसुख को बारूदी गोलियों-सा छलनी किये दे रहा था। हालाँकि वे उसके खैर-खाह बनकर बात कर रहे थे पर जयसुख को समझ नहीं आ रहा था अपने वजूद में अचानक लग गयी आग पर वह कैसे काबू पाये? एक औरत ने तो उसे यहाँ तक कह दिया कि उसकी घरवाली जोकि शादी के पाँच वर्षों से अभी तक तो माँ नहीं बन पाई है, अब जल्दी ही, बल्कि इसी महीने देख लेना कि उसे माँ बनने की खुशखबरी दे देगी, क्योंकि धरती पर गिरा बीज और थाने चढ़ी औरत, कुछ गुल तो खिलेगा ही। अपना ही किल्ला कमजोर हो तो रस्सा तुड़वानेवाली भैंस का भी क्या कसूर?

सीधा प्रश्न और प्रहार था यह उसके पुरुष होने पर। जयसुख ने गौर से देखा उसे, ये उसके हमदर्द हैं या तमाशा खड़ा करके मजा लेनेवाले दर्शक। पर उसे सब-कुछ जलता हुआ-सा दिखाई दिया। धू-धू करके जल रहा था उसका वजूद–ये साली मादर...थाने गयी ही क्यों?

जसमती काम से लौटी तो उसे बस्ती का व्यवहार एकदम बदला हुआ-सा लगा। कोई हिकारत से देखकर नजरें चुरा रहा था तो कोई तिरछी नजरों से देखकर मुँह बिचका रहा था। बिना किसी शर्म-लिहाज के कोई-कोई तो उसके मुँह पर दूसरों को सुनाकर कहता, "ये वही है! रातवाली! जो थाने जा चढ़ी। माधुरी...!"

अपनी ओर उठी उँगलियों का अर्थ वह अच्छी तरह समझ रही थी लेकिन रात जो हुआ उसमें उसने कहीं कुछ भी गलत नहीं किया है। उसे अपने-आप पर विश्वास था।

फिकरों-फब्तियों-तानों ने उसका उसकी झुग्गी तक पीछा किया।

अपनी ठुकाई-पिटाई के दर्द को भूलकर उसे आया हुआ देखकर जयसुख उठ बैठा। जसमती ने मुस्कुरा के खुशी जाहिर की—अब तो आप ठीक लग रहे हो!

जयसुख भभक पड़ा, "साली तेरी माँ...तेरी बहन की...औरत होके तू अपने उन खाकी खसमों के पास थाने तू करने क्या गयी थी? औरत होके?"

मारे गुस्से के फूल गयी अपनी साँस के साथ वे सभी इल्जाम, शब्द और सवालात जो बस्तीवालों ने उठाये थे, जयसुख ने जसमती को कह डाले थे। बहते हुए हर शब्द के साथ उसे माँ और बहन की गालियाँ देना भी जरूरी समझा था। डर, शर्म और गुस्से के मारे काँपने लगी थी जसमती। जयसुख ने ये भी कहा कि उसकी तो बस्तीभर में मिट्टी पलीद हो गयी है।

नाकाबिले बर्दाश्त बातों को सुनकर अपनी छाती पीटती हुई कुरलाने लगी, "हाय राम! नास जाय बातें बनानेवालों का।"

अच्छे-खासे तमाशे की उम्मीद में झुग्गी के बाहर जुड़ आये आसपास के लोगों की हँसी उससे बर्दाश्त नहीं हुई तो वह बाहर आकर बिना किसी को लक्ष्य किये चिल्लाने लगी, "नास होगा मुझपर झूठा इल्जाम लगानेवालों का। कभी भला नहीं होगा...।"

जसमती ने चुन्नी से अपने आँसू पोंछे और झुग्गी के बाहर बने ईंटों का चूल्हा जलाया और दाल बनाने के लिए पतीली चढ़ा दी।

अश्लील गालियाँ दे-देकर अपनी मर्दानगी जाहिर कर-करके जयसुख थककर थोड़ा चुप हो आया था। धीरे-धीरे उसकी साँस थोड़ा शान्त और संयत होने लगी थी।

थोड़ा संयत स्वर में जसमती ने अपने पति से पूछा, "कौन-सी औरत चुपचाप खड़ी होकर अपनी आँखों के सामने अपने पति को चार-चार मुस्टंडों से पिटता देख सकती है? बस्ती में से एक भी बन्दा न आगे आया, न पुलिस में खबर करने दौड़ा। ऐसे में वह थाने न जाती तो क्या करती? अगर वह थाने गयी भी तो किसके लिए। बस्तीवालों को तो मौका चाहिए। ऐरे-गैरों की ऐसी बातें वह सुनता क्यों है? वैसे भी अपनी इज्जत अपने हाथ होती है।"

कुछ जवाब नहीं दे पाया जयसुख। उसे लगा जसमती ठीक कह रही है। ताश खेलते हुए अगले दिन जयसुख के कुछ नकारा लेकिन बातें गढ़ने के माहिर उसके कुछ साथियों ने उसके अन्दर जल-बुझ रही आग को झिंझोड़ा और फूँक मारी, "भइया, जयसुख तो अब बड़ा आदमी हो गया है। उसकी जबरदस्त पहुँच है थाने में! मानते हैं उस्ताद तेरी बीवी माधुरी दीक्षित से कम नहीं है।"

कहनेवालों ने तो यहाँ तक कह दिया कि महीनों से वह बीवी के बूते पर बैठकर खा रहा है।

आग लग गयी उसको। जाने कौन-कौन हँस रहा था उस पर। किस-किस की जुबान चल रही थी। किस-किस से उलझता वह? गालियाँ बकता और जलता धुँधुआता लौट आया था वह।

रात वह घर लौटा तो जसमती अपना चूल्हा-चौका निबटा चुकी थी।

झुग्गी में घुसते ही जयसुख फिर से गालियाँ बकते हुए बुरा-भला कहने लगा। जवाब में जसमती ने भी गुस्से से कहा कि वह उन निकम्मे नाकारा लोगों के पास सारा दिन ताश पीट-पीटकर वक्त क्यों बरबाद करता है? ठीक है उसका ठीया टूट गया तो वह किसी और काम-धन्धे से लगे। उसकी ऊँची आवाज ने जैसे जयसुख की पूँछ पर पैर रख दिया। भड़ककर वह उठा और थप्पड़-लात-घूँसे जो बन पड़ रहा था जसमती पर चलाने लगा। मुस्टंडों से पिटते वक्त चूहा बना जयसुख औरत को पीटते वक्त सीधे शेर बन गया था।

अपने बचाव में जसमती बार-बार यही दोहरा रही थी कि वह उसीकी खातिर थाने में गयी। उसकी एक लात जसमती को न लगकर पास पड़े लोहे के एक ट्रंक को जा लगी थी। बुरी तरह बिलबिलाकर रह गया वह। वह और भी भभक उठा जैसे वो चोट उसके जसमती ने ही मारी हो! वह दुगुने जोर से चीखा–साली कुतिया! अब तू अपने उन खाकी खसमों के पास ही जा। अब मैं नहीं रखूँगा तुझे। पूरी बस्ती में मेरी इज्जत का तो कचरा हो गया। निकल जा यहाँ से।

और वह जसमती की बाँह पकड़कर बाहर की ओर खींचने लगा। जसमती झुग्गी का दरवाजा पकड़कर अटक गयी थी। एकाएक उसने इतनी जोर से उसके धक्का मारा कि वह बाहर जा गिरी। रात काफी हो चुकी थी। बाहर इक्का-दुक्का ही लोग थे। रोते हुए वह बोली, "चली जाऊँगी, रहना भी कौन चाहता है तेरे जैसे के साथ?" जयसुख चीखा, "तो जा यहाँ से जाती क्यों नहीं? खड़ी क्यों है?" जसमती ने कहा कि वह जायेगी तो अपना ट्रंक जोकि जहाँगीरपुरी में रहनेवाले उसके भाई ने उसके दहेज में दिया था वो साथ लेकर जायेगी। हेकड़ी में आये जयसुख ने सुनते ही ट्रंक उठाकर झुग्गी से बाहर लाकर पटका और चीखा, "ले जा अपना अड़ंगा...मुझे क्या करना है इस कबाड़ का?" कहकर उसने झुग्गी का दरवाजा बन्द कर लिया।

बाहर काला घना घुप अँधेरा था। एकाएक यों बाहर कर दिये जाने से

हैरान थी वह। ये उसे किस जुर्म की सजा दी गयी है? इतनी रात गये अब वह जाये कहाँ? इक्का-दुक्का रोते फिर रहे कुत्ते के अलावा दूर-दूर तक कोई नजर नहीं आ रहा था।

काले घने अँधेरे का समुद्र पार करके जहाँगीरपुरी अपने भाई के घर तक पहुँच पाना उसे सम्भव नहीं लग रहा था क्योंकि आधी रात का वक्त था और वह अकेली औरत थी। जाने कौन कहाँ घात लगाये बैठा हो? आसपास के किसी पड़ोसी झुग्गीवाले से मदद माँगना फिजूल लगा उसे। इतनी रात गये भाई के घर पहुँचेगी तो भाई-भाभी क्या कहेंगे? और वहाँ उनके पास पड़ोसवाले भी...। दो-चार घण्टे ही तो रह गये हैं सुबह होने में। वहीं अपनी झुग्गी के बाहर रात काटने का निर्णय लिया उसने।

मुँह अँधेरे ही उठकर वह जहाँगीरपुरी की ओर चल दी थी। उसे यों एकाएक आये देखकर भाई और भाभी हैरान रह गये थे।

लोगों के घरों की रँगाई-पुताई करके गुजर-बसर करनेवाला उसका भाई भड़क उठा, "ऐसे कैसे घर से निकाल सकता है तुझे? उसकी तो अकल ठिकाने कर दूँगा। ऐसी की तैसी उसकी। गलती तेरी भी है, तू थाने गयी ही क्यों? पिटने-छितने देना था ऐसे आदमी को। कहे तो मैं दो-एक बन्दों के साथ उसकी टाँगें तोड़ के आयें?"

"गुस्से में कोई कदम नहीं उठाना।" त्याग-दया-ममता-क्षमा की मूर्ति बनने की कोशिश की जसमती ने। तमतमाये चेहरे के साथ दबी-सी आवाज में कलपने लगी भाभी, "घर में फाकों की नौबत है। ठेकेदार के साथ पूरा दिन खटने पर आधी दिहाड़ी मिलती है...उस पर महीने में आधे दिन काम लगता ही नहीं। बैठ के खाना पड़ता है। ऊपर से..."

बिना किसी भीगे थरथराये नारी विलाप के उसने भाई और भाभी को आश्वस्त कर दिया था कि वह वहाँ ज्यादा दिन नहीं रहेगी। ज्यादा होगा तो आसपास किराये पर कोई झुग्गी ले लेगी। उसका घर छूटा है। काम नहीं। शालीमार बाग की जिन कोठियों में वह काम करती थी अब भी वहीं करेगी। उसे पता है कि उसका भाई कोई रईस आदमी नहीं है। उसकी अपनी जिन्दगी घर-बार और परेशानियाँ हैं। सुबह काम पर निकलेगी शाम को आयेगी। अपना खर्चा आप करेगी। कुछ दिन का खलल और तकलीफ वे सह लें।

शालीमार बाग की कोठियाँ यहाँ से लगभग उतनी ही दूर थीं कि जितनी कि वजीरपुर की झुग्गियों से थीं। आमदनी बढ़ाने और वक्त न बर्बाद करने की गरज से अगले ही दिन उसने दो-एक कोठियों का काम और पकड़ लिया था।

पराश्रित होने की विवशता और परित्यक्ता होने का दुख हजारों मुँहवाले किसी साँप-सा पलपल उसके दिलोदिमाग को झिंझोड़ रहा था। पूरी दुनिया ने उसे दुतकार दिया। उसके लिए कहीं कोई जगह नहीं है। किसी श्मशान की तलाश में किसी मृतक की मिट्टी लिए-लिए भटक रही है वह।

लोगों की घूरती निगाहें, शक, उपहास, समूचे वजूद को छीलती जाती बातें जैसे वह कोई असामाजिक जीव हो। कोई बहुत बड़ी मुजरिम हो।

वो ट्रंक जिसे जयसुख ने गुस्से में बिना कुछ जाने-समझे बाहर दे फेंका था इस मुश्किल वक्त में उसे बल दे रहा था। कपड़े-लत्ते और गहने थे उस ट्रंक में जो उसकी जीने की इच्छा को जीवित बनाये रखने की कोशिश में थे।

पहले महीने में पूरे चार घरों का बर्तन सफाई करके भाई-भाभी को रहने खाने का खर्चा देकर उसने पूरे बारह सौ रुपये बचाये थे। दूसरे महीने में तेरह सौ, तीसरे महीने में पूरे हजार। थोड़ी बहुत जान-पहचानवाले एक सुनार के पास जाकर उसने अपने गहनों की कीमत लगवाई और उन्हें तीन हजार रुपयों में बेच डाला। कुल साढ़े छह हजार रुपयों का जमा-जोड़ करके उसने अपनी ख्वाहिश अपने भाई को बताई तो जलते चिमटे से दागे गये किसी निर्दोष पशु की तरह भड़क उठा कि पागल तो नहीं हो गयी। जिस झुग्गी से उसे धक्के मार-मारकर बाहर निकाल दिया गया वह उसी झुग्गी को खरीदने के लिए अपनी जमापूँजी तक को दाँव पर लगा देना चाहती है? जब वो घरवाला ही उसका न हुआ तो...उस घर के लिए वह इतनी बड़ी कुरबानी क्यों देना चाहती है? वह त्याग-व्याग कुछ नहीं, ये तो बेवकूफी है। वह खुद उसके पाँव पर कुल्हाड़ी होगी। पछतायेगी वह।

लेकिन वह जिद पर अड़ गयी, उसे वही झुग्गी खरीदनी ही है।

झुग्गी बेचने से मना कर दिया था कल्ली प्रधान ने। बोला, "इधर झुग्गियों की कीमतें बहुत बढ़ गयी हैं। इस बीच डेवलपमेंट अथॉरिटीवालों ने सर्वे किया था। जिन-जिन की झुग्गी थी उन्हें सर्वे का एक कार्ड भी दिया गया है। अब जब भी झुग्गियों पर बुलडोजर चलेगा, सरकार झुग्गीवालों को वैकल्पिक प्लॉट देगी। अब मैं ये झुग्गी दस हजार से कम नहीं बेचूँगा।"

वापस लौटकर जसमती पैसों के इन्तजाम में जुट गयी। जसमती जहाँ काम करती थी कुछ उन मालकिनों से, कुछ अपने भाई से उधार लेकर जसमती ने पैसे पूरे किये और अपने भाई को साथ लेकर फिर कल्ली प्रधान के पास पहुँची। पूरे दस हजार रुपये गिनकर कल्ली ने दस रुपये के स्टाम्प पर एक सेल एग्रीमेंट लिखवाकर जसमती को दे दिया। साथ ही डेवलपमेंट अथॉरिटी

का सर्वेवाला कार्ड भी सौंप दिया। उसके भाई ने सलाह दी कि चार-पाँच सौ रुपया खर्च कर वह राशनकार्ड भी बनवा ले ताकि काम पक्का हो जाये। दस दिन पहले ही जयसुख झुग्गी खाली कर गया था। झुग्गी का कब्जा जसमती को देकर कल्ली प्रधान का आदमी लौट गया था। अब उसे उस झुग्गी में अकेले ही रहना है इसलिए होशियारी से रहने की सलाह देकर उसका भाई भी लौट गया था। झुग्गी की साफ-सफाई करते हुए उसे गर्व हो आया। उसका भी बाँस-फूँस-खपच्ची का एक घर है। जैसा चाहे जो सामान जहाँ रखे उसे रोकने-टोकनेवाला कोई नहीं। अब उस पर कोई बिना बात की धौंस-पट्टी नहीं मार सकता। लेकिन अब उसे उसी बस्ती में अकेली रहना है। जिस बस्तीवालों ने उस पर बेवजह इल्जाम लगाकर घर से बेघर कर दिया था। ताने, उपहास, हमदर्दी फिकरे। उसके दिलोदिमाग पर जाने कितने साँप-बिच्छू कुलबुलाने लगे। जाने क्या-क्या देखना-सुनना बाकी है।

गीली हो आयीं आँखों से झुग्गी के दरवाजे पर कोई धुँधली-सी शक्ल दिखाई दी उसे। आँखों का पानी पोंछा तो शक्ल साफ दिखाई दी। हैं-हैं करता हुआ जयसुख था। खिसियाता पूँछ हिलाता-सा बिना किसी इजाजत और दुआ सलाम के वह झुग्गी के अन्दर घुस आया था और बिना पूछे बताने लगा था कि उससे कल्ली प्रधान ने कुछ दिन पहले ही ये झुग्गी खाली करवा ली थी। फिलहाल उसने अपना सामान रामदीन मोची के यहाँ रखवाया है और खुद उसकी झुग्गी के बाहर रात बिता रहा है। हरखू गुब्बारेवाले से जैसे ही उसे पता चला कि ये झुग्गी उसीकी बीवी जसमती ने खरीद ली है, वह दौड़ता चला आया है।

खीसें निपोरता घिघियाता हुआ ये आदमी क्या उसका पति है, जिसने उसको धक्के मार-मारकर घर से निकाल फेंका था, वो भी इसलिए कि वह उसीकी रक्षा के लिए पुलिस से सहायता माँगने गयी थी। हैरान थी जसमती।

एकदम चुप्प खड़ी थी वह। माथे पर बल, लाल तमतमाया चेहरा। भिंचे हुए दाँत और मुट्ठियाँ। उसकी नाराजगी भाँपकर वह सफाई-सी देने लगा कि पिछले कई महीनों से उसके पास कुछ काम-धन्धा है नहीं। खाली दिमाग शैतान का घर। शैतान ही तो घुस गया था उसके दिमाग में और कुछ दुनिया-जहान की बातों में आ गया था।

इसलिए तुम भी दुनिया के साथ हो गये-उसने पूछना चाहा था। एकदम चुपचाप खड़ी थी वह। दुनिया के इल्जाम लांछन उस पर थे। बर्दाश्त कर लेती वह, अगर वह उसके साथ होता। लेकिन अब इतने दिनों से मैं धक्के

खा रही थी तब कहाँ था वह? अब सर छुपाने की जगह दिखी तो खुदगर्ज पूँछ हिलाता हुआ चला आया?

मैं जैसे चाहे रहूँ...मुझे नहीं चाहिए बिना कसूर के सजा देनेवाला मालिक। हुक्म चलानेवाला।

झुग्गी के दरवाजे पर खड़े जयसुख को पीछे से जसमती ने एक जोरदार धक्का दिया और वह वहीं झुग्गी के बाहर जा गिरा, जहाँ कभी जसमती आ गिरी थी। जयसुख को उसका रवैया समझ नहीं आया। गाली-वाली बकते हुए वह कहने ही वाला था कि साली औरत होके...?

इससे पहले वह चीख पड़ी, "मैं अपनी मालिक आप हूँ! भाग जा यहाँ से। मुझे नहीं चाहिए अपने ऊपर कोई मालिक।"

खुदमुख्तारी के एहसास के बावजूद वह हैरान थी। अपने पति से वह बदला लेगी। सिर छुपाने की जगह यह सोचकर तो नहीं ली थी! अचानक उसने ये कैसे-क्या किया? दिन भर वह झुग्गी से बाहर नहीं निकली। बाहर से खिलखिलाने और सीटियाँ मारने की आवाजें आती रहीं। वह यहाँ इस बस्ती में अकेली कैसे रह पाएगी? जहाँ हर आदमी दूसरे से खिंचा-खिंचा और नाराज रहता है जैसे उसकी परेशानियों की वजह वही हो!

दो महीने अकेली नहीं रह पाई थी रामस्वरूप की बीवी ईसरी। पति के मरने के बाद नाते-रिश्तेदारों ने समझाया था कि औरत को अकेले रहना मुश्किल होता है। चलकर किसी सगे-सम्बन्धी के साथ रह ले पर वह नहीं मानी। खुद कमाती है। किसी पर बोझ क्यों बने। लेकिन कुछ दिनों में ही पता चल गया। वह माँस का ढेरभर है जो माँसाहारियों से घिरा हुआ है। कभी झुग्गी का दरवाजा टूटा मिलता, कभी सामान गायब। आवारा लड़के सारा दिन उसकी झुग्गी के चक्कर काटते और बहाने से टैम-बेटैम कोई भी झुग्गी में आ घुसता। तंग आकर झुग्गी बेचकर उसे लोकपुरी की झुग्गियों में मौसी के साथ जाकर रहना पड़ा।

आमतौर पर जसमती अपनी झुग्गी का दरवाजा बन्द रखती लेकिन बहाने से कोई भी हमदर्दी जताने चला आता। वह घर से निकलती तो उसके कानों में तानों, फिकरों और सीटियों की आवाजें आतीं, जो रात को सोते वक्त भी उसके दिलोदिमाग पर गूँजती रहतीं। रास्ते में रोक-रोककर आस-पड़ोस की औरतें हमदर्दी जतातीं। तंग आ गयी वह। जयसुख आखिर है तो उसका पति ही। जैसा भी था चाहे वह दारू में बेसुध झुग्गी में एक तरफ निर्जीव-सा क्यों न पड़ा रहे। उसके होते वह इतनी असुरक्षित नहीं थी।

इधर-उधर से उसे पता चलता रहता कि उसका पति बीमार तो चल ही रहा है। लोग उसका मजाक उड़ाते हैं और वह बात-बात में जिस-तिस से उलझता फिर रहा है। न खाने का कुछ ठीक, न रहने का कोई ठिकाना। अब भी कोई उसके मुँह पर जसमती की बुराई करता है तो वह उससे लड़ने लगता है।

गलती हो गयी उससे। जो हुआ सो हुआ। औरत है वह। मर्द को क्या झुकायेगी? कल वह खुद जाकर अपने पति को वापिस बुला लायेगी। फिर से गृहस्थी बसायेगी। शक्तिनगर जाकर डॉ. आशा गुप्ता से अपना इलाज करायेगी। भगवान ने चाहा तो जल्दी ही माँ बनेगी। बाँस-फूस-खपच्ची से बने इस घर को खुशियों से भर देगी।

सुबह-सुबह झुग्गी का दरवाजा भड़भड़ाया। सामने रामदीन मोची था। वह घबराया हुआ था-जयसुख को पुलिस पकड़कर ले गयी है। कल रात काला भुसुण्डा उसे कहीं अकेले टकरा गया। वह जयसुख को छेड़ने लगा। पहले तो जयसुख बर्दाश्त करता रहा। नहीं रहा गया तो वह उससे भिड़ गया। जयसुख ने काले भुसुण्डे का सिर फाड़ दिया। उस वक्त तो काला भुसुण्डा अपना फटा सिर लेकर भाग गया। बाद में साथियों के साथ वापिस लौटा।

जयसुख को उन्होंने खूब मारा-पीटा, फिर ले जाकर थाने में बन्द करवा दिया। अब थानेदार उसे छोड़ने को तैयार नहीं है।

हाँफती-काँपती हुई रामदीन को साथ लेकर वह थाने की ओर चल दी थी। आस-पड़ोस के कुछ बच्चे कूदते-फाँदते उनके पीछे-पीछे हो लिए थे। थानेदार बड़ी मुश्किल से मिलने को तैयार हुआ। उस पर नज़र पड़ते ही फुँफकारा-बहुत गुण्डागर्दी मचा रखी सै बस्ती में तुम लोगों ने? तेरे घर आले ने कत्ल के इरादे से एक आदमी का सर फाड़ दिया है। इरादा-कत्ल का केस बनेगा। जिन्दगीभर जेल में सड़ेगा साला। फाँसी भी हो सके है। चल-चल जा आड़े ते...ना तै तन्ने बी अन्दर कर दूँगा...।

बाहर आकर फफककर रो पड़ी थी। ये अचानक क्या मुसीबत टूट पड़ी? अब मैं क्या करूँ? सामने तीन-चार लोगों के साथ काला भुसुण्डा खड़ा था। उसके सिर पर पट्टी बँधी हुई थी। पता चला उसका सिर ज्यादा नहीं फटा था। दो-तीन टाँके लगे थे। अपने साथियों के साथ काला भुसुण्डा अच्छी तरह हँस-बोल रहा था। जसमती बेहद घबराई हुई थी। पुलिस चौकी उसे किसी खूँखार जानवर की माँद जैसी लग रही थी। कैसे बचाये वह अपने पति को उनके पंजे से? भाई को बुलवाये? तभी एक आदमी ने उसके पास आकर कहा-यहाँ खड़े होकर रोने-धोने से कुछ नहीं होगा। आदमी को छुड़वाना है

तो झुग्गियों के प्रधान कल्लीराजजी को जा के मिल ले। थानेदार के साथ उठना-बैठना है उनका।

लगभग लपकती हुई वह कल्ली प्रधान के घर पहुँची थी। बात सुनकर कल्ली प्रधान भड़क उठा, "तेरे घरवाले ने जिसका सर फाड़ा है वो मेरा ही आदमी है और तू मुझे ही छुड़वाने को कह रही है?"

"पिटाई तो मेरे ही घरवाले की ज्यादा हुई है। ये बात और है कि आपके आदमी का सिर फट गया। हम भी तो आपके ही आदमी हैं। प्रजा हैं। आपके सिवाय किसके दर पर नाक रगड़ें?"

काफी देर तक गिड़गिड़ाती रही वह। कल्ली के माथे के बल कुछ कम हुए। जेब से मोबाइल निकाला और बात करते-करते वह अन्दर चला गया। थोड़ी देर बाद लौटा, "बहुत मादर...है थानेदार, साला मान ही नहीं रहा था। ऊपर से फोन करवाया तब जाकर बात करने को तैयार हुआ है। पूरे दस हजार माँग रहा है जयसुख को छोड़ने के। अब तू देख ले, छुड़वाना है तो नोट ले आ नहीं तो पड़ा रहने दे साले को। केस चलेगा तो इतने तो वकील-कचहरी में लग जायेंगे। गारंटी फिर भी नहीं कि सजा से बच ही जायेगा।"

"इतने पैसे कहाँ से लाऊँ? हैं ही नहीं तो...?"

"हैं कैसे नहीं? झुग्गी खरीदी है दस हजार की? बेच दो...।"

काँपती-सी आवाज में उसने कहा, "अब एकाएक, कौन खरीदेगा मेरी झुग्गी?"

कुछ देर सोच में डूबे होने की मुद्रा में रहने के बाद एकाएक कल्ली प्रधान ने कहा, "कुछ नहीं हो सकता। पर अगर तू अपने पति को छुड़वाना चाहती है तो झुग्गी हमें ही वापिस सौंप दे। जयसुख को बाहर निकलवाने का जिम्मा हमारा। गनीमत है कि अभी केस रजिस्टर नहीं हुआ है। जल्दी से जाके झुग्गी खाली कर दे और कागज ले आ।"

तड़पकर रह गयी थी वह। इसके सिवाय उसके पास कोई चारा भी नहीं बचा था।

छत छीनकर एकाएक जैसे किसी ने सर्दी, गर्मी और बरसात एकसाथ उसके सिर पर दे मारी हों! खून जैसे जम गया हो और उसे आग की लपटों के हवाले किया जा रहा हो! आँखों में आये पानी को दुपट्टे से पोंछकर वह झुग्गी की ओर चल दी।

झुग्गी खाली कर उसने कागज कल्ली प्रधान को थमाये तो उसने दो-चार और कागजों पर जसमती के अँगूठे लगवा लिए। कल्ली प्रधान की आँखों में कामयाबी की खुशी चमक रही थी।

"ठीक है, जा थोड़ी ही देर में तेरा आदमी आ जायेगा...।"

बाहर जाकर कल्ली के घर के सामने पड़े अपने सामान के पास वह बैठ गयी।

थोड़ी ही देर बाद जयसुख उसे ढूँढ़ता हुआ वहीं आ पहुँचा था। दोनों की आँखें गीली थीं और दोनों एक-दूसरे से नजरें नहीं मिला पा रहे थे। वे चेहरे अब पहचान चुके थे जिन्होंने उनका सामान घर से धक्का देकर बाहर दे फेंका था। रात काली और मनहूस होकर उनके सिर पर गिरने लगी थी।

थोड़ी देर बाद कलिराज बाहर आया। शायद वह कहीं जाने के लिए निकला था। जसमती ने आगे बढ़कर कहा, "कहीं के नहीं रहे हम तो? अब हम कहाँ जायें?" कुछ क्षण सोचने के बाद कलिराज बोला, "वो नेहरूनगर है न? जहाँ से पिछले साल झुग्गियाँ उजाड़ी गयी थीं। हम वहाँ फिर से झुग्गियाँ बसवा रहे हैं। हजार रुपया हम लेंगे। हजार पुलिस को देना होगा। दो दिन में जुगाड़ करके दे देना। प्लास्टिक की पन्नी, बाँस, फूस का इधर-उधर से इन्तजाम कर लो और जा के रातों-रात वहाँ झुग्गी बना लो।" कहते-कहते मोटरसाइकिल पर सवार होकर कलिराज फुर्र हो गया। पीछे से जसमती ने चीखकर कहा, "अब तू कर इन्तजाम...हम तो तेरे घर के बाहर ही पड़े हैं—अब तो मेरा पति भी मेरे साथ है!!"

कथाक्रम : अक्टूबर-दिसम्बर, 2006

टूटा-सा कोई दरवाजा

रात काफी हो गयी थी। आसपास की झुग्गियों से खड़कते हुए बरतनों, बिलबिलाते हुए बच्चों, कलपती हुई बुढ़ियों, खाँसते-खँखारते हुए बूढ़ों, झींकती हुई स्त्रियों और शराब के भभूके से भरी गलियों की आती हुई आवाजें कुछ कम हो गयी थीं।

उन झुग्गियों को एक सँकरी-सी गली के बीचोंबीच बैठा खजुआया कुत्ता अपनी पिछली टाँग से अपना कान खुजा रहा था। दूर से गिरते-पड़ते आते हुए एक शराबी को देखकर कुत्ता अपनी नैतिक जिम्मेवारी के तहत उठ खड़ा हुआ था। नशे के बावजूद शराबी की नजर कुत्ते पर पड़ी तो घबराहट के मारे पसीना-पसीना हो गया। ज्यों ही कुत्ते ने गुर्राते हुए अपना कदम आगे बढ़ाया, मौत को अपनी ओर बढ़ता देख शराबी मारे घबराहट के पास ही की अधखुले अधटूटे-से दरवाजेवाली एक झुग्गी की ओर लपका।

कच्ची लकड़ी की फट्टियों से बना दरवाजा उसके जरा-सा धकेलने पर खुल गया था। दरवाजे को रोकने के लिए आगे अटकाई गयी ईंट एकतरफ को हट गयी थी। अन्दर घनाघुप अंधेरा था। नशे के कारण सिकुड़ी हुई उसकी पुतलियाँ घने अंधेरे को भेद नहीं पा रही थीं।

जरा-सा खड़का झुग्गी के अन्दर अपने दो-तीन छोटे-छोटे बच्चों को लेकर सोई हुई विशंभरी के कानों तक पहुँचा ही था कि वह हड़बड़ाकर उठ बैठी। इस तरह अचानक अन्दर घुस आये अनजान व्यक्ति को देखकर उसका जैसे साँस ही सूख गया, "क...क...कौन?"

झूलते-हिलते अपने शरीर पर काबू पाने की कोशिश की शराबी ने, पर हड़बड़ी में वह पास पड़े बरतनों पर गिर पड़ा। विशंभरी ने थोड़ा कड़क होकर पूछा, "तू है कौन? कहाँ से घुसा आ रहा है?"

जल्दी से खड़ा होते हुए शराबी ने कहा, "वो साला एक कुत्ता मेरे पीछे पड़ गया..."

“मेरा ई घर मिला तुझे? वो भी रात के इस बखत?”

बाहर झाँका विशंभरी ने। कुत्ता इस बीच जा चुका था। डरकर शराबी ने पैंतरा बदला और लड़खड़ाती जुबान से कहा, “वो...राम आसरे, हाँ वो राम आसरे...मन्ने सोचा ये आसरे का घर है...यहीं कहीं रहता था...”

बड़ी फुर्ती से विशंभरी ने पास ही पड़ा हुआ डण्डा उठाया और उसकी ओर लपकी, “हाट...हट...कुत्ते कमीने...अब बहाने टिका रहा है। बरतन चुराने आया था...जानती हूँ तुम जैसे स्मैकियों को...”

दुरदुराये जाने के बावजूद वह कुछ क्षण तक नशे में बेसुध-सा वहीं-का-वहीं खड़ा रहा लेकिन तब तक सिर के पास से होता हुआ एक डण्डा उसके कंधे पर आ लगा तो वह बिलबिलाता हुआ बाहर की ओर बढ़ा, “क्या...मैंने क्या...किया है? मैं तो राम आसरे का घर समझ के...गलती से...मैं कोई चोर हूँ...किया क्या है?...कुछ किया भी है मैंने?”

“ठहर कमीने, बताती हूँ...।”

“मैं तो गलती से...किया भी है मैंने कुछ? मैंने...”

कुछ असामान्य-सा पाकर उसके छोटे बच्चे उठ बैठे और रोने लगे थे। बारह साल का बड़ा लड़का बिन्नू उन्हें चुप कराने की कोशिश करने लगा था।

गाली-गलौज, झगड़े-झंझट और मार-पिटाई जैसी बातें उस झुग्गी बस्ती के लिए नयी नहीं थीं। अगर ऐसी घटना कहीं आसपास ही हो रही हो तो उसमें शामिल होकर उससे मजा लेना उनका धर्म हो जाता है। बच्चे, बूढ़े, औरतें, जवान अपने काम-धाम या नींद छोड़कर अपनी-अपनी झुग्गियों से बाहर निकलने लगे। क्या बात हुई, क्या बात हुई कहते हुए आगे बढ़ने लगे थे।

बात समझ लेने के बावजूद कोई उस पर विश्वास नहीं कर रहा था, “ठीक-ठाक बता दे बे, क्या बात हुई?” शराबी को लगा वह बुरी तरह फँस चुका है। लोग उसे बुरी तरह मारेंगे। कोई उसकी बात पर विश्वास नहीं करेगा। पड़ोसी पड़ोसी का ही साथ देगा। उसने वहाँ से भाग निकलने की कोशिश की लेकिन झुग्गीवालों ने उसे धर दबोचा। आज तो उन्हें जैसे मौका मिला था अपनी मर्दानगी दिखाने का। ऐसे कैसे जाने देते उसे? चारों तरफ घुप अँधेरा था। वहाँ जमा लोगों की आपस में खुसर-पुसर और खीं-खीं जारी थी। बीच-बीच में कोई-कोई आदमी यों ही ललकारता हुआ बड़क मारता-मारो स्साले को...।

विशंभरी अपनी पूरी ताकत उस अनजान शराबी को गालियाँ देने में लगा रही थी। अन्दर रोते हुए, उसके बच्चे उसके लगी आग में जैसे घी का काम कर रहे थे।

गलियों में घूम-घूमकर लोहे की बाल्टियों को तल्ले लगानेवाले अधबूढ़े बिज्जू लोहार ने आगे बढ़कर विशंभरी से पूछा, "ठीक-ठाक बता, बात के हुई थी? इस साल्ले ने तै हम देख ेंगे..."

"बात तो..."

उसके कुछ बोलने से पहले ही अन्दर से बिन्नू के बुरी तरह खाँसने और उबाकने की आवाज सुनकर वह घबराकर झुग्गी के अन्दर दौड़ी, "क्या हुआ मेरे लाल को..."

बिज्जू लोहार वहीं का वहीं खड़ा रह गया। उसे लगा विशंभरी ने उसकी बात को तरजीह नहीं दी है। खिसियाकर रह गया वह, "साली, जानबूझकर बात को टाल गयी। दाल में कुछ काला है।"

झुग्गीवालों से घिरा हुआ शराबी उनके आगे हाथ-पाँव जोड़ रहा था, "मुझे जाने दो मैं तो इधर गलती से आ गया। नशे के कारण कुछ नहीं सूझा मुझे और कुछ अँधेरा...मैं तो उधर इन्दिरा गाँधी कैम्प की झुग्गियों में रहता हूँ। अँधेरे में भटक गया..."

"झूठ बोल रहा है स्साला...पेंदे पे दो लात पड़ेंगी तो साला..."

"मैंन्ने कुछ नहीं किया...यकीन करो...यकीन करो...मुझे जाने दो..."

रामदास कबाड़ी जिसकी बीवी को मरे तीन साल हो गये थे और आमतौर पर विशंभरी की झुग्गी के चक्कर काटता रहता, सुबह जब विशंभरी शान विहार की कोठियों में काम करने के लिए जाती तो वह भी काफी दूर तक उसके पीछे-पीछे जाता। विशंभरी को सब पता था लेकिन उसने कभी उसे घास नहीं डाली थी। बल्कि एकबार तो विशंभरी ने शान विहार के मोड़ के पास चप्पलों से उसकी पिटाई भी कर दी थी। आज रामदास कबाड़ी को अपनी खुन्दक निकालने का मौका मिल गया था, "साली ने बुलाया होगा...चोरी-छिपे नया धन्धा शुरू किया होगा। हुँह साली बड़ी सती सावितरी बनी फिरती है?...मुझे तो पहले ही शक था।...आज असलियत खुली साली की...बड़ी खिलाड़ी औरत है साली...दो साल हो गये इसके पति को मरे...क्या पता उसे भी इस साली ने खुद ही कुछ पिला-खिलाकर मारा हो?"

पीछे खड़ी औरतों की खुसर-पुसर की आवाज भी अब थोड़ी ऊँची, स्पष्ट और एकमत हो गयी थी, "राँड ने खुद ही बुलाया होगा इसे...हाय-हाय देखो तो, कैसी छिनाल है और ऊपर से कैसी सती-पवित्तर बनती है?"

शराबी का चढ़ा हुआ नशा काफी कुछ उतर चुका था। इतने लोगों के बीच से बचकर भाग निकलना उसे असम्भव-सा लग रहा था। लोगों के शक की बात

अब तक उसके कानों तक भी पहुँच चुकी थी। उसे लगा यहाँ से बच निकलने का यही एक रास्ता हो सकता है। उसने अपने माथे का पसीना पोंछा और थोड़ा सहज दिखने की कोशिश करता हुआ बोला, "हाँ-हाँ...आप लोग ठीक कह रहे हैं?"

"क्या ठीक कह रहे हैं?"

थोड़ा झेंपने शर्माने के अन्दाज में शराबी ने धीरे से कहा, "ये औरत खुद बुलाकर लाई थी मुझे...मैं तो मेन सड़क से जा रहा था...इन्दिरा गाँधी कैम्प की अपनी झुग्गियों की ओर मुड़ने लगा कि इस औरत ने बुला लिया। कहने लगी पैसों की जरूरत है...।"

बिज्जू लोहार उछला, "मैंने तो पहले ही कह दिया था। हुई न यही बात...मानते हो...सब पता रहता है हमें..."

रामदास कबाड़ी ने छाती चौड़ी करते हुए कहा, "सबसे पहले तो मैंने खुद कहा था कि...निकली ना वही बात...हम भी कच्ची गोलियाँ नहीं खेले...।"

"इस राँड को तो देखो? ...हैं?"

विशंभरी अपनी झुग्गी के अन्दर बिन्नू की उल्टी साफ कर रही थी। बाहर लोग खुलकर उसे गालियाँ देने में जुट गये थे।

"जब खुद बुलाके लाई तो फिर झगड़ा किस बात पे हुआ?"

थोड़ा अटकते और अकबकाते हुए शराबी बोला, "झुग्गी पे पहुँचकर बोली–पाँच सौ लूँगी। मैंने कहा कि इतने तो मेरे पास हैं नहीं। बोली–सीधी तरह निकाल वर्ना...शोर मचा दूँगी। बुरी तरह फँस जाओगे। मेरे पास इतने पैसे थे ही नहीं तो देता कहाँ से?"

भीड़ पर अपनी बातों का असर होता देख शराबी ने थोड़ा उत्साहित होते हुए कहा, "आप खुद समझदार हैं। मैं ऐसा आदमी नहीं हूँ। मैं तो खाहमखाह फँस गया...।"

बस्ती के आधे लोग समझते थे विशंभरी ऐसी नहीं है पर आधे समझते थे वह ऐसी ही है।

दो साल पहले बस्ती में जहरीली शराब पीकर कई लोग मर गये थे। लाशें पुलिस ले गयी थी। लोगों का कहना था कि कम-से-कम पच्चीस लोग मरे होंगे लेकिन पुलिस ने कहा सिर्फ आठ लोग मरे हैं। विशंभरी के पति को भी पीने की बहुत बुरी लत थी; वह मरनेवालों में से एक था। कुछ लोगों ने भट्ठी के पास पड़ी उसकी लाश को ले जाते हुए पुलिस को देखा था पर... पुलिस ने उसका नाम गुमशुदा लोगों की लिस्ट में जोड़कर उसकी गुमशुदगी की रिपोर्ट दर्ज कर ली थी।

विशंभरी को भी पता था कि उसका पति जहरीली शराब पीकर मर चुका है पर पुलिस के भुलावे को सच समझकर अपने मन को तसल्ली देने के लिए बाद में कई दिन तक उसे ढूँढ़ती रही थी। वह कहीं होता तो मिलता? उसका पति पीछे छोड़ गया—तीन छोटे-छोटे बच्चे और एक झुग्गी।

पति के चले जाने से वैसे तो कोई फर्क नहीं पड़ा था। वह पहले भी कोठियों में चौका-बरतन करके कमाकर लाती थी और घर चलाती थी और अब भी वह अपने हाथों से कमाती थी और बच्चे पाल रही थी। उसका पति पीकर घर में ही पड़ा रहता था पर उसके रहते उसे बस्तीवालों के इशारों और नजरों का निशाना नहीं बनना पड़ता था जैसे कि उसे अब बनना पड़ रहा था।

बस्ती में लौंडे-लफंगों से लेकर ऐसे खबीस-खसूटों की कमी नहीं थी जोकि हमेशा विशंभरी पर नजर गड़ाये रहते। वे बात और है कि उसने कभी उनकी फब्तियों-फिकरों की परवाह न कर उन्हें कभी घास नहीं डाली थी। इसलिए उसे कई बार अपने बारे में उल्टा-सीधा झूठ सुनना भी पड़ता और कई बार उसे गाली-गलौज भी करनी पड़ती। कई बार उसे जूती भी उतारनी पड़ती।

जैसे भी था वह किसी तरह अपनी इज्जत बचाये लिए आ रही थी कि पता नहीं कहाँ से आज ये शराबी उसके घर में आ घुसा था। बुखार से बुरी तरह तप रहे बिन्नू का खाँसते-खाँसते साँस रुकने को हो आया था। उसकी लगातार बिगड़ती हुई हालत देखकर घबराकर विशंभरी रोने लगी थी।

बाहर जमा लोगों की भीड़ बढ़ गयी थी।

उँगलियाँ विशंभरी की ओर उठ गयी थीं, "साली शर्म के मारे अन्दर जा घुसी है..."

"बाहर कैसे निकले? अन्दर घुसकर रो रही है साली!"

"हद हो गयी बेशर्मी की..."

पीछे खड़ी सफेद बालोंवाली मरियल-सी बुढ़िया एकाएक अपने दोनों हाथों को हवा में झटकारते हुए झींकने लगी, "हाय-हाय...कैसा जमाना आ गया राम-राम...झुग्गी में तीन-तीन बच्चों के मौजूद रहते इस राँड ने ग्राहक बुला लिया? कम-से-कम बच्चों का कुछ शर्म करती...हाय-हाय बच्चों के सामने...हया-शर्म-लिहाज कुछ तो होती है।"

ऐसे कहा उस मरियल बुढ़िया ने जैसे उसे ग्राहक के बुलाये जाने पर एतराज नहीं बल्कि बच्चों की मौजूदगी में बुलाये जाने पर एतराज था।

"मुझसे सुनो असलियत..." किरयानेवाले लाला लख्मीचन्द ने आगे बढ़कर सबको चुप कराया फिर गहरा राज खोलने के अन्दाज में फुसफुसाया, "असल

में विशंभरी है तो शरीफ औरत पर...मजबूरी जो न करवाये। आज आयी थी मेरे पास, कहने लगी—लालाजी पाँच सौ रुपये उधार दे दो। मेरा बच्चा बीमार है। इलाज करवाना है। बोली, जो कहो करने को तैयार हूँ। मैं ठहरा सीधा-सादा... मुझे क्या समझ, क्या करने-कराने को तैयार है। वो तो अब समझ में आया कि...ऐसी बात थी..."

"फेर दिये तुमने पाँच सौ..."

"कहाँ से देता मैं?" मैंने कहा, "नगद नोट मेरे पास तो धरे नहीं मैं तो इतना कर सकूँ...दाल-चावल उधार चाहिए तो ले जा..."

"हाँ ठीक है...इतनी मदद क्या कम है?"

फिल्मी स्टाइल मारते हुए रामदास कबाड़ी बोला, "मजबूरी बहुत बुरी चीज होती है साहब...! अपने बीमार बच्चे के लिए एक माँ कुछ भी बेच सकती है साहब...इज्जत तो बहुत मामूली चीज है।"

"बेचारी मजबूर औरत..."

"बे...चा...री..."

सहानुभूति के शब्द थे उनके, पर उनमें सहानुभूति नहीं व्यंग्य था। वे जैसे चटखारे ले रहे थे।

थोड़ी देर पहले काली अँधेरी वीरान-सी लगनेवाली बस्ती अचानक भूत-भूतनियों के रात्रि मेले में बदल गयी थी। हँसी-मजाक, फिसफिसी चीख-चिल्लाहट गाली-गाना सब-कुछ जारी था।

इस बात पर लगभग सभी एकमत थे कि कुछ देर पहले हुई घटना किसी घोर अनर्थ से कम नहीं थी। सारा दोष विशंभरी का था।

रामदास कबाड़ी और लोहार विशंभरी की झुग्गी के पास खड़े होकर उसे सुना-सुनाकर कहने लगे, "बेचारी, मजबूर औरत...क्या करती?"

"दूसरों की मजबूरी तो कोई समझता नहीं...बस्स लोगों को तो बातें बनाने का मौका चाहिए—हा हा..."

"यह तो मैं कह रहा हूँ किसी की मजबूरी कोई समझता नहीं!" कहते-कहते रामदास की हँसी छूट गयी थी।

बिन्नू के मुँह पर छींटे मारकर विशंभरी उसे होश में लाने का प्रयास कर रही थी। लोगों की बातों से ज्यादा वह बिन्नू की हालत देख-देखकर थरथरा रही थी।

इस सबमें सारा दोष विशंभरी का ही है या शराबी का भी थोड़ा बहुत दोष है। वहाँ जमा लोगों में इस बात की बहस भी छिड़ गयी थी। इक्का-दुक्का

लोग शराबी को भी थोड़ा बहुत कसूरवार ठहरा रहे थे। लेकिन ज्यादातर लोगों का कहना था कि सारा कसूर विशंभरी का ही है।

"इसमें शराबी का क्या कसूर? औरत के आगे तो बड़े-बड़े ऋषि-मुनि तपस्वी अपनी तपस्या भूल जायें। ये बेचारा तो मामूली आदमी है।"

"सारा कसूर उसीका है जो अन्दर छुपी बैठी है...उसी साली ने यहाँ की मर्यादा भंग की है।"

"हाँ, औरत को मचा चखाया जायेगा तभी मजा आयेगा वर्ना किसी को भी मजा नहीं आयेगा...हाँ...हाँ...।"

एकाएक सभी विशंभरी की झुग्गी के आगे आ जमे थे। मरियल बुढ़िया के साथ तीखा और तेज बोलनेवाली दो-तीन औरतें तो उसकी झुग्गी के अन्दर ही जा घुसीं। बाकी लोग अन्दर-बाहर गिद्धों की तरह जमा हो गये थे। विशंभरी उन्हें अन्दर आया देखकर चुन्नी से अपना सिर-मुँह ढँकने लगी थी।

बुढ़िया बड़बड़ाने लगी, "अरी! बड़ी शर्म-धर्मवाली बन रही है। तूने तो यहीं बुला लिया! बस्ती-बिरादरी का कुछ भी डर न था तुझे? हैं?"

"अपनी ना सही दूसरों की इज्जत का ख्याल तो करना ई चइये था, औरत को अपनी इज्जत आप बचानी चाहिए।"

मर्दों की तो बस एक ही जात होती है। अपनी मर्दानगी जाहिर करने के लिए पीछे खड़े कुछ जीर्ण-जर्जर आदमी उसे सीधे ही माँ-बहन की गालियों पर उतर आये थे।

"था कौन वो? पहले से जानती थी तू उसे?"

अपनी सफाई में कई बार रोते-रोते उसने कहा कि उसने उस शराबी को नहीं बुलाया था। दरवाजा खुला देखकर गलती से उसके घर आ घुसा था। लेकिन कोई उसकी बात मानने को तैयार नहीं था।

सब सुन रहा था बिन्नू। दोनों छोटी बच्चियाँ डरी-सहमी कोने में दुबकी जा रही थीं। बिन्नू का मन हो रहा था वह सबको वहाँ से मार भगाये। वह चीखना चाहता था। पर आवाज ही बाहर नहीं आ पा रही थी।

"कितने पैसों में बात तय हुई थी? दे कितने रहा था?"

"पहले ही बात बिगड़ गयी या सब-कुछ हो-हवा चुका था? कुछ मिला भी या योंही..."

जहरभरे शब्दों से वह बुरी तरह आहत हो आयी थी। तड़फड़ाकर रह जाने के सिवाय वह कुछ नहीं कर पा रही थी। पीछे से प्रहार अभी जारी थे–अरे हमें बुला लेती...हम फैसला करवा देते। पड़ोसी होते किसलिए हैं?

बर्दाश्त नहीं हो पा रहा था उससे। गुस्से से काँपने लगी थी वह।

"मैं कैसे साबित करूँ? ना मैंने उसे बुलाया, ना मैं उसे जानती हूँ...मुझे और परेशान मत करो।"

"बड़ी सती-सावितरी है तू? ऐसे कैसे जाने दें? हम लोग गरीब जरूर हैं पर...तुझे नहीं हमें तो अपनी इज्जत प्यारी है।"

रोते-काँपते वह गिड़गिड़ाई, "पहले ही दुःखों की मारी हुई हूँ...मुझे मेरे हाल पर छोड़ दो...।"

"ऐसे कैसे छोड़ दें? और तू यहाँ धन्धा करे? शरीफों की बस्ती है, रंडीखाना नहीं बनने देंगे इसे...साली रंडी...वेश्या...।"

चीख पड़ी वह, "हरामी...कमीने, कीड़े पड़ेंगे तेरे...मुझ बेसहारा निर्दोष पर इल्जाम लगाता है! कल को तेरी बहन-बेटी भी मेरी तरह बिना कसूर के फँस सकती है...तब देखूँगी तुझे!"

लोहार चीखा, "खबरदार...साली हमारी बहन-बेटी का नाम मत लियो।"

"अब तो बड़ी मिर्चे लग रही हैं...?"

"तू सबको अपने जैसा समझती है?"

"मैंने किया ही क्या है? जो मेरे पीछे पड़ गये हो?"

"अभी तो लखमी लाला खड़ा है हमारे बीच में–जीता-जागता सबूत है! बोल, तूने उससे पाँच सौ रुपये माँगे थे या नहीं?"

बिना किसी झिझक के विशंभरी ने कहा, "हाँ माँगे थे..."

"बदले में तूने क्या कहा था लाला को? कि तू कुछ भी करने को तैयार है?"

"कहाँ है लाला? मेरे सामने कहे...कीड़े पड़ेंगे तुम सब झूठों को...।"

लाला ने पीछे खड़े-खड़े ही कहा, "आयी नहीं थी तू पैसे उधार माँगने?"

"आयी थी तो मैंने कहा था...मेरी झुग्गी का दरवाजा टूटा हुआ है ठीक करवाना है। बच्चा बीमार है पैसों की सख्त जरूरत है अगले महीने लौटा दूँगी जो थोड़ा-बहुत हरजाना हो वो भी ले लेना...बाकी बातें अपने पास से बना लीं? ...उल्टा ये तो मुझे पैसे देने को तैयार था। गन्दी नजरों से देख रहा था ये मुझे। इसकी नीयत गन्दी देखकर मैं तो पैसे लिए बिना ही लौट आयी...ये हरामी कमीना उल्टा मुझे बदनाम...।"

लाला की ओर देखकर हँसने लगे सभी। लाला को जवाब नहीं सूझ पड़ रहा था।

ऐसी उम्मीद नहीं थी लाला को, एकदम चुप रहनेवाली औरत सबके सामने

यों एकाएक फूट पड़ेगी। अकबकाकर रह गया वह, "मैं तो...वो मैंने तो...।"

क्षणभर में लाला की भीड़ में भद्द उड़ गयी। बगलें झाँकता रह गया।

हँसी-मजाक, ताने-फिकरे और...लाला को शर्मिन्दा देखकर बस्तीवालों को मजा आ रहा था। एकाएक सबके मजे पर पानी फेरती हुई-सी किसी की आवाज आयी-सब इधर मजा ले रहे थे और...उधर वो शराबी भाग गया...

"धत्त तेरे की...बेड़ा गरक हो गया। उस साले को भी कुछ सबक सिखाया जाना चाहिए था। वर्ना वो तो किसी दिन फिर से इसे बदनाम बस्ती...वो क्या कहते हैं रेड लाइट एरिया समझकर चला आयेगा। पकड़ा गया तो कह देगा गलती हो गयी। पर अब क्या हो सकता है? उसे योंही नहीं जाने देना चाहिए था। एक वही तो विशंभरी के खिलाफ हमारे पास सबूत था...।"

"अब बातें बना रहे हो पहले क्यों नहीं ध्यान दिया? तुम पकड़ के रखते उसे?"

आपस में ही उलझ गये थे वे लोग। ज्यादातर लोगों को उसके भाग जाने का मलाल हो रहा था। हाथ मलते हुए एक ही बात दोहरा रहे थे-अब क्या बचा है? सारा मजा ही किरकिरा हो गया...

मजा ही खराब हो गया। मजा ही खराब...कहते हुए कुछ लोग अपनी-अपनी झुग्गी की ओर लौटने लगे। तंग कर रहे लोगों पर भड़ककर पड़ गयी विशंभरी, "जो भी मुझ पर झूठा इल्जाम लगाएगा मैं पुलिस में उसीके नाम की रिपट लिखवा दूँगी।"

जवाब में लोग बेशर्मी से खी-खी कर रहे थे। पीछे से किसी ने शरारत से सीटी बजाई, किसी ने अजीब-सी डरी आवाज में कहा-प...पुलिस...पुलिस आ गयी...

पुलिस का नाम सुनते ही सब एक-दूसरे को भागता देखकर अपनी-अपनी मर्दानगी भूलकर अपने-अपने बिलों की ओर लपके। कुछ ही मिनटों में गली फिर से निर्जन हो गयी थी।

विशंभरी ने भी अपनी झुग्गी का टूटा-फूटा दरवाजा अन्दर से भिड़का दिया था।

दोनों छोटी बच्चियाँ सिकुड़कर एकतरफ को सो गयी थीं। बिन्नू के बुखार से तपते माथे पर विशंभरी ने गीला कपड़ा रखा और खुद भी पास ही लेट गयी। झुग्गी के अन्दर-बाहर काला घनाघुप अँधेरा भरा हुआ था। उसे अपनी हालत पर रह-रहकर रोना आ रहा था। जाने कितनी बार उसे अपनी गीली आँखों को पोंछना पड़ा था-कोई बात नहीं। तैसे-कैसे वक्त कट ही जायेगा

और चार-पाँच साल की बात है बस्स...बिन्नू बड़ा हो जायेगा। फिर उसे किसी बात की चिन्ता नहीं रहेगी।

बिन्नू ने बीमार-सी आवाज में कहा, "माँ...!"

उठ बैठी वह, "हाँ बेटे...!"

"माँ...तूने उस कुत्ते-कमीने शराबी को बुलाया ही क्यों? मुझे बुखार था तो क्या हुआ...उतर जाता...नहीं तो मर जाने देती मुझे। क्यों बुलाया?"

जलती हुई लकड़ियों में धकेल दिया जैसे किसी ने उसे। क्षणभर में सब-कुछ जलकर जैसे राख हो गया! क्या जवाब दे वह? एकाएक वह झुँझलाई, "तू भी तो यहीं था? क्या हुआ, क्या नहीं? सब यहीं तुम लोगों के सामने ही तो हुआ?"

गहरी खामोशी घिर आयी। झींगुरों की आवाजें माहौल को और भयावह-सा बना रही थीं। थोड़ी देर बाद बिन्नू बोला, "माँ! मैं मर भी जाऊँ पर तू आगे से ऐसा मत करना।"

"क्या? कैसा? मैंने अब भी क्या किया है जो आगे ना करने को कह रहा है? बिना किसी गलती के बैठे-बिठाये मुझे ये क्या...?"

कलपने और अन्दर-ही-अन्दर रोने के सिवाय कोई चारा नहीं उसके पास।

झुग्गियों में ही रहनेवाले एक झोलाछाप डॉक्टर ने सुबह-शाम टीके लगाकर कुछ ही दिनों में बिन्नू का न्यूमोनिया ठीक कर दिया था। इलाज के पैसे भी वह एक-दो महीने बाद लेने को राजी था।

धीरे-धीरे सब ठीक हो जायेगा सोचा था उसने। अब दिन-रात उसे झुग्गी का दरवाजा ठीक करवाने की चिन्ता लगी हुई थी। लेकिन पैसों का जुगाड़ कहीं से भी नहीं बैठ पा रहा था। वैसे भी उस घटना के बाद आसपास के लोगों का व्यवहार कुछ बदल-सा गया था। लोगों की नजरों में उसके प्रति हिकारत और उपहास देखकर उसके दिलोदिमाग पर जहरीले साँप फुफकारने लगते, लेकिन वह बर्दाश्त करके रह जाती।

बीमारी के कारण कई दिन से बिन्नू साइकिलवाले के पास काम सीखने नहीं जा पाया था। उसके दोस्त उसे चिढ़ाते—अब इसे काम की क्या जरूरत है? इसकी माँ ने जो नया काम शुरू कर लिया है।

बेनागा ही कोई-न-कोई उसे चिढ़ा देता। रोज ही वह किसी-न-किसी के साथ मार-पिटाई कर बैठता। एक दिन तो बुरी तरह जख्मी होकर लौटा था वह। माँ ने उसे समझाने की कोशिश की तो वह उलटा उसी पर झुँझला उठा था, "तेरी वजह से मुझे सब देखना सहना पड़ रहा है...?"

क्या वाकई इस सबमें उसका कहीं कुछ कसूर है? उसे सोचने को विवश होना पड़ रहा था। दु:ख उसे इस बात का था कि अपनी ही औलाद उसे निर्दोष नहीं मान पा रही थी। सारा कसूर झुग्गी के दरवाजे का है। उसने सोचा, जैसे भी हो उसे अब झुग्गी का दरवाजा ठीक करवाना है।

अगले ही दिन सुबह-सुबह पैसों के इन्तजाम के लिए घर से निकली थी वह। लौटने में भी उसे देर हो गयी थी। उसे लौटा देखकर बिन्नू उस पर चिल्लाकर पड़ गया, "इतनी देर कहाँ लग गयी तुझे?"

बेटी ने रोते कहा, "भाई! आज फिर मार-पिटाई करके लौटा है। आज फिर लड़कों ने चिढ़ाया। चोटें भी लगी हैं इसके...।"

"क्यों रे! घर में टिककर नहीं बैठ सकता? क्या जरूरत है उनसे लड़ने-मरने की?"

"लड़के कह रहे थे झुग्गीवाले डॉक्टर को तेरी माँ ने तेरे इलाज के लिए पैसों के बदले इज्जत दी है?"

"हाय राम...नास जाये उन कमीनों का...पैदा हुए नहीं और कहने लगे ऐसी-ऐसी बातें? इलाज के पैसे छोड़ेगा वो डॉक्टर? उधार के चक्कर में महीने बाद ही सही दुगनी चमड़ी उतारेगा। दुनिया में उधार-सुधार नहीं चलता क्या? कोई जरूरी नहीं ऐसों के मुँह लगने की...दुनिया तो बकती रहती है। किस-किसका मुँह पकड़ेगा तू? क्या-क्या बर्दाशत करना पड़ा रहा है मुझे, मैं ही जानती हूँ...?" आँखें पोंछते हुए बोली, "कल झुग्गी का दरवाजा ठीक करवाना है। पैसों का इन्तजाम हो गया है। कितना मुश्किल है पैसों का इन्तजाम करना, मैं ही जानती हूँ...।"

सुनते ही बिन्नू की आँखें खुली-की-खुली रह गयीं। उसने सोचा-माँ ने किसी को यहाँ तो नहीं बुलाया पर खुद कहीं जाके...इसका मतलब लोग ठीक कहते हैं। आँखों में खून उतर आया उसके। एकदम चुप हो आया वह। माँ के आग्रह के बावजूद उसने रोटी भी नहीं खाई। बच्चियों को रोटी खिलाकर विशंभरी लेट गयी थी।

झुग्गी में अँधेरा भरा हुआ था। आसपास से आता हुआ टीवी, रेडियो और लोगों का शोरगुल नींद को उनकी आँखों के पास फटकने नहीं दे रहा था।

एकाएक विशंभरी को लगा झुग्गी में कोई है। इससे पहले कि वह कुछ समझ पाती, चाकू का एक वार उसकी कोहनी पर लगा। उसने देखा बिन्नू के हाथ में सब्जी काटनेवाला चाकू था और वह अपनी माँ पर वार कर रहा था। अपने बचाव के लिए चीखी वह। डर के मारे सन्न रह गयी वह।

बिन्नू चीखा, "पैसों के इन्तजाम के लिए अब तू बाहर जाने लगी है? इतनी देर से आयी आज तू पैसों का इन्तजाम करके?"

"मैं तो जहाँ काम करती हूँ वहीं से पैसे लेने गयी थी। मालिक सुबह ही कहीं निकल गये थे। मालकिन बोली, शाम को आयेंगे तो उनसे लेकर दे दूँगी। मैंने इन्तजार किया। शाम को वे आये तो उन्हीं से पैसे लेकर आयी हूँ इसलिए देर हो गयी।"

"झूठ बोलती है तू!"

"कमीने...मैं तेरी माँ हूँ! मैंने कुछ किया भी नहीं। तू बीमार था। तेरे चक्कर में मैं बदनाम हो गयी और उल्टा तू? अपनी उसी माँ को मारना चाहता है?"

नीचे बैठकर रोने लगी वह। बिन्नू पर जैसे खून सवार था, "मैंने कहा था मुझे मरने दियो, पर ऐसा काम मत करियो...पर...तू...।"

इसी बीच ढीली पड़ आयी विशंभरी पर चाकू के दो और वार कर दिये थे बिन्नू ने। नीचे गिर पड़ी थी विशंभरी। बच्चियों की कुरलाहट झुग्गी में भर गयी थी।

"मैं मर जाऊँगी। अपने-आप ही। मर जाऊँगी रे...तू मत मार रे...तेरे हाथों मरी तो तुझे सजा हो जायेगी रे!"

चाकू फेंककर झुग्गी से बाहर होता हुआ बोला, "जा रहा हूँ मैं...कभी नहीं आऊँगा अब। कभी नहीं आऊँगा...कभी नहीं आऊँगा।"

इससे पहले कि पड़ोसी आते और बात को समझते, बिन्नू वहाँ से भाग चुका था। जो सुनता दहलकर रह जाता। बारह साल का बच्चा माँ की हत्या करने चला था।

गनीमत थी कि पड़ोसियों ने विशंभरी को समय पर हस्पताल पहुँचा दिया था। देर हो जाती, खून ज्यादा बह जाता तो खतरा हो सकता था। चाकू के जख्म उसके कन्धे, कोहनी और जाँघ पर ही बने थे। पुलिसवालों को यह बयान दिया कि एक फैक्टरी के सामने लोहे की पत्तियों के ढेर पर चक्कर आकर गिरने से चोटें लग गयी थीं। इस तरह उसने बेटे को पुलिस-कचहरी के पचड़े से बचा लिया था। शुक्र है नेक डॉक्टर ने पुलिस केस नहीं बनने दिया था। चार दिन बाद वह हस्पताल से लौट आयी थी। बहुत रोई थी घर आकर वह-निर्दोष बेकसूर हूँ मैं। ये तो सिर्फ मैं जानती हूँ या मेरा भगवान। अनाड़ी था बिन्नू...पेट या पसलियों में चाकू मारता तो...। एक ही बेटा था मेरा, गलतफहमी के चलते वो भी छिन गया...????

झुग्गी का दरवाजा ठीक करवाने के लिए किया गया पैसों का जुगाड़

विशंभरी के जख्मों के इलाज में खर्च हो गया था। दरवाजा फिर भी ठीक नहीं हो पाया था।

कई दिन तक ढूँढ़ते रहे बिन्नू को। दूर नजदीक रिश्तेदारों, जान-पहचानवालों के यहाँ। बहुत ढूँढ़ा पर बिन्नू का पता नहीं चला, तो नहीं ही चला। आखिर थक-हारकर बैठना पड़ा था उसे।

टूटे हुए दरवाजे और बिन्नू को याद करके रो रही थी वह एक रात। पास लेटी छोटी बेटी ने उसकी आँखें पोंछते हुए कहा, "माँ! तू उस दिन पैसों के इन्तजाम के लिए गयी ही क्यों? जो हुआ, हो गया पर अब कभी भी 'पैसों के इन्तजाम' के लिए मत जाना।"

जलते हुए अंगारों जैसे बेटी के शब्द, उसके समूचे वजूद को जलाने झुलसाने लगे थे। उसे लगने लगा था सचमुच ही वो शराबी उसकी इज्जत ही उतारकर ले गया है।

झुग्गी के दरवाजे के पास आकर गली का कुत्ता गुर्राने लगा। झट-से उठ बैठी वह इससे पहले कि कुत्ता झुग्गी में आ घुसे, उसने पास खड़ा डण्डा उठाया और कुत्ते को दे मारा। कुत्ते को बहुत दूर खदेड़ आने के बाद इतमीनान से बैठती हुई बोली, "किसी तरह बची-खुची इज्जत तो बचानी ही है न?"

अपनी नन्ही-सी आँखें चौड़ी करते हुए बेटी ने पूछा, "माँ! औरतों की इज्जत होती है? कोई क्या करता है?"

वर्तमान साहित्य : मार्च, 2002

मुजरिम

शोर-शराबा तो ऐसे मचा था जैसे कोई जीता-जागता आतंक गाँव में घुस आया हो, अपना-अपना काम वहीं छोड़कर बच्चे-बूढ़े बाहर निकल पड़े थे, देखा तो सामने से एक अधबूढ़ा-सा आदमी चला आ रहा था। चेहरे पर उगे काले-सफेद खूँटे, धँसी हुई आँखें और उसकी झुर्रीदार काली चमड़ी से पता लग रहा था कि वह पैंतालीस-छियालीस साल खा-बिता चुका है। फटा हुआ कोट और नाप से बड़े जूते उसके हुलिए को और भी गया-गुजरा बता रहे थे। फिर भी उसके आगमन से हलचल-सी मच गयी थी। हैरान थे सब—ये है कौन?

पुराने लोगों के चेहरे खिले हुए थे। अधीर होकर ये बता रहे थे—ये धरम है...बसन्ती का घरवाला। पूरे सत्रह साल पहले घर छोड़कर चला गया था। खूब ढूँढ़ा भी पर चिट्ठी ना पत्री...खबर ना सुर...थक-हारकर बैठ गये, आज लौटा है सत्रह साल बाद...बता रहा है सीधा बम्बई गया हुआ था। इतने साल वहीं रहा...

उछलते और शोर मचाते हुए बच्चों की पूरी एक पलटन उसके पीछे-पीछे और गाँव के जाने-माने लोग उसके साथ चल रहे थे, गाँव लौटने पर उसका इस तरह स्वागत होगा, उसने खुद भी नहीं सोचा था। उसे तो डर था कि कोई उसे पहचानेगा भी या नहीं। ये तो हरनाम सिंह शहर जा रहा था। रास्ते में उसने धरमू को आते हुए देख लिया। वहीं से वापिस होकर उसके साथ हो लिया और उसके गाँव पहुँचते ही उसके नाम का शोर मच गया।

सत्रह साल पहले ज़ब वह कल्लू कुम्हार की बहू को लेकर भाग गया था तब उसकी घरवाली बसन्ती सात महीने के पेट से थी। उसके सिर पर भारी कर्जा था। घर पहले से गिरवी पड़ा था। पत्नी के अलावा घर में सिर्फ माँ थी। कमानेवाला कोई नहीं था।

उसे रास्ते में ही हरनाम ने बता दिया था कि उसके जाने के बाद उसके

यहाँ एक लड़का पैदा हुआ था जो बाबे की कृपा से आज सत्रह साल का जवान है। मन्नू एक कारखाने में काम करने जाता है। पूरे सात सौ रुपया महीना कमाता है। इस बीच बसन्ती ने अपनी हिम्मत और मेहनत से उसका सारा कर्जा तो चुका ही दिया था; अब तो पीपलवाली गली में एक छोटा-सा मकान भी बना लिया है। अच्छी लगनेवाली खबरें पाने के बावजूद धरमू ने ठण्डी आह भरी–आखिर बसन्ती ने मुझे जिता दिया वर्ना मैं तो...

उसके साथ-साथ चल रहे लोगों की गिनती ने बढ़कर बारात की शक्ल ले ली थी। दूल्हे की तरह शरमाते सकुचाते हुए धरमू को उस बारात ने उसके घर तक पहुँचा दिया लेकिन दरवाजे पर ताला था। पता चला बसन्ती और मन्नू दोनों काम पर गये हुए हैं। तभी पड़ोस से कोई चारपाई ले आया और लाकर गली के बीचों-बीच बिछा दी। सभी उसे चारपाई पर बैठे जाने का आग्रह करने लगे। उसके चारपाई पर किसी गुरु-गुसाईं की तरह विराजने के बाद दो-चार बुजुर्ग भी उसके आजू-बाजू बैठ गये।

"धरमू...हमें तेरे लौट आने की बहुत खुशी हुई है।"

"पर मेरी माँ? माँ के बारे में मुझे अभी तक किसी ने कुछ नहीं बताया...?"

उसका प्रश्न सुनकर सभी खामोश हो गये। माँ के बारे में जानने की उसकी बेसब्री को उस चुप्पी ने और भी बढ़ा दिया। पास बैठे बुजुर्ग ने ही चुप्पी तोड़ी, "अभी बीस-बाईस दिन पहले ही गुजरी है तेरी माँ...तुझे नहीं पता? हमने तो सोचा, माँ की खबर पाकर ही लौटा है तू...बड़ा ओखा वक्त देखा तेरी माँ ने...लम्बे अरसे से बीमार थी। बड़ा कष्ट भोगा बेचारी ने।"

माँ-माँ करते हुए बच्चों की तरह बिलखने लगा वह। सभी उसे धैर्य बँधाने लगे। कोई उसकी पीठ थप-थपा रहा था, कोई उसका हाथ दबा रहा था और कोई कन्धा...

"हौंसला रख यार...जाओ, ओये कोई जा के इसके लिए लस्सी-पानी ले के आओ...तू हौंसला रख वई...जो होना था वो तो हो गया..."

अजीब तरह से सुबकना-सिसकना जारी था उसका। पीछे से आवाज आयी, "सतराँ साल तक माँ ना याद आयी इस माँ दे लगदे नूँ? पुच्छो हुण कादा रोण...?"

लस्सी पीने के बाद उसकी वो 'हुस्सक-हुस्सक' बन्द हो गयी थी।

पास बैठे आदमी ने बात आगे बढ़ाते हुए कहा, "तू तो बड़ा खुशकिस्मत है रे! जो तुझे बसन्ती जैसी बीवी मिली...और कोई तो कब की भाग गयी होती...तेरे जाने के कुछ दिन बाद से ही तेरी माँ बीमार-वीमार सी रहने लगी

थी। तीन-चार साल से तो उसने चारपाई ही पकड़ ली थी। टट्टी-पेशाब सब ऊपर। बसन्ती ने उसकी जितनी सेवा की, उतनी कोई कर नहीं सकता।"

एक सफेद दाढ़ीवाला बूढ़ा अपनी बुजुर्गियत झाड़ने लगा, "औरत जात के लिए तो सात फेरे का मतलब है सात जन्म...ये तो उसके साथ फेरे लेके अपने सारे कर्ज और फर्ज उस पर लादकर चलता बना। फँस गयी वो बेचारी! होता ही है, औरत ही रह जाती है निभाने के लिए। बसन्ती का तप आखिर सफल बना। और तुम लौट आये। अब चार दिन सुख के देख सकेगी...इतने सालों बाद तुम्हें पाकर कितना खुश होगी वह..."

एकाएक शोर मच गया...मन्नू आ गया...मन्नू आ गया...

"मन्नू...हटोई वई, मन्नू को रास्ता दो..."

मन्नू आगे बढ़ा तो धरमू चारपाई से उठ खड़ा हो गया, जैसे कोई इनाम लेने के लिए खड़ा हो। पले-पलाये जवान बेटे को सामने पाकर उसका दिल बल्लियों उछलने लगा। वह उम्मीद लगाये था कि मन्नू उसके पैरों को हाथ लगायेगा, फिर गले लगकर भावविह्वल हो जायेगा।

एकदम नजदीक पहुँचकर मन्नू को अपनी ओर घूरता पाकर वह खिसिया-सा गया। एकाएक मन्नू ने उसकी गिरेबान पकड़ ली, "तो वो तू है? कई बार सोचता था मैं-मेरी माँ की जिन्दगी बरबाद करके छोड़ देनेवाला किसी दिन मेरे हत्थे चढ़ गया तो मैं उसे जिन्दा नहीं छोड़ूँगा..."

गाँववालों के इतने स्वागत के बाद उसे अपने ही बेटे से एकाएक ऐसे अनादर और हमले की उम्मीद नहीं थी। गाँववालों ने मन्नू को खींचकर पीछे हटाया और समझाने लगे। आपे से बाहर हुआ मन्नू चीखा, "इस साले को मैं अपना बाप मान लूँ? और आप लोग इसका ऐसे आदर-सत्कार कर रहे हैं जैसे ये साला कोई जंग जीतकर लौटा हो! सत्रह साल से अपनी माँ, बीवी और बच्चे की याद ना आयी?"

"बेटा! इसने जो किया बहुत बुरा किया...लेकिन होनी बलवान होती है। बेटा...विनाश काले विपरीत बुद्धि। इसने भी कौन-सा सुख पाया होगा...तेरे आने से पहले ये बता रहा था कि ये बहुत बुरा वक्त देखकर हारकर लौटा है..."

दूसरे बुजुर्ग ने भी अपनी दाढ़ी खुजाते हुए कहा, "और बेटा, जरा अपनी माँ के बारे में तो सोचो-उस बेचारी ने इसी उम्मीद में तो इतने बरस काटे हैं कि एक दिन उसका पति लौट आयेगा। अब तो उसके दु:खों का अन्त समय आ गया है। हम तो यही सोच-सोचकर खुश हैं कि इतने बरसों बाद पति को लौटा हुआ पाकर तुम्हारी माँ खुशी से कैसे नाच उठेगी...हम तो सिर्फ

इसलिए इसके आदर-सत्कार में जुटे हैं कि बसन्ती भी अपनी बची-खुची जिन्दगी सुख से जी पायेगी..."

माँ की खुशी और आगे की जिन्दगी के प्रश्न ने उसे निरुत्तर और सोचने को विवश कर दिया था।

"बेटा, तुम मानो या ना मानो पिता तो ये तेरा है ही...बाकी अपनी माँ से पूछ देखना। तू अपने नये खून के जोश से कहीं अपनी माँ के सत्रह साल के तप को ना बेकार कर देना। तुझे तो पता है उस बेचारी ने कैसे-कैसे पहाड़-से दिन और कैसी-कैसी काली रातें कैसे काटी हैं...जो हो गया उसका तो अब क्या हो सकता है? अब सवाल तेरी माँ की जिन्दगी का है? तू क्या चाहता है, हम इसे जूते मार-मारकर भगा दें? बसन्ती अपनी बची-खुची जिन्दगी भी सुहाग के होते हुए भी विधवाओं की तरह गुजार दे? बेटा, असूलों से जिन्दगी नहीं चलती...बहुत सहना पड़ता है। कई बार सबकुछ जानकर भी अनजान हो जाना पड़ता है..."

"लेकिन..."

"हम-तुम कौन होते हैं? ये बन्ती का मुजरिम है। उसे आने दो, वही फैसला करेगी कि इसके साथ क्या व्यवहार किया जाये? इसे स्वीकारना है या धक्के मारकर भगाना?"

मन्नू को लगा, ठीक कह रहे हैं ये। उसे थोड़ा चुप और सन्तुष्ट पाकर बुजुर्ग ने फिर कहा, "और देख लेना वो इसका कितना आदर-सत्कार करती है। त्याग, सेवा, क्षमा, दया, स्नेह और ममता का दूसरा नाम ही औरत है।"

काफी देर तक इसी तरह बहस चलती रही। एकाध को छोड़कर सभी एकमत थे कि बन्ती जिसने अपने निकम्मे पति के कर्जे उतारे। जिसने पति के घर सुख-आराम नाम तक को ना देखा, फिर भी अपने पति की माँ की सत्रह साल तक सेवा की; उसके बच्चे को पाल-पोसकर बड़ा किया। सत्रह साल तक अपने पति की प्रतीक्षा में बिता दिये। वो एकाएक उस पति को पाकर कितनी खुश होगी? कुछ ने औरत की महिमा में वेद-पुराणों की कुछ कथाएँ तक दोहरा डालीं।

काफी प्रतीक्षा के बाद बन्ती आती हुई दिखाई दी। लोग बड़ी बेसब्री से उसकी ओर दौड़े और उसे घेरकर बड़ी बेताबी से उसे बताने लगे—तेरा पति लौट आया है!

क्षणांश में जाने क्या कुछ बीत गया उस पर। अपने-आप पर काबू न रख सकी और फूट पड़ी वह। सभी उसे धैर्य बँधाने लगे। सफेद और लम्बी दाढ़ी वाले ने कहा—

"ऊपरवाले का शुक्र मना, आखिर उसने तेरी सुन ली। अब तेरे सारे कष्ट दूर हो जायेंगे।"

एकाएक बन्ती का चेहरा खीझा और झुँझलाहट से विकृत हो आया था। वह चीखी, "इसे कहो ये जहाँ से आया, वहीं फिर वापिस लौट जाये वर्ना मैं इसका खून पी जाऊँगी!"

हैरान रह गये सभी गाँववाले। वो औरत जिसने अपने पति के छोड़े हुए कर्जे चुकाये। सत्रह साल तक उसकी बीमार माँ की सेवा की, वही औरत अपने पति के लौट आने पर उसे स्वीकार करने को तैयार नहीं...

"इस आदमी को यहाँ से धक्के मार-मारकर भगा दो...ये पहले मेरा ना हुआ, अब क्या होगा? मैं अब इस पर विश्वास कैसे कर लूँ...?"

काफी समझाने-बुझाने के बावजूद बन्ती ने अपना फैसला नहीं बदला। सफेद और लम्बी दाढ़ीवाले ने उसे आगे पड़ी पहाड़-सी जिन्दगी के बारे में ठण्डे दिमाग से सोच लेने की सलाह दी तो वह उस बुजुर्ग पर खीझ पड़ी, "ये किस कायदे में लिखा है कि औरत को जानबूझकर धोखा खाना ही होगा? खाते ही रहना होगा। जानबूझकर मक्खी निगलनी ही होगी। आपको तो पता ही है ना? कल्लू कुम्हार ने तो अपने बेटे की बहुत पहले कहीं दूसरी जगह शादी कर दी थी। उन्हें क्या फर्क पड़ा? और इसने उधर सुख देखा तो उधर भाग गया। जब मन भर गया तो लौट आया। मैंने सत्रह साल जो पहाड़-से दिन और काली रातें काटी हैं, मैंने सत्रह साल जो दण्ड भोगा वो इसने मुझे किस जुर्म के लिए दिया? उनका हिसाब कौन देगा? कौन लौटायेगा मेरी जिन्दगी के वो सुनहरे दिन? और वे कल्लू कुम्हार की बहू जो इसके साथ भाग गयी थी...?"

"हाँ-हाँ...उसका क्या हुआ?"

"वो भी लौट आयी है क्या?" बहुत बेसब्री से पूछा लोगों ने।

"हाँ! मुझे अभी रास्ते में पता चला कि लौट तो आयी थी पर उसके घर और आसपासवालों ने पत्थर मार-मारकर उसे भगा दिया? और आप लोग यहाँ उसके सत्कार और स्वागत में जुटे हैं? जो गुनाह उस औरत ने किया था वही इसने भी किया था बल्कि इसका गुनाह उससे भी ज्यादा बनता है। फिर उसे सजा और इसे...? ये फर्क क्यों?"

किसी के पास उसके सवाल का जवाब नहीं था। वह अपना सवाल बार-बार दोहरा रही थी, "ये फर्क क्यों?"

जवाब ना पाकर वह मन्नू को बुलाकर उसके साथ अपने घर में जा

घुसी और दरवाजा बन्द करती हुई बोली, "तो फिर अपना ये उल्टे-सीधे कायदे-कानूनवाला वो कायदा ले जाओ। ऐसे उल्टे-सीधे कानूनोंवाला कायदा फाड़कर फेंकना होगा। अपने ये दण्ड-विधान बदल लो।"

घर का दरवाजा बन्द करके बन्ती काफी देर तक अपनी हालत और किस्मत पर रोती रही। मन्नू उसे चुप कराने की कोशिश करने लगा। माँ के आँसू पोंछते-पोंछते उसकी अपनी आँखों में आँसू आ गये थे।

लोगों का जमावड़ा उनके घर के बाहर ही था। बाहर से आवाजें आ रही थीं–

"देख तो...औरत होके ऐसी मजाल...?"

"मुझे तो उम्मीद ही नहीं थी कि बन्ती जैसी असील गाय ऐसे सींग दिखायेगी..."

"हद हो गयी।"

"इसमें ऐसी कोई अनोखी बात नहीं है। सत्रह साल से वो औरत अन्दर-ही-अन्दर घुटती रही है...उसके अन्दर बरसों का गुबार जमा है। गुस्सा तो आना ही हुआ। कुछ देर में सब ठीक हो जायेगा। जरा उसका गुस्सा ठण्डा होने दो।"

काफी देर तक वे अपने-अपने अनुभवों के किस्से सुना-सुनाकर खुद को गौरवान्वित अनुभव करते रहे–औरत जात की अक्ल जिधर उलट जाये...वो सन्तोख सिंह भी तो सोलह साल बाद लौटा था...उसकी घरवाली तो खुशी से पागल हो गयी थी और ये...।

मर्द को तो देस-परदेस जाना ही पड़ता है...रोज-रोज परदेस से लौटना क्या आसान है? देर हो जाये तो क्या घरवालियाँ ऐसा बर्ताव करेंगी?

साधुओं के चक्कर में पड़कर अमरतलाल बाईस साल बाद लौटा था... कितनी आवभगत हुई...और ये...

बन्ती भी ऐसी नहीं...समझाने से समझ जायेगी...

लम्बी और सफेद दाढ़ीवाले बुजुर्ग को समझाने क्या भेजा गया, वे लौटे तो उनका चेहरा तमतमाया हुआ था। झुँझलाहट और गुस्से में उनके हाथ-पैरों के साथ-साथ दाढ़ी भी काँप रही थी, बहुत बेसब्र थे सब ये जानने के लिए कि क्या हुआ?

"होना क्या है जी...ये बन्ती तो बड़ी कुत्ती रन्न है...मैंने उसे क्या समझाना था उसने तो उल्टा मेरी माँ-बहन सब एक कर दी...बोली, मैं उसे अपने घर में घुसने नहीं दूँगी। तेरे चमूणे ज्यादा लड़ रहे हैं तो तू उसे अपने घर ले

जा...तेरे घर में भी बेटी होगी...चुप करके चला जा यहाँ से वर्ना दाढ़ी पुट के तेरे हाथ में दे दूँगी...।"

हैरान रह गये सब—औरत होके उसने ऐसा कहा? गाँव के बुजुर्ग का भी शर्म-लिहाज नहीं किया? ऐसा कभी ना देखा, ना सुना...अब सवाल गाँव की नाक का भी आ गया था। थोड़ी देर पहले उन्हें उससे जो सहानुभूति-सी रही थी उसकी जगह क्षोभ और गुस्से ने ले ली थी। उसका दुस्साहस उनसे बर्दाश्त नहीं हो पा रहा था—बन्ती की ये मजाल?

कुछ भी हो धरमू आखिर उसका पति है...

सबक सिखाना पड़ेगा सालों को...नहीं तो गाँव के मर्दों की क्या इज्जत रह जायेगी...और गाँव की औरतों पर भी इसका बुरा असर पड़ेगा...

काफी देर तक वे आपस में सलाह-मशविरा करते रहे कि उसे सबक कैसे सिखाया जाये। लेकिन किसी नतीजे पर नहीं पहुँच सके।

धरमू को मुँह लटकाकर बैठा देखकर एक आदमी ने कहा, "अबे तू क्या एकदम नामर्दों की तरह बैठा है? ये फद्दूपा छोड़ और कुछ मर्दानगी दिखा..."

"हाँ-हाँ...इसे भी भेजो। आखिर ये उसका पति है। प्यार से...अधिकार से, मनुहार से कैसे भी उसे मनाये। इसे नजदीक देखकर वो वैसे ही पिघल जायेगी नहीं तो...अब भइया तुझे अपनी मर्दानगी तो दिखानी ही पड़ेगी..."

हँसते-हँसते दोहरे होने लगे सब।

"दोनों मर्द-औरत को अन्दर बन्द कर दो, बस समझो सारा झंझट खत्म..."

सबको पसन्द आयी ये सलाह। काफी देर तक वे दरवाजा खटखटाते रहे। बन्ती ने दरवाजा ही नहीं खोला।

दरवाजे का भड़भड़ाना बन्द नहीं हुआ तो मन्नू से रहा नहीं गया। उसने झुंझलाकर दरवाजा खोला, "क्या बदतमीजी है ये?"

दरवाजे के खुलते ही लोग जैसे टूट पड़े। उन्होंने मन्नू को खींचकर बाहर निकाला और धरमू को अन्दर धकेल दिया और कुटिल हँसी हँसते हुए बोले, "जा ओये! मर्द बन और दिखाई दे अपनी मर्दानगी..."

बात के अश्लील अर्थ पर सभी बुरी तरह ठहठहाने लगे।

तड़पकर मन्नू चीख उठा, "शर्म करो...तुम्हारी भी माँ-बहन..." लेकिन किसी ने उसके बोलने की परवाह नहीं की। वह चिल्लाता रहा। उसे ले जाकर एक पेड़ के साथ बाँध दिया गया।

अच्छा-खासा तमाशा हो रहा था गाँव में। सभी एक-दूसरे की तरफ देखते और हँस पड़ते। एक औरत और एक मर्द को अन्दर बन्द करके खुद

पहरा देनेवाले वे मर्द अपने किये पर खुद ही जैसे मुग्ध थे। अन्दर क्या हो रहा होगा यह सोचा-सोचकर वे रोमांचित हो रहे थे।

सत्रह साल की रुकी हुई है बेचारी...एकदम से टूट के पड़ जायेगी... हँस-हँस के दोहरे होने लगे सब।

हाय...इस महामिलन को हम देख तो नहीं सकते पर सुन तो सकते हैं ना...

कुछ लोग बन्ती के दरवाजे और खिड़की पर कान लगाकर कुछ सुन पाने का प्रयास करने लगे। तेज झड़प...पर अस्पष्ट-सी आवाजें ही सुनाई दे रही थीं।

लगता है अभी प्रेमालाप ही चल रहा है...

जो औरत नखरे ना दिखाये वो भी किस काम की? इसी में तो मजा है...

थोड़ा सब्र रखो...थोड़ी ठण्ड खाओ...इतना बेसब्र तो वो धरमू भी नहीं होगा।

वो बुजुर्ग जो अब तक अपनी उम्र का खयाल करके दबी हँसी हँस रहे थे वो भी अब खुलकर हँसने लगे थे। सबकी नजरें बन्ती के मकान पर टिकी हुई थीं जैसे वो कोई सिनेमा का पर्दा हो और जो कुछ पर्दे के पीछे हो रहा था उसकी अलग-अलग काल्पनिक छवियाँ सबके दिमाग पर बन-बिगड़ रही थीं।

तुम लोग मुझे भी उनके साथ अन्दर बन्द कर देते तो मैं तुम्हें खिड़की से आँखों देखा हाल सुनाता...हाय काश, मैं अन्दर होता...!

उधर पेड़ से बँधा मन्नू चीख-चीखकर उन्हें बुरा-भला कह रहा था पर वे उल्टा उस पर भी हँसने लगे थे–तसल्ली रख यार–हम तो उल्टा तेरे भाई या बहन की तैयार करवा रहे हैं और तू हम पर ही गुस्सा कर रहा है...

हँसी ठट्ठा जारी था। तभी जस्सा दौड़ता हुआ आया, "तुम्हें पता है...वो कल्लू कुम्हार की बहू जो धरमू के साथ भाग गयी थी, उसकी लाश उधर बलवन्त के घर से थोड़ा आगे पक्की सड़क के किनारे पड़ी है...कोई बड़ा पत्थर उसके सिर पर लगा होगा। लगता है दिमाग की कोई नस फट जाने से उसकी मौत हुई है..."

क्षणभर के लिए स्तब्ध रह गये। जैसे मौत उन्हीं के सिर पर से मँडराती हुई गुजर गयी हो।

ऊपरवाला जो करता है, अच्छा ही करता है...जिन्दा रहती तो जाने क्या-क्या देखना पड़ता उसे...?

वो साली आयी किस खयाल से थी? क्या सोचा था उसने कि सब लोग उसका स्वागत करेंगे...

जैसी करनी, वैसी भरनी...

माहौल एकबार फिर से हल्का हो गया था।

ओ देख वई, अपने हीर-राँझे का खेल पूरा हुआ कि नहीं...खिलखिलाहट एकबार फिर से गूँज उठी।

लेकिन अन्दर महामिलन नहीं, महायुद्ध हो रहा है।

अन्दर से दोनों के लड़ने-झगड़ने की आवाजें आ रही थीं। माहौल एकदम भारी हो गया था। चटाक-पटाक चीजों के गिरने-टूटने की आवाजों से जाहिर था अन्दर हाथापाई हो रही है। बुजुर्गों को लगा कि अब उन्हें बीच-बचाव के लिए अन्दर होना चाहिए। वे दरवाजा खटखटाने लगे, लेकिन दरवाजा नहीं खुला। फिर बन्ती की एक लम्बी चीख के बाद सबकुछ शांत हो गया। वे चुप्पी सबके दिलोदिमाग पर चील-कौवों की तरह मँडराने लगी थी।

एकाएक धीरे से दरवाजा खुला। सामने खून से सने अपने हाथों को दीवार से पोंछता हुआ धरमू खड़ा था। उसे वहीं खड़ा छोड़कर धड़ाधड़ लोग अन्दर घुसने लगे। देहरी पार करके वे आँगन में पहुँचे तो बन्ती आँगन में लगे हैंडपम्प के पास ढेर पड़ी हुई थी। धरमू की जोर-जबरदस्ती में बन्ती का सिर हैंडपम्प से जा टकराया होगा और उसने मौके पर ही दम तोड़ दिया होगा। यह समझने में लोगों को देर नहीं लगी थी। थर्राकर रह गये थे सभी। वो तमाशा अब एक हादसे में बदल चुका था। उनकी हँसी-ठट्ठा किसी बेकसूर की इस तरह जान ले लेगा और उसने पहले शायद ये सोचा ही नहीं था।

पकड़ो...पकड़ो...धरमू फिर खिसक रहा है...वो भागा...पकड़ो...

सुनते ही लोग भागे और कुछ ही देर में उन्होंने धरमू को धर दबोचा।

बुरी तरह चिल्ला रहे मन्नू को भी खोल दिया गया। माँ का मरा मुँह देखकर उसने पागलों की तरह चीख-चिल्लाकर आसमान सिर पर उठा लिया था। उसे इस कदर बुरी तरह रोते-बिलखते देखकर गाँववाले भी थर्राकर रह गये थे।

कुछ ही देर बाद आयी पुलिस को अपना बयान लिखवाते हुए मन्नू चीख-चीखकर कह रहा था—मेरी माँ का कत्ल इन सबने किया है...इन सबका नाम लिखो...धरमू...हरनामसिंह...चमनसिंह...सरदारीलाल...दरशनसिंह...इन सभी तमाशबीनों के नाम भी लिखो...तमाशे का मजा लेनेवाले, उस हत्यारे से भी बड़े मुजरिम हैं...देखो इनकी दाढ़ियाँ...इनके कुर्ते, इनके हाथ-मुँह सब खून से रँगे हुए हैं...निकलवाओ इनसे वो कायदा जिस पर लिखे सारे कानून और सारे अक्षर बेकसूरों के खून से, धब्बों से ढके जा चुके हैं।

हंस : फरवरी, 1995

ऋण

उसने जानबूझकर दीदी के घर जाने के लिए ऐसा ही वक्त चुना था, जबकि जीजाजी और बच्चे घर पर ना हों और दीदी अकेली हो। उसे अचानक आया देखकर दीदी का चेहरा खिल उठा था, लेकिन अगले ही क्षण हैरत से एकाएक मुरझा-सा गया। अपने आगे रखी सिलाई मशीन को धकेलती हुई दीदी उठ खड़ी हुई। खैर-खैरियत पूछने के बाद दीदी ने उससे उसके यों अचानक चले आने का मकसद पूछ डाला था। भले ही एकदम से अपने आने का मकसद कह डालना उसे ठीक नहीं लगा। मिलने को मन हो रहा था, बस इसलिए चला आया—कहकर वह बात टाल गया।

उसे पानी का गिलास पकड़ाकर उसके लिए चाय बनाने के लिए दीदी कोने में रखे स्टोव को जलाने के लिए उसमें हवा भरने लगी थी। उसने दीदी को चाय-वाय रहने देने के लिए कहा लेकिन दीदी ने उसकी बात को अनसुना कर दिया।

अनजान-सा बनते हुए उसने दीदी से पूछा, "बच्चे और जीजाजी नहीं दिख रहे?"

"बच्चे स्कूल गये हैं और वे अपने काम पर।"

"छुट्टी नहीं है आज?"

"किस बात की छुट्टी?"

"कोई रविदास जयन्ती या ऐसा कुछ है तो सही। मैं तो सोच के आया था कि अब सब घर पर ही मिलेंगे।"

आठ बाई आठ के कमरे में इतनी सारी चीजें इतने करीने से रखी जा सकती हैं, देखकर हैरानी हुई उसे। कमरे का एक कोना खाने-पकाने के सामान से भरा था। दूसरे कोने में सिलाई मशीन। तीसरे कोने में चारपाई और बाकी बचे कोने में ट्रंक, कनस्तर और ना जाने क्या-क्या? चारपाई जिस पर यह बैठा हुआ था, उस पर एकदम साफ चादर बिछी हुई थी। दीदी तो एकदम

सद्गृहस्थिन हो गयी है। उसे गर्व हो आया। उसने तारीफ के दो शब्द कह डाले। जवाब में दीदी रोना ही रोने लगी। क्या करें हमारी तो किस्मत ही ऐसी है। किराये का कमरा है। ना साथ रसोई है ना कुछ और, किराया आठ सौ। आसपास पड़ोस भी अच्छा नहीं है। कालोनी ही बेकार है। कमरे का फर्श नीचा है और गली ऊँची। बरसात में सारा पानी अन्दर भर जाता है। घण्टों बैठकर पानी उलीचना पड़ता है।

चाय पीते-पीते मन में आया कि वह अपने आने का मकसद दीदी से कह डाले, पर जाने क्यों उसकी हिम्मत ही नहीं हो रही थी। दीदी को अपनी ओर देखता हुआ देखकर उसने सोचा दीदी तो बहुत ही समझदार है। अब तक तो समझ ही चुकी होगी कि ये जरूर कुछ-न-कुछ मदद माँगने आया है।

वह जीजाजी के कामकाज के बारे में दीदी से पूछने ही वाला था कि दीदी ने पूछ लिया, "तेरे काम का क्या चल रहा है? कहीं कुछ बना?" जवाब में वह क्या कहे, उसे कुछ सूझ ही नहीं रहा था। अगले ही क्षण उसने लगभग चौंकते हुए पूछा, "दीदी, आपका टी.वी. कहाँ गया? सुना था टी.वी. लिया है?"

कुछ क्षणों तक दीदी के मुँह से जैसे शब्द ही नहीं निकले फिर खीझकर बोली, "टी.वी. क्या लिया बस रोग ले लिया।"

"क्यों क्या हुआ?"

"किश्तों पर लिया था। देते वक्त तो मुए बड़ी-बड़ी बातें कर रहे थे पर बाद में? पाँच सौ रुपये एडवांस देकर चार सौ रुपये महीने की किश्तें देनी थीं। तीन-चार महीने देते भी रहे। फिर दीपू बीमार पड़ गया। टाइफाइड बिगड़ गया था। ये खर्चा और लग गया। क्या करते? इलाज तो करवाना ही था। आमदनी बस वही पूरी पट। तीन महीने उन मुओं की किश्तें नहीं दे पाये, बस आ गये उनके गुण्डे और लगे गाली-गलौज करने। हमारे पल्ले कुछ होता तो चुकाते। बहुत हाथ-पाँव जोड़े पर वे माननेवाले थे ही नहीं। बस टी.वी. उठाकर ले गये और बोल गये एक महीने के अन्दर बकाया किश्त दे जाना और टी.वी. ले जाना वर्ना पहले का लिया-दिया गुल...।"

"ऐसा कैसे कर सकते हैं वो? अँधेरगर्दी है क्या?"

"महीना निकल चुका है। अब तक तो उन्होंने टी.वी. किसी और को बेच दिया होगा। कह देंगे सैकेंड हैंड था। पाँच सौ में बिका, इससे ज्यादा उनका ब्याज बनता है। पैसे की लाठी है उनके पास...मार खा-खाकर रह गये हैं हम तो...माँ-बहन की गालियाँ...बेइज्जती कर गये सो अलग...।"

दीदी की आँखों में पानी भर आया देखकर उसका खून जैसे खौलने लगा

था–लूट मची है क्या? उनके बाप का राज है? इतना कुछ हो गया। आपने भी तो हमें खबर नहीं की? कम–से–कम खबर तो कर देते? जीजाजी तो हैं ही शरीफ, पर आप मुझे उन लोगों का पता–ठिकाना बताओ। मेरे बहुत से दोस्त हैं। उनकी ऐसी–तैसी। बात करेंगे उनसे। ऐसे कैसे खा जायेंगे। एडवांस और जमा कराई किश्तों में से कुछ तो वापस देंगे। उनको हम...।"

"इसीलिए तो खबर नहीं की। वो ताकतवर हैं। उनका तो कुछ बिगड़ेगा नहीं। तुम पुलिस–वुलिस के चक्कर में पड़ जाओगे। लेने के देने पड़ जायेंगे।"

"लेकिन ऐसे तो...आपके पास टी.वी. के कुछ कागज–वागज हैं?"

दीदी ने साफ मना कर दिया। उसे विश्वास नहीं हुआ। उसे लगा, दीदी उसे इस पचड़े में नहीं डालना चाहती इसलिए झूठ बोल रही है। उसने दीदी से दो-एक बार पूछा। दीदी झुँझलाकर उल्टा उसी से पूछने लगी कि क्या वो झूठ बोल रही है? फिर एकाएक बात को टालते हुए मौसम के गर्म होने और घण्टों बिजली के गुल रहने जैसी दिक्कतों के बारे में कहने लगी थी। बात बढ़ाकर उसे क्या मिलना है? वह कर भी क्या लेगा? यह सोचकर वह भी चुप लगा गया। जितना भी दीदी पूछती जा रही थी, उतना–उतना ही वह बताता जा रहा था।

दीदी ने अम्मा के गठिये और बापू के दमे के बारे में पूछा तो उसने ठण्डी साँस लेकर कहा, "एक तो उनकी बीमारियाँ ही ऐसी नामुराद हैं और कुछ उम्र का तकाजा है। कोई क्या कर सकता है? मजबूरी है।"

दीदी का चेहरा एकदम रोने जैसा हो आया था। एकाएक उसने बड़े सहज लेकिन अचरज से कहा, "दीदी, हम लोग एक ही शहर में रह रहे हैं? ऐसा नहीं लगता न?"

"मुझे पता है ऐसा क्यों कह रहा है? इसलिए ना कि कई महीनों से मैं अम्मा–बाबूजी को मिलने नहीं आयी। पिछली बार मेरी वजह से तुम लोगों में घर में आपस में क्लेश मच गया था। मैंने सोचा मैं क्यों खाहमखाह जाकर क्लेश करवाऊँ। इतना तो मैं समझती हूँ कि घर में बाहर का कोई रहने आयेगा तो खर्च बढ़ जाने से सबकुछ गड़बड़ा तो जायेगा ही...।"

"कैसी बात कर रही हैं दीदी आप? वो तो हम लोगों का आपस का क्लेश था और वो आपका घर है, आप बाहर की कैसे हुईं?"

"अम्मा–बाबूजी ने ही बाद में मुझे कौन–सा बुलावा भेज दिया?"

"वो बेचारे बीमार–शीमार रहते हैं आपको पता है।"

"और तुम!"

दीदी से वह नजरें नहीं मिला पा रहा था। शर्म के मारे उसकी गर्दन झुक गयी थी। बड़ी मुश्किल से कह पाया, "अपने घर आने के लिए बुलावे की क्या जरूरत दीदी?"

"अपना घर?" दीदी की आँखें गीली हो आयी थीं, अपना तो मेरा कोई घर है ही नहीं। ना मेरा वो घर अपना था, ना ये घर मेरा अपना है। तुम लोगों ने तो जैसे विदा करके 'बला टाली' और यहाँ बात-बात पर तेरे जीजाजी कहते हैं कि निकल जा मेरे घर से, जबकि लोगों के कपड़े सी-सी कर पैसा-पैसा जोड़कर इस घर का किराया मैं खुद चुकाती हूँ।"

तड़पकर रह गया वह। अपने-आप पर कोफ्त होने लगी उसे—क्या मैं दीदी का दिल दुखाने आया हूँ।

दीदी अपना दुख खोल रही थी, "आठ सौ रुपया महीना किराया है इस कमरे का। वो मैं हजारेक रुपया महीना कमा लेती हूँ पर खर्चा है कि बस पूरा ही नहीं पड़ता। ये भी कमा तो लेते हैं आठ-नौ सौ, पर अपना ही खर्च पूरा कर लें तो बहुत है। दो छोटे-छोटे बच्चे हैं उनकी पढ़ाई-लिखाई है ऊपर से हारी-बीमारी...छह महीना से सोच रही हूँ आँखें टैस्ट करवा लूँ पर...। सरकारी अस्पताल में जाऊँ तो सारा दिन लग जाता है। काम का ही हर्जा होता है। प्राइवेट में नाजायज खर्चा। बन्दा जाये तो कहाँ जाये? इनका तो इतना भी सुख नहीं कि किसी छुट्टीवाले दिन पीछे बच्चों को ही सम्भाल लें। बस बिना बताये निकल जायेंगे और रात पड़ने पर ही लौटेंगे। बन्दा कम-से-कम बता के तो जाये पर नहीं...मैं कौन होती हूँ? पीछे इंसान चिन्ता में घुलता रहे कि कुछ हो-हवा सा ना गया हो! मुझे तो अपने से ज्यादा इनकी चिन्ता रहती है। मुझे बुखार हो या कुछ...मुझे तो काम में जुटे रहना ही पड़ता है। और है भी कौन करनेवाला? और ये? इन्हें तो कुछ हुआ नहीं कि बस छुट्टी करके बैठ जाते हैं। मामूली जुकाम, सिरदर्द में ही चार दिन की छुट्टी मामूली बात है। घर पर रहें तो और मुसीबत। हर घण्टे, आधे घण्टे बाद चाय का आर्डर देंगे जैसे घर में दूध-पत्ती-चीनी के गोदाम ला के भर रखे हैं। और बच्चों ने नाक में दम कर रखा है, सो अलग। किसी की कोई चीज देख लेंगे तो बस वही चीज लेने की जिद्द करने लगेंगे। मुन्नी तो खैर समझाने से मान जाती है पर दीपू? चाहे उसे मार लो चाहे पीट लो, जिद्द मनवाकर रहेगा। और मैं...मेरी तो कोई ख्वाहिश ही नहीं रही। किसी चीज को मन होता भी नहीं। बस मैं तो जीने नहीं, कोई सजा भुगतने आयी हूँ। गैरमियादी बामशक्कत यह सबकुछ जैसे करना ही है। सिलाई मशीन चलानी है। जीना है तो क्या कर सकते हैं।

लेकिन कभी-कभी लगता है ये सिलाई मशीन ना होती तो मेरा क्या होता? खैर छोड़, तू भी कहेगा दीदी भी क्या अपने रोने रोये जा रही है।"

"नहीं दीदी, अपना समझ रही हो तभी तो सुना रही हो। वैसे भी दुख कह लेने से मन हल्का हो जाता है..."

अपनी आँखें पोंछकर थोड़ा मुस्करा दी दीदी, "अरे वाह-वाह! अब तो तू भी समझने लगा है दुख-दर्द?"

कपड़े सिलवाने के लिए आयी किसी महिला को देखकर दीदी उठ खड़ी हुई। नाप डिजाइन की बातें करके महिला जाने लगी तो दीदी ने उस महिला को बताया, "ये मेरा भाई है।" महिला ने बिना किसी विशेष दिलचस्पी के कहा, "अच्छा, पहले तो कभी नहीं देखा।" वह अपने बारे में बात होती देखकर अपनी जगह पर बैठा-बैठा जैसे सिकुड़ने-सा लगा। महिला ने आगे दिलचस्पी ली, "क्या काम करता है?" अकबकाकर रह गयी दीदी। जैसे-तैसे दीदी ने जवाब दिया, "बड़े बाजार की दुकान पर काम करता है।"

महिला के जाने के बाद दीदी ने उससे कहा, "अगर मैं उसे कह देती कि भाई तो सगा है पर मुझे खुद पता नहीं कि आजकल ये क्या कर रहा है तो वो क्या सोचती?"

उसने महसूस किया जबसे वह आया, दीदी ने तानों और शिकायतों के सिवाय कुछ कहा है। अब तक तो जीजाजी ही नाराज थे अब दीदी भी। इसीलिए तो वह जीजाजी के सामने नहीं आया। जीजाजी के सामने पड़ा तो हजार-हजार बातें सुनायेंगे लेकिन अब तो दीदी भी...। पर इस सबमें उसका क्या कसूर है? उसे समझ नहीं आ रहा था—दूसरों के काम तो मैं तब आऊँ जब मैं खुद इस लायक हो जाऊँ। मैं तो खुद दीदी से मदद माँगने आया हूँ पर लगता नहीं दीदी कुछ मदद करेगी। माँगना ही फिजूल है। माँगकर भी क्या अपना और दीदी का मन खराब करूँ?

"अच्छा दीदी चलता हूँ!" कहकर ज्यों ही वह उठने को हुआ। दीदी की अनुभवी आँखें उसके चेहरे को गौर से पढ़ने लगी थीं।

"किसलिए आया था वो तो तूने बताया ही नहीं?"

"कुछ नहीं बस योंही।"

"मुझे लगता है तू कुछ छुपा रहा है।"

दीदी के कुरेदने से उसका मन थोड़ा बढ़ आया था। एकबार देखने में क्या हर्ज है। वैसे भी दीदी से कुछ छिपा नहीं। मदद करे तो ठीक, नहीं करे तो ठीक। बहुत धीरे-धीरे उसने कहा, "दरअसल मुझे एक एजेन्सी में नौकरी

मिल रही है, पर उनकी शर्त है कि उनका माल सप्लाई करने के लिए मेरे पास खुद की एक साइकिल हो। साइकिल का जुगाड़ लग जाता तो मेरी नौकरी लग जाती। जीजाजी से माँगने की मेरी हिम्मत नहीं है। आप कुछ कर सको तो। नयी साइकिल बारह सौ में आती है...।"

"इतने तो नहीं है मेरे पास। होते, वह 'इन्हें' बिना बताये भी दे देती लेकिन...। पुरानी साइकिल नहीं चलेगी? सस्ती भी पड़ेगी वो तो..."

"चल तो सकती है लेकिन पुरानी भी छह-सात सौ से कम क्या आयेगी। फिर पुरानी पुरानी ही होती है। चलो अगर अब पाँच-सात सौ की मदद कर दें तो..."

"मेरे पास तो इतने भी नहीं होंगे। अपनी हालत तो तुझे बता ही दी है। कुछ छुपाया तो नहीं...।"

"चलो, जितने हो सकें कर दीजिए । बाकी मैं कहीं और से जुगाड़ कर लूँगा..."

"मेरे पास तो सिर्फ सौ का एक नोट पड़ा है।"

"सौ ही सही। बाकी, कहीं और से कोशिश करूँगा।"

विवश था वह। कोई और चारा नहीं था।

दीदी ने कपड़ेवाले ट्रंक को खोलकर नीचे हाथ मारकर एक गाँठ खोलकर उसमें बँधा हुआ मुड़ा-तुड़ा नोट निकालकर उसके हाथ पर रख दिया। दीदी ने उसकी ओर देखा। उसे लगा दीदी कुछ कहना चाहती है। इससे पहले कि दीदी कुछ कहे वह बोला, "महीने-दो महीने में ही लौटा दूँगा।"

दीदी चुप रही। वह जाने के लिए उठा। दीदी ने उसे रोकना चाहा फिर ना जाने क्या सोचकर चुप रह गयी।

जाते-जाते वह रुका और धीरे-से बोला, "दीदी, मैं इतने दिनों बाद आया वह भी खाली हाथ। मुझे कुछ लेके आना चाहिए था पर उल्टा लेके जा रहा हूँ..."

दीदी का गला भर आया था, "कोई बात नहीं तू मिलने आ गया समझो सबकुछ आ गया। तेरे जीजाजी होते तो जरूर कहते खाली हाथ चला आया लेकिन मुझे खुशी है तू मुझे मिलने तो आया। जरूरत के वक्त ही सही तुझे अपनी बहन की याद तो आयी।"

वह दरवाजे की तरफ बढ़ा ही था कि दीपू और मुन्नी आ गये। उन्हें देखकर उसका चेहरा फटे हुए जूते-सा हो आया। बच्चे 'मामाजी-मामाजी' कहते हुए उससे लिपट गये थे। बच्चों को प्यार करने के बाद अपने-आप ही

उसका हाथ अपनी जेब में जा घुसा था। जेब में सौ रुपये के नोट के सिवाय कुछ भी नहीं था। इसीलिए तो वह बच्चों से बचना चाह रहा था। उसके पास इतने पैसे भी नहीं थे, जिनसे यह बच्चों के लिए गोली, टॉफी, बिस्कुट कुछ ला पाता। जेब में अब भी पाँच-दस या कुछ खुले पैसे होते तो बच्चों को हथेली पर टिकाकर निकल जाता पर...। अजीब दुविधा में फँस गया था वह। मन-ही-मन अपने-आपको कोसा-अगर एक मिनट पहले निकल जाता तो बच्चों से उसका सामना ना होता।

उसका चेहरा बिना कसूर के पिटे बच्चे की तरह लटक गया था। उसे कुछ समझ में नहीं आ रहा था वह क्या करे? एकबार उसने सोचा, बच्चों को कुछ दिये बिना निकल जाये...बच्चे सब समझते हैं। अब तो जीजाजी को भी पता चल जायेगा कि मैं आया था और जब पता चलेगा कि मैं बिना कुछ दिये निकल गया तो...

एकाएक उसका हाथ जेब से निकला तो उसमें वही सौ का नोट दबा हुआ था। उसने नोट दीपू की ओर बढ़ाते हुए कहा, "लो, तुम दोनों भाई-बहन बाँट लेना। अपने लिए कुछ ले लेना।"

हैरानी से दीदी का मुँह खुला रह गया था फिर स्थिति को सम्भालते हुए बोली, "नहीं इतने नहीं...इन्होंने क्या करने हैं इतने रुपये? ये तो बहुत ज्यादा हैं।"

"आप ना मत करो दीदी!"

"लेकिन...ऐसे कैसे फिर तू क्या करेगा?"

दीदी की बात अनसुनी करके उसने नोट दीपू की जेब में ठूँस दिया था। परेशान-सी हो उठी दीदी। उसकी आँखों में सवाल-ही-सवाल थे। बहुत कुछ कहना चाहती थीं वह, पर मुँह से सिर्फ इतना ही निकला, "लेकिन...सुन तो...पर...?"

"दीदी! ये मत समझना ये वही नोट है जो आपने दिया है। वो तो आपका मेरे ऊपर उधार है। बहुत जल्दी लौटा दूँगा। यह नहीं, कोई और नौकरी सही।"

वागर्थ : मार्च, 1999

इज्जत के साथ

इतनी दिक्कत उसे जेल से गाँव तक अकेले पहुँचने में नहीं महसूस हुई थी, जितनी गाँव से अपने घर तक पहुँचने में महसूस हो रही थी। हालाँकि उसे कोई झेंप या झिझक महसूस नहीं हो रही थी, फिर भी उसने अपना मुँह दुपट्टे से ढक लिया था। वह नहीं चाहती थी कि उसका आना गाँववालों को चौंकाये और चटखारे लेने का मौका दे। लोगों को तो बात करने का मौका चाहिए। दूसरों का फटा देखने में लोगों को ज्यादा मजा आता है। सिर्फ आँखें छोड़कर उसने अपने चेहरे पर दुपट्टे की एक लपेट और लगा ली थी।

सारे रास्ते में वह यही सोचती आयी थी कि गाँववाले पता नहीं उसके साथ कैसा सलूक करेंगे। थू-थू करेंगे। जग-हँसाई का पात्र वह क्यों बने? उसकी तो चलो खैर है उसके घरवालों की इज्जत है, जिसके लिए उसे कत्ल जैसे इल्जाम में सात साल के लिए जेल जाना पड़ा। उसके चेहरे पर तो सात साल की भोगी हुई सजा की कालिख पुत ही चुकी थी।

उसे इस बात की भी चिन्ता थी कि अब दुनिया क्या कहेगी? दुःख इस बात का हो रहा था कि उसे कोई लेने नहीं आया था। जबकि उसकी रिहाई की खबर बाकायदा उन्हें भिजवा दी गयी थी।

इतना तो मुखतारी पहले ही समझ चुकी थी, उसका पति रिसाल कुछ बदल-सा गया है। पिछली बार जब वह उससे मिलने जेल आया तो वह कह रहा था, "मुखतारी, तम घर तै के गयी म्हारे घर ते तै लक्ष्मी ही उठ गयी। कामधन्धा मेरा कुछ रह्या नई। ईब तेरतै मिलण खातर बेर-बेर ना आ सकूँ? इतणी दूर आण खातर पीसे चहइये। ईब मैं किस तै कर्ज ठाता फिरूँ? मैं भी के करूँ? आगे भगवान ने चाहा तै आऊँगा, ना तै... आच्छा चालूँ सूँ...।"

इस बात को भी आज पाँच साल हो गये थे! मुखतारी को अपने पति रिसाल में आये इस बदलाव का कारण समझ नहीं आया था। उसे उम्मीद थी

कि मुलाकात के लिए नहीं आया ना सही, पर उसकी रिहाई के वक्त उसका पति उसे लेने जरूर आयेगा। लेकिन...

बेरियों के झुरमुट के बाद से ही भरतसिंह का खेत शुरू हो जाता था। खेत के आगे से होके ही गाँव को रास्ता था। खेत के आगे से गुजरते हुए मुखतारी थरथराने लगी थी। उसे लगा जैसे कोई उसे पीछे धकेल रहा है। तेज हवा ने सात साल पहले का गुजरे वक्त का खूनी छींटों से भरा मटमैला-सा पन्ना उसकी आँखों के आगे कर दिया था...

इस खेत से सब्जियाँ खरीदने आयी थी मुखतारी। उसके ससुर ने खुद भेजा था उसे लेकिन उसकी ननद आशा भी उसके साथ हो ली थी। उसने कहा भी, "तू के करैगी? मैं ले आऊँगी सब्जी। तेरी शादी को पाँच-छह दिन रह गये सै...।" पर वह नहीं मानी।

ट्यूबवैल के कोठड़े के बाहर भरतसिंह का छोटा लड़का राजबीर उन्हें खेत में घुसा देखकर खड़ा हो गया, "के बात सै..."

"दो-चार सब्जी चहइयें। घर में ब्याह सै। मैं रिसाल की घरवाली सूँ..."

"अच्छा-अच्छा...सब्जियाँ तो खेत के पाछले हिस्से में बो राखी सैं। तम न्यूँ करो...एक जणा जाके तोड़ लाओ। इधर बीच में से जाने से बन्नी टूट जायेगी। इधर तार के साथ-साथ चली जाइयो। चार किल्ले छोड़ कै बायें नै घूम के इतना ही चाल के आखिर मैं बो राखी सै...। तोड़ ल्याओ। जाती बरिया दिखा दियो मन्नै। एक जणा चले जायो, एक आड़े डटा रहियो..."

उसके कहे अनुसार ही मुखतारी ने अपनी ननद को वहीं खड़ा रहने को कहा और खुद सब्जी तोड़ने चल दी।

चारों तरफ ऊँचे-ऊँचे पेड़ और बीच-बीच में लहलहाती फसल। पैर सम्भाल-सम्भालकर रख रही थी ताकि क्यारी की मेढ़ ना टूट जाये। उसे लग रहा था जैसे हरे सोने की खान में घुस आयी है। बार-बार उसका मन करता फसल के घने झाड़ों के अन्दर घुसती चली जाये और इस स्वर्ग में कहीं गुम हो जाये! ऐसा नहीं था कि ऐसा लहलहाता हुआ खेत पहली बार देखा था पर जाने क्यों उसका दिल बच्चों की तरह मचल रहा था-काश! हमारा भी ऐसा एक खेत होता...

गोभी, तोरी, प्याज, धनियाँ...सबकुछ तो उगा हुआ था खेत में। सब्जी तोड़-तोड़कर अपने थैले में रखती हुई वह सोच रही थी कि जाते वक्त थैला राजबीर को दिखाना ही पड़ेगा। उसके पास तीस रुपये तो हैं पर...पता नहीं वह कितने माँग ले? पैसों की बात उसे पहले ही तय कर लेनी चाहिए थी।

उसका वह थैला जिसे कि एक बोरी के मुँह पर कपड़े की तनियाँ लगाकर बना लिया गया था, सब्जियों से भर गया था।

जैसे ही उसे अपने साथ आयी आशा का खयाल आया, उसकी रूह काँपकर रह गयी। अरे, यो भूल मुझसे क्यूँकर हो गयी? जवान जहान लड़की को जवान लड़के धौरै एकला छोड़ के आ गयी अर लड़का भी कौण, राजबीर। दुनिया जहान का आवारा अर बदमास...।

थैला उठाकर गिरती-पड़ती और लगभग दौड़ती हुई-सी ट्यूबवैल के कोठड़े की ओर लपकी। दूर से उसे कोठड़े के पास कोई भी नजर नहीं आया। उसका कलेजा जोर-जोर से धड़कने लगा था...

कोठड़े के पास पहुँचकर उसने आशा को आवाज लगाई। जवाब में कोठड़े के अन्दर से आशा के रोने की आवाज आयी...

पीला जर्द चेहरा लिए हुए आशा कोठड़े से बाहर निकल रही थी। मुखतारी की रूह काँपकर रह गयी। आशा एकदम सुन्न बेजान पत्थर की तरह खड़ी थी। बेहद घबराई हुई आवाज में मुखतारी ने पूछा, "के होया?"

आशा के मुँह से शब्द नहीं निकल पा रहे थे। उसने कोठड़े की ओर इशारा किया। मुखतारी ने आगे बढ़कर देखा। उसकी साँस जहाँ-की-तहाँ अटक गयी। कोठड़े में राजबीर जमीन पर लहूलुहान पड़ा हुआ था। उसने हिलाकर देखा, "हैं...ये तो..."

आशा एकदम फट पड़ी, "यो कमीन मेरी इज्जत पै हाथ डाल रहा था। पैल्याँ त मन्नै इसको समझाया मैं तेरी बहन जैसी सूँ पर यो ना मान्या, अर लग्या जबरदस्ती करण। यो मन्नै जब कोठड़े की ओर धकेलन लग्या त मेरे भी चण्डी चढ़ गयी। मैंने जोर तै धक्का दिया ताँ यो मूँधा जा पड्या। फेर मैंने ठा के यो डण्डा धैड़ दे सी इसके सिर पे दे मारया। यो दो-चार मिनट छटपटाया, फेर शान्त होके पड़ गया..."

मुखतारी ने आगे बढ़कर जमीन पर पड़े राजबीर को फिर से देखा, "यो तो मर गया!"

"भाबी...ईब के होगा?"

आशा की रुलाई फूट पड़ी थी। मुखतारी ने इस बीच अपने-आपको सम्भाल लिया था। एकाएक वह चौकन्नी हो आयी थी।

"रो मत...तू नूँ कर चुपचाप आड़ै ते निकल जा। अर जा के अपणे बीरे ने आड़ै भेज दे..."

कुछ समझ नहीं आ रहा था आशा को, क्या करे क्या नहीं? भाभी को यहाँ अकेला छोड़कर ऐसे कैसे घर चली जाऊँ?

"ईब के करण लग री है तू? जल्दी जा अपने भाई नै भेज। मैं आड़ै तै नहीं निकल सकदी। सब्जी तोड़ते वक्त इनके खेत मजदूर राधू ने मन्नै देख लिया सै। मैं भज भी गयी तै बाद में पुलिस मन्नै घर तै ठा ल्यावेगी।"

मुखतारी ने आशा को घर की ओर धकेल दिया। आशा के जाते ही खेत मजदूर राधू वहाँ आया। उसे इस घटना का पता चला और वह राजबीर के घरवालों को खबर करने दौड़ गया था।

थोड़ी देर बाद ही मुखतारी का पति रिसाल और ससुर वहाँ आ पहुँचे। मुखतारी से पूरी बात सुनकर वे उसे ही दोषी ठहराने लगे, "तू आशा नै अपनी गैल ल्याई ही क्यूँ ? ल्याई भी ते उसने एकला छोड़ के क्यूँ गयी? पाँच दिन उसके ब्याह को रह रहे हैं। ईब के होवैगा? बेइज्जती बदनामी...यो तन्नै के चाला करवा दिया? ईब हम शादी के काम से निबटें या...हम तै कितै मुँह दिखाण लैक नई रैगे..."

"मैं तो सब्जी लेण गयी...दस मिनट भी ना लगै होंगे। मन्नै के बेरा था इतणी बड़ी बात बण जागी..."

कहते-कहते मुखतारी की रुलाई फूट गयी। उसे रोता देखकर रिसाल उसे काटने को पड़ गया, "ईब रोण लग री सै। आशा का के होगा? उसका ब्याह क्यूँकर होवैगा? बदनामी वा अलग। छोरी की तै जिन्दगी बरबाद हो जागी...।"

कहते-कहते पत्थर की तरह बेजान बुत हो आये बापू ने एकाएक अपनी पगड़ी उतारकर मुखतारी के पैरों पर रख दी और रोने लगा।

"यो के कर र्या सै बापू?"

"बेटी...ईब हमनै तू ई बचा सकै से। अगर तू कहे कि इस कंजर राजबीर ने आशा पे नई तेरी ही इज्जत पे हाथ डाला था अर तन्नै अपनी इज्जत बचाण खातर इसे डण्डा मारया, अर यो मर गया। आशा का नाम ही ना आवै। छोरी की दुनिया जहान में बदनामी नई होवैगी...अर छोरी का ब्याह वी नई रुकेगा। ना तै छोरी की जिन्दगी बरबाद हो ई जावैगी, गैल म्हारी जिन्दगी भी जीते जी वीरान हो जागी। बेटी, ईब म्हारी इज्जत अर म्हारी जिन्दगी तेरे हाथ में सै..."

रिसाल ने भी बापू की हाँ-में-हाँ मिलाई, "बापू ठीक कवै सै...आशा पे इल्जाम लग गया तो हम तै मुँह दिखाण लैक नई रैंगे...तेरी बात और सै..."

वह पूछने को हुई कि बेटी घर की इज्जत है, बहू घर की इज्जत नहीं लेकिन वह चुप रही । मारे घबराहट के वह थरथरा रही थी, "लेकिन... मैं...मन्नै...।"

"तू घबरान क्यों लग रही है। ईब तै तू इस मुसीबत नै ओट ले। आगे

की हम रये सलटन खातर। तन्नै जेल नई होण देंगे। अपणी सारी भैंस बेच के बड़ा वकील करके तन्नै बचा लेंगे। बस आशा का नाम नई आणा चइये... देख, यो तेरा अर म्हारा जीण-मरण का सवाल सै..."

उसे लगा उसे फाँसी के तख्ते पर चढ़ाया जा रहा है। फाँसी का फन्दा उसके गले पर कसता जा रहा है। गला सूखने लगा उसका। उसे लगा, बचने का उसके पास कोई चारा नहीं है। आखिर घर की इज्जत उसकी भी इज्जत है। पति के खिलाफ गयी तो वो उसके खिलाफ हो गया तो वो क्या कर लेगी। वैसे भी वारदात के समय वह खेत में मौजूद थी और उसका एक गवाह भी मौजूद है।

पति और ससुर की बात मानकर बयान देने कि 'उसी ने राजबीर को मारा है' के सिवाय उसके पास कोई चारा नहीं था।

पुलिस जब उसे गिरफ्तार करके ले जा रही थी उस समय वहाँ पूरा गाँव जमा था। कोई गुस्से में गालियाँ दे रहा था तो कोई उस पर हँस रहा था।

गाँव अशान्त था। राजबीर के घरवालों ने दबी जुबान में घोषणा कर दी थी कि वो बन्दे के बदले बन्दा मारेंगे। रिसाल और उसका बापू बुरी तरह घबरा उठे। वे पंचायत की शरण में जा पहुँचे। पंचायत जुड़ी तो रिसाल ने सबके सामने कहा, "भरतसिंह के छोरे से म्हारी कोई दुश्मनी थी नई। मेरी औरत ही खराब सै। इसमें म्हारा तै कोई कसूर सै नई। हमने भरतसिंह के परिवार तै हमदर्दी सै। वा खूनी औरत अपणा किया पावैगी।"

पंचायत ने फैसला सुनाया था कि सब शान्त रहें। राजबीर के घरवाले ऐसा कदम ना उठायें जिससे ये घटना खानदानी दुश्मनी का रूप ले ले। उसी खूनी औरत को कानून के मुताबिक सजा दी जानी चाहिए। उसे छुड़ाने या बचाने के लिए रिसाल या उसके घरवाले कोई भी अपील या वकील नहीं करेंगे।

मुखतारी को इस सबका पता चला तो मन-ही-मन उसने सोचा कि रिसाल ने उसके खिलाफ बयान देकर ठीक ही किया है। जो होना था वो तो हो गया अब वो अपनी जान बचाये या...उसे तो कानून भी न्याय देगा। कानून भी अन्धा तो होता नई। उसने कोई जानबूझकर तो खून किया नहीं। पूछेगी वह जज से, अपनी इज्जत बचाना गुनाह है क्या?

उसे जब पता चला था कि उसकी ननद आशा की शादी ठीक-ठाक हो गयी है तो बहुत खुशी हुई थी उसे कि उसका त्याग व्यर्थ नहीं गया है। एक-न-एक दिन कानून उसे मुक्त कर ही देगा। उसने कम-से-कम एक औरत की जिन्दगी बरबाद होने से बचा ली।

जाँच से यह सिद्ध नहीं हो पाया था कि राजबीर ने उसके साथ कोई रेप करने की कोशिश की थी, ना ही यह सिद्ध हो पाया था कि वो प्रहार जो कि राजबीर की मौत का कारण बना वो आत्मरक्षा के लिए किया गया था। लेकिन मुखतारी की उम्र और पिछली बेदाग जिन्दगी को देखते हुए कानून ने उसे सात वर्ष के कारावास की सजा सुना दी थी। जाने कितनी बार रोई-गिड़गिड़ाई थी कि वह निर्दोष है। उसने आदमी तो क्या कभी चींटी को भी नहीं मारा है। पर उसकी आवाज गाँव के उस अधकच्चे-से घर से लेकर जेल तक किसी को सुनाई नहीं दी थी।

दुनिया भर में वह असली मुजरिम सिद्ध हो चुकी थी। यहाँ तक कि मायके से उसका भाई उसे मिलने जेल आया तो उसकी बातों में हमदर्दी कम, हिकारत और गुस्सा ज्यादा था। शायद वो भी उसे मुजरिम मान बैठे थे। लेकिन उसके मन में हौसला था कि कम-से-कम मुझे तो पता है कि मैंने खून नहीं किया है।

शर्मसार चेहरा लिए हुए रिसाल भी उससे मिलने दो-तीन बार जेल आया था और रस्म-सी अदा करके चला गया।

शुरू-शुरू में जेल में दूसरी महिला अपराधियों से बात करते हुए भी डर लगता था उसे। धीरे-धीरे उसे अहसास होने लगा था कि ज्यादातर वे महिलाएँ खूँखार मुजरिम ना होकर उसीकी तरह परिस्थितियों की शिकार ही हैं।

उसे लगने लगा था कि चूल्हे-चौके, साफ-सफाई, पति-ससुराल, दुनिया और चौबीसों घण्टों की खटखट से जेल की जिन्दगी बहुत बेहतर है।

सात वर्षों का लम्बा अर्सा कैसे बीता था, यह वह ही जानती थी।

आज सजा पूरी होने पर घर लौट रही थी वह।

गाँव की गलियों में से होते हुए आखिर वह अपने घर के दरवाजे तक आ पहुँची थी। घर के अन्दर-बाहर हल्के रंग की सफेदी पुती हुई थी जोकि कुछ पुरानी पड़कर कुछ मटमैली-सी हो चुकी थी। मेरे बाद एकबार सफेदी हुई है इस घर की। उसका माथा ठनका—कहीं मेरे घरवाले आपणा यो घर किसी और ने बेच के कहीं और तै ना चले गये? भीतर बड़ूँ कि नई...? भीतर कोई और ही बैठ्या हो...?

थोड़ा झिझकने के बाद हिम्मत करके वह अन्दर घुस गयी। अन्दर चौक में चारपाई पर उसका पति रिसाल बैठा था, जिसे देखकर उसकी साँस-में-साँस

आयी। उसे आया देखकर हाथ का चाय का कप जमीन पर हड़बड़ाकर रखकर उठ खड़ा हुआ।

"कौण?"

ज्योंही मुखतारी ने मुँह से दुपट्टा उठाया, रिसाल चौंक उठा, "मुखतारी?"

"शुकर है, पिछान तै लिया तन्नै..."

बुरी तरह हड़बड़ा गया रिसाल, "वो...मैं...तू...एकाएक...इतने दिनों बाद...आ-आ...खाट पे बैठी हो ले...मैं लास्सी ल्याऊँ तेरी खातर..."

मुखतारी की आँखों से एकाएक आँसू बह निकले थे। समझ नहीं आ रहा था उसे इतने दिनों बाद अपने घर, अपने पति को फिर से देख पाने की खुशी के आँसू हैं या दुःखों के अन्त के...।

घर की चारदीवारी में साँस लेने के सुख ने कुछ क्षणों के लिए वो सभी कष्ट भुला दिये थे, जो उसने पिछले कुछ वर्षों में भोगे थे।

बैठकवाले कमरे से निकलकर बापू बाहर आया तो मुखतारी ने हड़बड़ाकर अपने सिर और माथे को दुपट्टे से ढक लिया, "पाँ लागूँ बापू!"

"जीवती रहे बेट्टी..."

मुखतारी ने देखा बापू कुछ और बूढ़ा हो गया है और लाठी पकड़कर चलने लगा है।

"तुम ठीक सो बापू?"

"ठीक ई सूँ बेट्टी?"

"अर...आशा कैसी सै?"

"वा भी आपणे घर ठीकै सै...

"हाँ...बेट्टी आपणे घर राजी रए...माँ-बाप ने और के चइये?"

अपने घर फिर से पहुँच पाने की खुशी मुखतारी से सम्भाली नहीं जा रही थी, "पहल्या मैं आपणा घर पूरी तरह देख के आऊँ।"

घर में कोई परिवर्तन नहीं हुआ था। घर साफ-सुथरा था। चूल्हा-चौका एकदम साफ और ताजा लीपा-पोता गया था। सामने तार पर किसी औरत के कपड़े सूख रहे थे। मुखतारी का दिल धड़कने लगा।

टीन की चद्दरोंवाले कमरे में वह घुसी तो उसकी आँखें फटी-की-फटी रह गयीं। लकड़ी के भारी मोटे पावोंवाले जिस पलँग पर पहले वह सोती थी, उसपर एक अन्य औरत लेटी हुई थी। उसके साथ एक चार साल का और एक आठ महीने का बच्चा लेटे हुए थे। मुखतारी को काटो तो खून नहीं।

ज्योंही वह घूमी, पीछे रिसाल खड़ा था। उसने पूछा, "यो औरत कौण सै?"

रिसाल के माथे पर पसीना छलक आया था। मुखतारी ने अपना प्रश्न दोहराया। रिसाल का गला सूख आया था। उसके मुँह से शब्द नहीं फूट पा रहे थे। पलँग पर लेटी औरत उठकर बाहर चूल्हा जलाने लगी थी।

"बोल्या नई...कौण सै यो?"

"यो सन्तोष सै...दूजा ब्याह करणा पड्या मन्नै इस तै..."

उसके दिलो-दिमाग पर सैकड़ों साँप फुफकारने लगे थे। बाहर आकर वह बापू के सामनेवाली चारपाई पर बैठ गयी थी, 'तभी यो दोनों बापू-बेट्टा मेरे घर वापस आन पर खुश नहीं लग रहे थे...'

बुरी तरह कुरलाने लगी वह, "हाय...यो तुमनै मेरे तै किस जनम की दुश्मनी काढ़ी? मेरी जिन्दगी गाल दी रै। मेरी त माटी खराब हो गयी...ईब मैं कड़ै जाऊँ? हाय...थारी इज्जत की खातर मन्नै अपणी इज्जत दे दी अर तम मेरी गैल...मैं बेदोसी दुनिया में कहीं मूँ दिखाण लैक नई रई...क्यूँकर रंग बदल गये तम? बापू ईब तू बता मैं किस कुएँ में जा पड़ूँ..."

सिर झुकाये बैठा था बापू, "थोड़ा हौंसला रख बेट्टी..."

"बेट्टी...? मैं थारी बेट्टी होती तो तम मेरे साथ न्यूँ करते?"

बुरा-भला सुनकर बापू तो मुँह लटकाकर अन्दर चला गया। रिसाल थोड़ा खीझ उठा, "बस-बस...जरा चुप्प हो ले। आसपास के लोग सुनैंगे त के कहेंगे? म्हारी भी कोई इज्जत सै..."

हँसी आ गयी मुखतारी को, "इज्जत? वा रे इज्जतवाले? आज थारी इज्जत सै त कैसे? रे बैरी, थारे घर की इज्जत त मैं..."

आगे नहीं बोल पाई मुखतारी। फिर से रोने लगी वह। रिसाल उसे चुप कराने की प्रयास करने लगा, "के करते? हम भी मजबूर हो गये थे। तेरे पीछे हम घर में दो मर्द-माणस रै गये थे। रोटी पौणवाला भी कोई था नई। गाँव बिरादरीवाले पीछे पड़ गये। रिसाल का दूसरा ब्याह कर दो। काले मूँ आली खूनी औरत ते त थारा पीछा छुट्या। बेरा ना कद वो वापस आवेगी कद नई? ना भी आवै। आ भी जावैगी तो इसी औरत ने घराँ क्यूँकर राखोगे? रोज का रोना हो गया था। जित जाओ जित बैठो वाये बात। कइयों नै त यो भी कया, जब काले मूँ आली खूनी औरत जेल तै वापस आवैगी अर तम उसनै अपणे घराँ राक्खोगे त राजबीर के घराले फिर से थारे दुश्मन हो जावैंगे। मैं के करता, सोच-सोच दिमाग खराब हो गया मेरा...मन्नै दूसरा ब्याह करना पड्या...।"

रिसाल की बात सुनकर मुखतारी एकदम चुप्प लगा गयी थी। उसका

चेहरा एकदम लाल सुर्ख हो गया था। उसकी आँखों से जैसे खून-ही-खून उतरने लगा था।

रिसाल तेजी से उठा और अन्दर जाकर बापू से उलझने लगा, "बता बापू के करैं इसका? ना तुम इसनै और आशा नै सब्जी लेण भेजते अर ना...ईब मैं त कहूँ, भगा देता हूँ साली को...जहाँ चाहे जाये। हम के करैं...के बिगाड़ लेगी म्हारा?"

"या ये बात की चिन्ता सै...और तै के बिगाड़ेगी, आशा का नाम ले के बदनामी करेगी। शाबाश है इसने ईब ताईं कितै भी आशा का नाम ना आण दिया, पर ईब ज इसनै आशा का नाम ले दिया तै...? बदनामी हो जागी। बदनामी आशा की ससुरालवालों तक पहुँचेगी तो बेचारी का बसा-बसाया घर खराब हो सकै सै...।"

"के करैं फेर? एक औरत त डर के बैठ जावैं, देख लेंगे साली नै। कुछ ना कर सकै यो म्हारा, न्यूँ बी ईब इसकी बात का विश्वास करेगा कौण? न्यूँ बी इसनै तो राजबीर के घरवाले ही जिन्दा नहीं छोड़ैंगे। इसतै त म्हारा पिण्ड अपणे आप ई छूट जागा।"

बाहर बैठी सुलगती हुई मुखतारी सुन रही थी। एक-एक शब्द उसे नुकीले भाले की तरह भेद रहा था।

"ईब तू ई बता या बेचारी कड़ै जावे? मायके में इसके कोई सै नई। एक भाई सै, दिल्ली में किसी फैक्टरी में काम करके गुजारा कर रैया सै। माँ सै नई। बाप पैल्याँई चारपाई तै लग्या पड़ा सै। उसनै देखणिया सँभालणिया कोई सैए ना। इसनै कौण राखैगा?"

"त मैं के करूँ?"

अन्दर तक आहत हो आयी वह। अपने मायके की खबर मुझे अब इस रूप में मिल रही है। उसने भी आते ही उनसे अपने मायके के बारे में क्यों नहीं पूछा? हैरान थी वह अपने-आप पर। मायकेवालों ने भी एक अर्से से उसकी सुध नहीं ली थी। उसे समझ नहीं आ रहा था कि वह भी उन्हें कैसे भूल गयी थी, "मन्नै अपणै-आपका बेरा नई मैं कित सूँ...मैं किसै और का के करूँ?"

कमरे में जल रहे पीले बल्ब की मद्धिम-सी रोशनी बाहर आ रही थी। इसके बावजूद चौक में अँधेरा था। सन्तोष शाम का खाना बनाने में जुट गयी थी। मुखतारी जमीन पर बैठी थी। अपना सर चारपाई की पाटी पर रखकर सोच रही थी कि ये लोग सोच रहे हैं कि कहीं मैं आशा को बदनाम ना करूँ?

सिर्फ इसी डर से ये मुझे अपने घर से भगा नहीं रहे हैं वर्ना पता नहीं ये क्या करते? पर मैं ऐसी नहीं हूँ। मेरे साथ तो जो होया था हो गया। ठीक है खून आशा से हुआ, लेकिन अब उसकी जिन्दगी में नया बखेड़ा क्यों खड़ा करूँ। किसी भी हालत में उस बेचारी औरत जात का नाम कहीं नहीं आने दूँगी।

अन्दर रिसाल और बापू की जिरह जारी थी। सन्तोष बापू के हुक्के की चिलम भरने से लेकर बच्चों को सम्भालने तक के अपने काम में किसी बेआवाज यन्त्र की तरह लगी हुई थी।

जाने कब सन्तोष उसके आगे एक थाली में रोटी और मूली की सब्जी रख गयी थी।

धीरे-धीरे लाठी टेकता हुआ बापू उसके पास आकर खड़ा हो गया था। कुछ देर चुप रहने के बाद बहुत ठण्डे लहजे में बोला, "बेट्टी, बखत के मारै सै हम। कसूर तै किसी का भी कोना। जा बखत लिकड़ गया वा तै वापस आंदा को नी...ईब या घर बी तेराए सै...। सन्तोष अर तू दोनों भाण-भाण बन के रै लो। कितनेई माणसाँ की दो-दो बीवी हो सैं। कोई अनोखी बात सै नई। तू बड़ी है तेरा हक पैला सै...

सन्तोष तेरी गैल सौतगीरी नई करेगी। दोनुआँ रये जाओ। सन्तोष रोटी पो लेवैगी अर तू भैंसा नै सम्भालिए...अपणा अन्दर कमाती-खाती पड़ी रहिये... और तै के हो सकै है?"

बेजान पत्थर के बुत की तरह बैठी वह बापू की बात सुनती रही। अपनी बात का कुछ भी जवाब ना पाकर बापू झेंप-सा गया। थोड़ा रुककर बोला, "अच्छा बेट्टी, यो खाना धर्‍या सै, खा लिए। आज ते यो बैठक आला कमरा तेरा। रात ने बैठक में सो जाइयो। मेरा के सै? मैं अपणी खाट तूड़ेवाले कमरे में गेर ल्यूँगा। बाद की बाद में देखी जागी...अच्छा बेट्टी।"

बापू के जाने के बाद उसने खाने की थाली पर नजर डाली। उसका खाने का मन नहीं हुआ। रात काफी हो गयी थी। रिसाल खाना-वाना खाकर सो गया था। सन्तोष सुबह की भैंसों की सानी के लिए खल-छिलका भिगोने लगी थी।

चारों तरफ सन्नाटा छा गया था। सारा गाँव जैसे मरघट में बदल गया हो! भैंसों को पानी पिलाने के बाद सन्तोष भी कमरे का दरवाजा बन्द करके सो गयी थी। मुखतारी अब भी वैसे ही पत्थर की तरह सुन्न-सी बैठी थी। उसने भैंसों की तरफ देखा तो उसे लगा अब उसकी हैसियत एक भैंस से अधिक नहीं रह गयी है। इन लोगों ने जिन्दगीभर भैंस ही तो पाली हैं। चारा खिलाकर दूध जैसा अमृत दूहा है और अब काम की न रहे तो उठाकर हजार-पाँच

सौ रुपयों में कसाई के हाथों सौंप दी। इनके लिए औरत और भैंस में अन्तर ही क्या है। अगर भैंस बनके रहना मंजूर है तो रहे वर्ना...सन्तोष सोच ही रही होगी, मैं उसका हक मारने आ पहुँची हूँ और मुझे लग रहा है वह मेरा हक मारे बैठी है। दूसरी बीवी बन के रहा जा सकता है। जिन्दगी कट तो सकती है पर...?

कुछ निर्णय नहीं कर पा रही थी वह। इतना बड़ा संकट झेल गयी वह तो अब इतनी आसानी से क्या हार मानना। उसने थाली को अपनी तरफ खींचा। रोटी खाते-खाते सोचने लगी–मैंने इस घर के लिए जो भी कर सकती थी, किया। उल्टा अब इस घर में मेरा हक आधा रह गया है। लेकिन अब वह जाये तो कहाँ जाये?

अभी मुर्गे ने बाँग भी नहीं दी थी कि मुखतारी ने उठकर भैंसों को सानी-पानी करना शुरू कर दिया था। सन्तोष ने मुखतारी को काम में जुटा हुआ देखा तो उल्टा-सीधा बकने लगी। रिसाल ने उसे हौसला रखने के लिए कहा और खुद भैंसों का दूध दूहने लगा। सन्तोष अन्दर जाकर पलँग पर औंधी लेटकर रोने लगी। शायद उसे अपना घर छिनता हुआ लग रहा था। रिसाल दूध ड्रमों में भरकर शहर के लिए रवाना हो गया था।

मुखतारी काम में इस तरह जुटी हुई थी जैसे वह कभी कहीं गयी ही नहीं थी। ये सब काम पिछले कई वर्षों से जैसे उसकी दिनचर्या में शामिल रहे हों! सन्तोष अपने कमरे से बाहर नहीं निकली थी। रोती-झींकती रही थी।

बापू ने मुखतारी को घर से बाहर जाने से मना कर दिया था, "गाँववाले ताने-फिकरे कसेंगे क्या फायदा?"

अन्दर ही रहकर अपना बनाती-खाती रहे वह। बाहर का कोई काम हुआ तो रिसाल या सन्तोष कर लेंगे।

सन्तोष का विरोध जारी था। आधी घरवाली बनकर बेजुबान की तरह अन्दर पड़े रहने का मन तो मुखतारी का भी नहीं था पर वह मन मारे बैठी थी। उसे समझ नहीं आ रहा था, वह करे तो क्या करे, जाये तो कहाँ जाये?

दो-तीन दिन योंही निकल गये थे। घर में बहुत-सा गोबर इकट्ठा हो गया था। मुखतारी ने सोचा क्यों ना वह इसे बाहर कहीं खुले में जाकर पाथ आये। उसका गाँव निकलना था कि गाँवभर में उसके आने की खबर आग की तरह फैल गयी थी।

बहुत-सी औरतों ने उसे पहचानकर भी अनजान बनकर कन्नी काट ली थी। किसी ने उसके साथ बात करने की कोशिश नहीं की थी, जैसे वह जेल

से लौटने के बाद सामान्य-सी औरत ना रहकर कोई मनहूस डायन बन गयी हो! उसे भी हिकारत हो आयी ऐसी औरतों पर...

ताने और फिकरे सुनने पड़ेंगे, इतना तो उसे भी पता था लेकिन ऐसे और इतने अधिक सुनने पड़ेंगे, इतनी तो उसे भी उम्मीद नहीं थी :

–"लुट गयी थी या बच गयी थी?"

–"इतनी-सी बात थी, यो मान जाती तो इसे के फर्क पड़ जाता?"

–"राजबीर मर गया मरनेवाली चीज पर..."

–"क्या कातिल है?"

–"वो पहले ही मर गया या...कुछ करके?"

जितने मुँह, उतनी बातें...।

उसे लगा, तब नहीं, उसकी इज्जत तो अब लूटी जा रही है। उसने या आशा ने उस राक्षस को मारा, उसने जेल भोगी, किसलिए, इज्जत बचाने के लिए। लेकिन...किसी तरह बर्दाश्त करके रह गयी वह।

अगले दिन फिर कुछ लड़कों ने उसे देखकर अश्लील फब्तियाँ कसते हुए पत्थर फेंके। वह बर्दाश्त नहीं कर सकती। गुस्से में एक पत्थर उठाकर उसने भी दे मारा। पत्थर लड़के के सर में लगा। उसके सर से खून बह निकला। बाकी लड़के भागने लगे तो वह गरजी, "ईब क्यों भाजो सो कमीणो? इज्जत की खातिर ई मन्नै यो सब झेला, फेर भी मेरी इज्जत तारो सो? मेरी तो उल्टा ज्यादा इज्जत होनी चाहिए। मन्नै तो उल्टा इनाम मिलणा चइये। मन्नै इज्जत नई दी एक राक्षस ते लड़ी उसने मार गेर्‌या पर...यो समाज अर कानून अजीब किसम के अन्धे सैं...एक जुर्म की कै बार सजा मिलेगी मुझे?"

सभी लड़के वहाँ से भाग चुके थे। जिसके चोट लगी थी वह भी। मुखतारी भी कलपती हुई घर लौट आयी थी।

देर रात रिसाल बाहर से लौटा तो वह डरा हुआ होने के बावजूद बहुत गुस्से में था। उसने बापू को अन्दर बुलाकर कहा, "आज राजबीर के बाप और भाइयों ने मन्नै बीच बाजार रोक कै खूब खरी-खोटी सुनाई। कहने लगे, कानून ने मुखतारी को बहुत कम सजा दी है। ईब उस खूनी औरत नै तू आपणे घर राखेगा? हम क्यूँकर बरदास करेंगे? म्हारी-थारी दुश्मनी शुरू हो जागी। या ते उस औरत ने घर तै भगा देना, ना तै हम तन्नै भी गाँव में चैण तै ना रैन देंगे। ईब तू बता बापू मैं के करूँ?"

"यो तै भूंडा फँसे भाई। कहीं और जा बसें पर...यो मकान बिके तब ना। वो लाला पेल्याँ ई नजर गाड़े बैठा सै। मन्नै तो लगै, इ लाला ने ई राजबीर

के घरवाल्याँ ने भड़काया सै ताकि तंग आके हम सस्ते में यो मकान उसे बेच-बाचके गाँव छोड़ के चले जावैं..."

"हो सकै से। पर बापू...यो औरत भी सूधी कोनी। तन्नै बेरा सै, आज इसनै एक छोरे का सिर फाड़ दिया। बाहर जाण नै इस ताईं मना कर रखा था। फिर भी यो बाहर गयी? मैं बूझूँ यो बाहर गइए क्यूँ?"

मुखतारी सुन रही थी उनकी बात। चुप नहीं रह सकी वह, "अर वो छोरा मन्नै के कै रैया था?"

"के कै रैया था? कोई तन्नै गाली देगा तू औरत जात हो के उसका सिर फोड़ देगी? किस-किस का सिर फोड़ेगी? उसके जरा-सी ज्यादा लग जाती अर वा भी मर जाता फेर...?"

"पर मन्नै..."

"तू औरत सै या...?" रिसाल चिल्लाया तो बापू ने उसे चुप कराया फिर मुखतारी से बोले, "फेर भी बेट्टी...तू औरत सै। तन्नै अपणे ऊपर काबू रखना चइये । तन्नै आपणी हद में रैणा चइये । आच्छा जा...के आपणा काम निबटा..."

रात काफी हो गयी थी। एकाएक उसे याद आया, ढेर-सा काम बाकी है और वह जल्दी-जल्दी अपना काम निबटाने लगी।

उधर बापू कह रहा था, "आगे देखो के होवै है? हो सके सै धीरे-धीरे सब ठीक हो ज्या..."

"हो सके गाम वाल्याँ के ताने-फिकरे सुण-सुण के यो साली खुद ही कुएँ में जा गिरे।"

"घर से बाहर ना निकली होती तो...ईब भी किसी दिन मैं ई मार के इसनै कुएँ में गेर आऊँगा। इसने अन्दर-ही-अन्दर चुपचाप मारना आसान था पर..."

रिसाल के ये शब्द मुखतारी के कानों में जलते फुफकारते हुए साँपों की तरह घुस गये थे। कुछ ही क्षणों में साँपों ने उसके अन्दर जाने क्या कुछ जला डाला था। उसके सारे शरीर में जहर-ही-जहर फैल गया था।

उसकी आँखों में खून उतर आया, "तू मन्नै कुएँ में गेरेगा? हराम के कमीण...तेरी खातर मैं जेल गयी अर तू? तन्नै बेरा नई, खून का इल्जाम त मैं पैल्याँए भुगत चुकी जनानी सूँ..."

उसकी आँखों के सामने उसके साथ जेल में बन्द उन तमाम महिला अपराधियों के चेहरे घूमने लगे थे। उसने फैसला किया, पहले तो उसने खून किया नहीं था, पर अब एक खून जरूर करेगी। रिसाल का खून। इस बार उसे

ज्यादा सजा होगी। फाँसी हुई तो इस जिल्लत से छुटकारा मिल जायेगा। उम्र कैद हुई तो भी ठीक। इस चारदीवारी से जेल की चारदीवारी भली। बिना जुर्म के सजा काटने का पहले जैसा मलाल तो ना होगा। नहीं रहना उसे रिसाल जैसे धोखेबाज की दूसरी बीवी बनकर। सचमुच की अपराधिन बनेगी। वह रिसाल जैसे धोखेबाज को सजा देगी...

सब सो चुके थे। झींगुरों की आवाज के अतिरिक्त कहीं से कोई आवाज नहीं आ रही थी। सामने का कमरा बन्द था। बैठक का दरवाजा खुला था।

बैठक में बिछे लकड़ी के पट्टे पर बैठी थी वह।

सामने का दरवाजा खुला। उसने देखा रिसाल कमरे से बाहर आया। वह सतर्क होकर बैठ गयी। उसने सोचा—शायद वह उसीके पास आये। कुछ सुख-दुख की बात करने, शायद उसके मन में उसके लिए कुछ हमदर्दी जागी हो! शायद अब भी उसके मन में उसके लिए कुछ जगह हो। अपनी दूसरी बीवी के सामने जानबूझकर ऐसा बन रहा हो।

रिसाल ने उसकी तरफ देखा और नजर फेर ली और ईंटों का पर्दा करके बनाई गयी लैट्रिन की तरफ चल दिया। शायद पेशाब करने उठा था वह। उसकी बेरुखी और हिकारत ने मुखतारी का खून और भी खौलाकर रख दिया।

लैट्रिन की पिछली दीवार की ईंटें कुछ उखड़ी हुई थीं जिस पर बोरी का टुकड़ा टाँगकर पर्दा कर दिया था। मुखतारी ने सोचा यही मौका है उस पर वार करने का, पर तभी रिसाल के बच्चे के रोने और उसकी बीवी के उसे चुप कराने की आवाजें उसके कानों में पड़ीं। क्षणभर में जाने क्या कुछ बीत गया उस पर। ठण्डी और तेज हवा होने के बावजूद वह पसीना-पसीना हो आयी थी।

उसकी आँखों से खून पानी बनकर बह निकला था, 'इस कमीण को दण्ड देने का मतलब सै सन्तोष नै और दो बेदोष मासूम बच्चेयाँ नै दण्ड देना। ना इस औरत और उन बच्चेयाँ नै क्यूँकर दण्ड दे सकूँ सै। यो मरद कितनी बार औरत नै ढाल बनाकर बचते रैंगे?'

कब उसकी आँख लग गयी उसे पता ही नहीं चला। आँख खुली तो दिन काफी चढ़ आया था। रिसाल दूध लेकर जा चुका था। सानी-पानी का काम सन्तोष ने निपटवा दिया होगा। वह मन मारकर उठी और काम में जुट गयी। उसने अपने-आपको समझाया कि धीरे-धीरे सब ठीक हो जायेगा।

रिसाल दूध पहुँचाकर लौट आया था। साइकिल एक तरफ को खड़ी करके वह चारपाई पर आ बैठा; मुखतारी चूल्हे पर चाय चढ़ाये बैठी थी।

मुखतारी से चाय का गिलास लेकर रिसाल ने अभी मुँह को लगाया ही था कि बाहर से आवाज आयी–

"रै रिसाल...निकाल बाहर...उस खूनी लुगाई नै, भीतर कहाँ छुपाये बैठा है..."

घर के बाहर गाँव के कुछ लोग आ जुड़े थे। उनमें उस लड़के का बाप भी था जिसे कल मुखतारी ने पत्थर मारा था।

"साली की हिम्मत तो देखो...औरत हो के..."

"कल म्हारे छोरे का सिर फोड़ दिया...कल म्हारा कतल करेगी..."

रिसाल चुपचाप खड़ा सुन रहा था। कुछ लोग गालियों पर उतर आये थे, "निकाल बाहर कर साली को...साली कंजर की..."

मुखतारी से रहा नहीं गया। गुस्से में भरकर बाहर निकली और कहने लगी, "खबरदार किसे नै गाली बकी तै...थारे छोरे का कोई कसूर ना सै? मैं औरत सूँ...सिर्फ इसलिए सबकी ज्यादती बरदास करती रहूँ? मन्नै गुस्सा नई आ सकदा? मन्नै किया ई के सै? मेरा यो कसूर सै कि मैं औरत सूँ? मन्नै एक जुर्म की कितनी बार सजा मिलेगी?"

हाथ की लाठी को जमीन पर पटकते हुए एक गाँववाले ने रिसाल को घुड़का, "रिसाल...हम तेरा लिहाज कर रहे सै...अपनी बोहड़िया नै सम्भाल ले ना तै...?"

रिसाल का मर्द जैसे सोते से जाग उठा। वह मुखतारी को मारते-पीटते हुए अन्दर की ओर धकेलने लगा, "चल साली अन्दर...मर्दों से जुबान लड़ा रही सै। किसै की शर्म ना सै तन्नै..."

मुखतारी को थोड़ा अन्दर धकेलकर वह गाँववालों से बोला, "भाइयो! जरा शांति रखो। मैं तो खुद इस चुड़ैल तै पीछा छुड़ान के चक्कर में सूँ...?"

मुखतारी फिर से बाहर आकर चीखने लगी, "रै तू कै मन्नै छोड़ेगा, मैं ई तन्नै छोड़री सूँ...शादी के टैम में जो गहने-लत्ते लेके इस घर आयी थी वो सब लिकाड़ के मन्नै दे दे...लानत सै इ घर-गाँव-बिरादरी सब पे...जो औरत की इज्जत ना कर सकै।"

रिसाल को अपनी ओर हैरानी से देखता हुआ पाकर वह कड़की, "आँखें फाड़-फाड़के के देखै है? ज्यादा होश्यार बनने की कोशिश मत करियै...तन्नै तै बेरा ई सै–मन्नै थाना-कचैहरी-जेल सब देख रक्खे सैं...मन्नै ना रहना तेरी भैंस बनके। मैं भी दूसरी शादी कर सकूँ सूँ। ना तै जा के अपने बाप की देखभाल करूँगी...।"

बेहद हैरान परेशान होकर गाँववाले एक-दूसरे का मुँह देखने लगे थे। बापू भी मुखतारी की ऊँची आवाज सुनकर बाहर आ गया था। मुखतारी अब भी कड़क रही थी, "मैं आड़ै इस कमीण दुहेजू की आधी बीवी बनके क्यूँ रहूँ? दो रोटी खातर? वा ते मैं किते भी हाथ-पाँव हिलाकर कमा ल्यूँगी। मैं भी दूसरी शादी कर सकूँ सूँ। इस दुहेजू की बजाय किसे और रंडुवे से शादी ना कर ल्यूँगी? कम ज कम उसकी पूरी घरवाली तै हूँगी। आड़े अधूरी बनके रहने में के फैदा?"

कहते-कहते मुखतारी की आवाज गुस्से के बावजूद भर्रा गयी थी...उसकी आवाज ने गाँवभर को जैसे हिलाकर रख दिया था। उधर बापू थरथरा रहा था कि कहीं वह सब के सामने आशा का नाम ना ले दे। पर वह तो जैसे आशा का नाम ही भूल चुकी थी।

बापू ने उसे चुप कराने की कोशिश की, "बेट्टी, म्हारी इज्जत..." तो वह और भड़क उठी, "इज्जत? क्याँ की इज्जत? किसकी इज्जत? थारी इज्जत? अर मेरी? मेरी कोई इज्जत नई? जित रहूँगी इज्जत के साथ रहूँगी, ना तै...?"

अक्षरा : जुलाई-अगस्त, 2004

कैसा भी जुर्म

आवारा घूम रहे आदमियों, लड़कों, बच्चों, सुअरों, कुत्तों और मुर्गों में से सबसे पहले कुत्तों ने ही उनका विरोध किया था। भौंकते हुए कुत्ते को पत्थर मार-मार कर खदेड़ने के बाद वे अँजलि की झुग्गी के बाहर जुटे थे। उन्हें इतमीनान था कि उनके नाम की यहाँ काफी दहशत है। शाबू और उसके साथी से पंगा लेने की यहाँ किसी में हिम्मत नहीं है। झुग्गियों के टूटे-फूटे दरवाजों और टूटी फट्टियों से बने छेदों और फटी तिरपालों से बने झरोखों की आड़ में झाँकती घूरती हुई आँखें हैरत और दहशत से फटी जा रही थीं। गुण्डागर्दी की हद है। इतना खराब हो चुका है वक्त? इसकी इतनी जुर्रत कि अपने दो साथी गुण्डों के साथ अन्धे वहशी की तरह आया था शाबू। दिनदहाड़े बेखौफ।

जबरदस्ती अँजलि की झुग्गियों में घुसने की गुण्डे कोशिश करने लगे। डर खौफ के मारे अँजलि चीखने लगी। उसकी करुण चीख-पुकार ने आसपास के लोगों जिन्हें कि शायद कोई साँप सूँघ गया था, को झकझोरा। एक बुढ़िया बाहर आकर उन्हें गालियाँ बकने लगी। उसकी जुबान बन्द करने के लिए गुण्डे आगे बढ़े। आसपास के लोग जैसे जागे। उनके रहते उनकी आँखों के सामने एक लड़की के साथ जबरदस्ती और एक बुढ़िया को पीटा जा रहा है। उन्हें अपनी बेटी और माँ का खयाल आया। बीच-बचाव करने के खयाल से डरते-डरते बाहर निकले। उन्हें आता देख गुण्डे डर गये। पहले दबे-पाँव फिर बन्दूक से छूटी गोली की तरह भाग खड़े हुए। उन्हें भागता देख आसपास के लोगों की मर्दानगी जागी। डण्डे-सरिये लेकर वे शाबू को ललकारने लगे। साथियों के भाग जाने से शाबू अकेल पड़ गया था। सामने खड़ी बिल्लियों की भीड़ को देखकर चूहे की तरह थर-थर काँपने लगा था। जेब से चाकू निकालने की भी हिम्मत नहीं हुई। भाग निकलने की कोशिश की उसने, लेकिन लोगों ने उसे धर दबोचा। जूते-लात जो बन पड़ा चलाने लगे। लात-जूतों के नीचे बिलबिलाता हुआ इतना बड़ा गुण्डा किसी पिल्ले की तरह किंकिया रहता था।

हैरान थे वे ऐसा क्या था इस गुण्डे में, जिससे कि वे अपनी बहन-बेटी की रक्षा करने में भी डर रहे थे। शायद उसकी ताकत से उनका डर बढ़ा था।

चेहरा पोंछा अँजलि ने अपनी चुन्नी से। डर पुँछ गया। अपनों के बीच सुरक्षित है वह। सुखवीर चाचा, कृष्णा मौसी, कांता मौसी, इसाक चाचा, फत्तू मामा, मदन भाई, मंजूर भाई, आलम भाई सभी तो अपने हैं। अकेली कहाँ है वह?

बहुत हो गया। अब इसे जाने दो। कहीं मर-मरा न जाये। एक बुजुर्ग की इस राय को काटते हुए मंजूर ने कहा कि नहीं, पहले अँजलि बहन अपने हाथ से इसे इकत्तीस जूते मारे, तब उनका गुस्सा शांत होगा। इसे अक्ल आयेगी और आगे से ये ऐसी जुर्रत और हिमाकत नहीं कर पायेगा। उसकी बात को समर्थन मिला।

अँजलि थरथराई। उसके बहुत मना करने और उनके बहुत मनाने के बाद वह हाथ में जूता लेकर आगे बढ़ी। ग्यारह जूते भी नहीं लगा पाई कि एकाएक अपनी झुग्गी की ओर वापिस दौड़ पड़ी वह। आसपास की औरतें आकर सहानुभूति जताने लगी थीं-कितना दम बढ़ गया है इन गुण्डे-बदमाशों का? दिन-दहाड़े?

रुलाई फूट पड़ी थी अँजलि की। मन पसीज गया था वहाँ जमा औरतों का-देखो तो इस बेचारी बेकसूर को? माँ बचपन में ही मर गयी। दो साल पहले बाप भी, अचानक दिमागी बुखार हुआ और चल बसा। एक छोटा भाई है। वो अकेला बेचारा क्या करे? घर में बैठे इसकी रखवाली करे या काम पर जाये? हद ही हो गयी, कोई अपने घर में महफूज नहीं?

सामने की झुग्गी में रहनेवाली कांता मौसी ने दुलार-पुचकारकर उसे चुप कराने की कोशिश की। अँजलि बिलख पड़ी, "एक साल से वो कंजर कमीना मेरे पीछे क्यों पड़ा है? मेरा तो कहीं आना-जाना भी बन्द हो गया है। एक साल से घर में रहती हूँ।"

साल पहले खाये थप्पड़ का बदला लेने यहाँ तक आ पहुँचेगा, अँजलि ने सोचा भी नहीं था। बड़े बाजार में घूमते हुए एक दिन शाबू ने छेड़ दिया था अँजलि को। आव देखा न ताव, अँजलि ने उसे एक जोरदार तमाचा दे मारा। तिलमिलाकर रह गया वह। अचानक ऐसे जोरदार तमाचे की उसे उम्मीद नहीं थी, वह भी भरे बाजार में। आसपास के दुकानदार जो उसकी गुण्डागर्दी के बारे में जानते थे, तटस्थ बने रहे। जैसे कुछ हुआ ही न हो! कौन पंगा ले गुण्डों से। आते-जाते लोग जो उसके नामी गुण्डा होने के बारे में नहीं

जानते थे, उन्होंने उसे पकड़ लिया और गालियाँ बकते हुए थप्पड़-जूते चलाने लगे–साले...लफँगे! भरे बाजार में लड़की छेड़ता है?

मौके से जान-बचाकर भाग खड़े होने के सिवाय उसके पास कोई चारा नहीं था। लेकिन जाते-जाते भी वह धमकी दे गया था कि वह अँजलि से इस बेइज्जती का बदला लेगा। उसे छोड़ेगा नहीं।

शाम को उसका भाई नन्दू जब काम से लौटेगा तो वह उसे इस घटना के बारे में नहीं बतायेगी, सोचा था उसने। आखिर भाई है, सुनकर खून तो खौलेगा ही। पिछली बार भी कितना आपे से बाहर हो गया था। गुण्डों से भिड़कर उन्हें जिन्दा न छोड़ने की बातें करने लगा था। कितना समझाया था उसने। कहाँ वो गुण्डे-मवाली और कहाँ वह चौदह-पन्द्रह साल का दुबला-पतला लड़का। गुण्डे-मवालियों की तो कोई इज्जत होती नहीं। लड़ाई-भिड़ाई से बात बढ़ी तो उन्हीं की बदनामी होगी। बहुत मुश्किल से शांत कर पाई थी वह अपने भाई को। उसने बहन के आगे शर्त रख दी थी कि आज के बाद वह काम पर नहीं जायेगी। घर पर ही रहेगी। वह अकेला ही कमाकर लाएगा।

दो-एक बार वह घर से निकली भी लेकिन जाने कहाँ से कैसे शाबू को खबर मिली। उसने उसका रास्ता रोका और फब्ती-फिकरे कसे, लेकिन मौके पर मौजूद लोगों के एतराज के कारण शाबू को ही जलील और शर्मिंदा होना पड़ा था।

शाबू की इतनी हिम्मत बढ़ गयी कि आज दिन-दहाड़े घर में घुसकर उसके साथ जोर-जबरदस्ती करने पर उतर आया? दुनिया-समाज-कायदा-कानून किसी की परवाह नहीं की उसने? हैरान परेशान थी वह।

ऐसी बातें छुपती कहाँ हैं? घर में घुसने से पहले ही आसपासवालों से नन्दू को पूरी खबर मिल गयी थी। रात हो चुकी थी। एकदम बुझा-थका टूटा-सा वह घर में घुसा। रो-रोकर अँजलि की आँखें सूजी हुई थीं। भाई के सामने उसने अपने-आपको सामान्य बनाये रखने की कोशिश की। जैसे कुछ हुआ ही न हो! नन्दू के दिलो-दिमाग पर चिन्ता और डर के साँप फुफकार रहे थे। इतनी हिम्मत बढ़ गयी उसकी कि वह घर तक आ पहुँचा। कुछ तो करना ही पड़ेगा। लेकिन वह कमजोर उनका मुकाबला करे तो कैसे? ऊपर से बदनामी का डर? लेकिन ऐसे तो उनकी हिम्मत बढ़ती ही जायेगी।

किसी बड़े बुजुर्ग की तरह बहुत संजीदा और भारी आवाज में उसने बहन से कहा, "तू चिन्ता मत कर...सब ठीक हो जायेगा।" रात काफी देर तक अँजलि के रोने-सुबकने की आवाजें आती रही थीं।

डर, चिन्ता और गुस्से के मारे पहले ही से बेचैन था वह। बहन की रक्षा करे तो कैसे? उठकर बैठ गया वह। क्या करे वह। ठीक है दो-एक बार लोगों ने बचा लिया...? पुलिस के पास जाने का कोई फायदा ही नहीं। बहुत बड़ी पहुँच या पैसा हो तब तो वे कुछ करेंगे वर्ना पुलिस से उम्मीद करना बेवकूफी है। परेशानी बढ़ जायेगी।

एकाएक उसे खयाल आया। लोहा लोहे को काटता है। काँटे से ही काँटा निकलता है। गुण्डे को गुण्डे से ही भिड़ाना पड़ेगा। शाबू से भी बड़े गुण्डे 'बल्ली' को जानता है वह। शाबू उसके सामने क्या है? संयोगवश वह राजनगर के टैक्सी स्टैण्ड के पास बने जिस ढाबे पर नौकरी करता है, लगभग रोजाना शाम को बल्ली उस ढाबे पर पीने-खाने आता है। हुक्म चलाता है, 'नन्दू, ये लाओ वो लाओ।' जितनी देर वह ढाबे पर रहता है, वह उसकी सेवा में हाजिर रहता है। उसकी सेवा से खुश होकर दो-एक बार वह उससे कह चुका है, 'नन्दू यार! तू मेरे छोटे भाई जैसा है। कभी कोई तुझे तंग करे तो बिना झिझक मुझे बताइयो...।'

मुँह-अँधेरे उठकर वह घर से निकल पड़ा था। आज काम पर नहीं जाना उसे। बल्ली से बात करनी है। अन्दर ही अन्दर डर रहा था वह। गुण्डों के चक्कर में नहीं पड़ना चाहिए उसे। बात और की और ही न बन जाये। बात बढ़ भी सकती है। लेकिन कल कुछ ऊँच-नीच हो गयी तो? निपटाना तो पड़ेगा इस पचड़े को?

राजनगर के साथ लगनेवाली डबलस्टोरी क्वार्टरों के पीछे की तरफ कहीं रहता है बल्ली। सुन रखा था उसने। पूछते-पूछते पहुँच ही जायेगा। दिन काफी निकल आया था, ढूँढ़ते-ढूँढ़ते पहुँच तो गया वह, पर क्वार्टर पर ताला लगा हुआ था। एकदम लाचार, निराश और मायूस हो आया वह। बाहर खुले में चारपाई पर एक बूढ़ा बैठा हुआ था। एक पुलिसवाला भी बल्ली को खोज रहा था। शायद उसे भी बल्ली से कोई जरूरी काम था। बूढ़े से कुछ पूछकर पुलिसवाला लौट गया। उसके काफी दूर निकल जाने के बाद नन्दू ने आगे बढ़कर बूढ़े से बल्ली के बारे में पूछा।

बुरा-सा मुँह बनाते हुए बूढ़े ने बताया, आज सुबह-सुबह नेता श्रीनिवास पाण्डे का कोई आदमी आया और बल्ली को अपनी मोटरसाइकिल पर बैठाकर ले गया है। बात कर रहे थे कि रात को बड़े बाजार के राम मन्दिर में किसी ने माँस के लोथड़े फेंककर उसे अपवित्र करने की हरकत की है। दो-चार लौण्डे और भी आये थे। सुबह जाते-जाते बल्ली उन्हें भी राम मन्दिर पहुँचने के लिए

कहा था। म्लेच्छों की नापाक हरकत का जवाब देंगे। सबक सिखायेंगे उन्हें।

घर लौट जाये या ढाबे पर चलकर अपना काम करे? कहाँ जाये वह। बड़ा बाजार तीन-चार मील दूर है यहाँ से। भीड़-भड़क्के में बल्ली से क्या बात हो पाएगी? क्या पता मौका मिल जाये और बात हो जाये।

उसके कदम तेजी से बड़े बाजार की ओर बढ़ने लगे। रास्ते में सायरन बजाती पुलिस की कोई जीप उसके पास से गुजर जाती तो उसकी रूह काँपकर रह जाती। उसका दिल डर रहा था जाने कौन-सी उम्मीद उसे राम मन्दिर की ओर खींचे लिए जा रही थी। मन्दिर के पास खासी भीड़ जमा थी। रह-रहकर हवा में नारे गूँजने लगते। नारों का यह भयावह शोर उसके कानों के जरिए उसके दिलो-दिमाग में सैकड़ों साँपों की फुफकार की तरह उतरा था। भौंचक्क था वह। हो क्या रहा है? इक्का-दुक्का दुकानें तो छुट्टीवाले दिन भी खुली मिल जाती थीं पर आज? दंगा-फसाद, लूटमार, आगजनी और मारकाट होगी। म्लेच्छों को सबक सिखाया जायेगा। तमाशा देखने के लिए तैयार थी भीड़। बेचैन और बेसब्र मरने-मारने पर उतारू भीड़ का एक हिस्सा सैनिकों की तरह आगे बढ़ आया था।

पहचान पाना मुश्किल था कि आमतौर पर साइकिल, रिक्शा, पैदल आदमी, औरतों, ग्राहकों, सेल्समैनों, माल ढोनेवालों, रेहड़ी-खोमचोंवालों से ठसा-ठस रहनेवाला वही बड़ा बाजार आज एकदम खाली वीरान और सुनसान पड़ा है।

डरा-सहमा सा नन्दू भीड़ में शामिल हो गया था। तमाशा देखने के लिए तैयार थी भीड़। बेचैन और बेसब्र। मरने-मारने पर उतारू भीड़ का एक हिस्सा सैनिकों की तरह आगे बढ़ आया था। बल्ली इस जत्थे में सबसे आगे था। उसके दोस्त रघु, शेरू और कल्लू उसके पीछे-पीछे थे। गुस्से और नफरत में अन्धी भीड़ पीछे-पीछे चली आ रही थी।

अपनी पूरी ताकत वे ऊपरवाले के नाम का नारा लगाने में लगा रहे थे। डण्डे, लोहे के सरिये, पेट्रोल के डिब्बे, पत्थर, साइकिल की चेन, पुराने टायर जिसे जो मिला, लेकर चल दिया था। चीख-चीखकर नारे लगाने की वजह से उनके गले बैठ गये थे। फिर भी वे गला फाड़-फाड़कर नारे लगा रहे थे।

शक्ति प्रदर्शन के लिए उन्होंने नुक्कड़ के एक बूढ़े चायवाले के बन्द पड़े खोखे को फूँक दिया था। संयोग से बूढ़ा नये बाजार चीनी और चायपत्ती लेने गया हुआ था, वर्ना आज उसे सजा-ए-मौत का दण्ड दे दिया जाता। हालाँकि उसने उनका क्या, कभी किसी का कुछ भी नहीं बिगाड़ा था। उसका कसूर था तो सिर्फ यह कि जिन्दगीभर वह एक खास मजहब के नियमों को मानता

रहा था। बाजार पर आज बल्ली और उसके दोस्तों का राज था, जिसे चाहे लूटें मारें या जलायें।

मॉडर्न हेयर ड्रेसर और ओ.के. टेलर्स की दुकानें फूँकने के बाद दंगाइयों ने पंखों की मोटरें बनानेवाली फैक्टरी के मालिक आसिफ मियाँ को उसके घर से बाहर खींच निकाला। उसकी आँखें फटीं और चेहरा एकदम जर्द हो आया था। मैंने क्या किया है? मेरा कसूर? भीड़ अन्धी, वहशी और बहरी होकर चिल्ला रही थी। उसे बाजार के बीचों-बीच लाकर बल्ली ने अपने हाथ का लोहे का सरिया हवा में लहराया और उसके सिर पर दे मारा। 60-61 साल का वह आदमी वहीं ढेर हो गया। खून बहकर आसपास के छोटे-छोटे गड्ढों में भरने लगा।

सरिये का कोई अदृश्य-सा वार भीड़ के साथ-साथ चलते नन्दू के दिमाग पर भी हुआ। ये मरियल बूढ़ा-सा आदमी हमारे धर्म के लिए क्या खतरा हो सकता था। धरम-धुरम नहीं दरिन्दगी है यह तो? ऐसे होता है युद्ध?

वहशत और उन्माद में झूमता दंगाई जत्था आगे बढ़ चला था। निराश हो चला था नन्दू। बल्ली से बात करने के लिए उसे मौके की तलाश थी, जोकि नहीं मिल रहा था।

भीड़ में से होता हुआ नन्दू बल्ली के लगभग पीछे चल रहा था। बल्ली के साथ-साथ चल रहे उसी के साथी शेरू ने पूछा, "उस्ताद! आसिफ मियाँ को क्यों लुढ़का दिया? वो बेचारा तो बड़ा नेक और शरीफ आदमी था। ठहठहाकर हँसते हुए बल्ली ने कहा, "हमें क्या लेना-देना? अपने को तो नेता पांडेजी ने कहा था, लुढ़का दिया। असल में पांडेजी ने इससे पाँच लाख रुपये उधार ले रखे थे। अब ये वापिस माँगने लगा था। अब कौन माँगने आयेगा? इसका कोई वारिस आया भी तो पांडेजी कह देंगे, दे दिये थे। किस्सा खत्म।"

हैरान था शेरू। पांडेजी की शैतानी खोपड़ी में क्या-क्या आइडिये आते हैं? हा-हा...।

सामने टँगे हुए साइन बोर्डों पर बल्ली की नजर कुछ ढूँढ़ रही थी। जलूस बड़े बाजार के लगभग बीचों-बीच पहुँच चुका था। बल्ली थोड़ा खीझा हुआ था। साथ-साथ चल रहे कल्लू को भीड़ से थोड़ा परे ले जाकर उसने पूछा, "आलम इलेक्ट्रॉनिक्सवाले का शोरूम कहाँ है? पीछे तो नहीं छूट गया?" हैरानी से सिर झटकते हुए कल्लू चहका, "अरे वो सामने क्या है? हरे बोर्ड पे पीले अक्षर?"

"अच्छा तो ये है!"

इलेक्ट्रॉनिक्स के उस शोरूम के बड़े शटर को बल्ली ने सब्बल मार-मार ताला तोड़ा और अन्दर घुस गया—लूटो-लूटो...।

एकाएक वे धर्म-योद्धा चोर-उचक्कों और उठाईगीरों में बदल गये। टी.वी., वी.सी.आर., म्यूजिक सिस्टम, कुर्सी, पंखा जिसके जो हाथ लगा उठा-उठाकर भागने लगा। छीना-झपटी मच गयी। जयकारे लगने बन्द हो गये। धर्म की लड़ाई चीजें हथिया लेने की लड़ाई में बदल गयी। आपस में ही उलझ गये थे वे। लूट-खसोट और छीना-झपटी करके जाने धर्म का कौन-सा काम कर रहे थे। पुण्य-लाभ का किसे पता? चीजों का लाभ हो रहा था उन्हें। चोटों और खरोंचों की किसे परवाह थी।

उनतीस इंची टी.वी. को मिलकर उठाकर ले जा रहे थे दो योद्धा। नजर पड़ते ही बल्ली ने उन्हें रोका, "इसे तो मेरे घर पहुँचाकर आओ। जानते हो न मेरा नाम बल्ली है। पहुँचाकर जल्दी लौट आओ। आगे भी दो-एक दुकानें लूटनी हैं। तुम्हारा भी फायदा करवा दूँगा। वर्ना...।"

कौन पंगा ले बल्ली से। बल्कि यही मौका है इससे घनिष्ठता बढ़ाने का। कह रहा है तो फायदा करवायेगा। खुशी-खुशी चल दिये थे, वे जैसे धर्म का बड़ा काम करने जा रहे हों!

शोरूम की काम में आ सकनेवाली हर चीज, बल्ब, पायदान तक कुछ देर में पार कर दी गयी थी। जैसे चीजें उन्हीं के धर्म की थीं। शीशे और फिक्स चीजों को सब्बल मार-मारकर तोड़ दिया गया था जैसे वे दूसरे धर्म की थीं, जिनके नष्ट हो जाने से उनके धर्म पर मँडरा रहा खतरा टल जायेगा।

बल्ली ने आगे बढ़कर फिर से धर्म का जयकारा बुलाया। जवाब में भीड़ ने भी जवाबी नारा लगाया। चोर-उचक्कों, उठाईगीरों का झुण्ड फिर से धर्म योद्धओं की तरह आगे बढ़ चला।

बल्ली के पास आकर रघु ने कहा, "अब हमें खिसक लेना चाहिए। पुलिस आती ही होगी।" बल्ली ने घड़ी पर निगाह डाली, "अभी थोड़ा टाइम है। जैसे ही दूर से सायरन की आवाज आती सुनाई देगी तो खिसक लेंगे। पांडेजी ने जो-जो काम बताये थे लगभग निबट ही गये हैं। बस वो सामने लाला लक्ष्मीचन्द की दुकानों को आग लगानी है। इसमें बहुत पुराने-पुराने किरायेदार फँसे हुए हैं। संयोग से वो मुसलमान हैं। लाला लक्ष्मीचन्द को खाली करा देने का वायदा किया हुआ है नेता श्रीनिवास पांडे ने। एकाध दुकानदार जल मरेगा। एकाध भाग जायेगा, कुछ नहीं तो बरबाद तो हो ही जायेगा।"

बल्ली के पास टाइम ही नहीं आज तो। कत्ल, लूटमार, मारकाट जो

मन चाहे अपराध कर सकता है। धर्म की आड़ में अपने मकसद हल कर रहा है साला। ऐसे में वह बल्ली से क्या बात करे? ऐसे में कब तक इनके पीछे-पीछे चलता रहेगा? आज तो कोई उम्मीद नहीं। उसे लौट जाना चाहिए।

अपने-आप पर खीझ हो रही थी उसे। गुण्डों से मदद माँगने आया था वह? गुण्डों के पास क्या ज्यादा ताकत होती है। उसके भी हाथ-पाँव हैं। ज्यादा ही होगा तो काम छोड़ देगा; वह हर वक्त दीदी के साथ रहेगा। वह भी लाठी-चाकू रख सकता है। घर पर ही लिफाफे बनाने का काम कर लेंगे भाई-बहन। फिर अभी समाज है। कानून है। दो-तीन बार पहले भी मुँह की खा चुका है। हो सकता है शाबू अब हिम्मत ही न करे। लौटते हुए उसकी रूह काँप रही थी। वह रास्ते में है, मुस्लिम दंगाइयों के हत्थे चढ़ गया तो?

बन्द दुकानें, सुनसान सड़कें और दूर से आती हुईं, नारों के भयानक शोर के बीच इनसानों के करुण चीत्कार की आवाजें। थरथराहट के बावजूद उसके कदम बस्ती की ओर तेजी से बढ़ रहे थे।

फैज बाजार ज्यों-ज्यों नजदीक आ रहा था। नारों की आवाज और चीख-पुकार की आवाजें तेज होती जा रही थीं। सामने से भागते आते एक आदमी ने भागते-भागते कहा, "उधर फैज बाजार में मुस्लिम दंगाइयों ने लूटपाट मारकाट मचा रखी है। अगर तुम हिन्दू हो तो उधर मत जाओ।"

सैकड़ों साँप उसके कदमों से लिपट गये। पाँव एकाएक रुक गये। कैसा अन्धा-युद्ध है। हिन्दू-मुस्लिम कुछ नहीं। योद्धा नहीं गुण्डे ही हैं ये। जाने क्या गुजर गयी उस पर। एकाएक वह बड़े बाजार की ओर दौड़ पड़ा।

लूटपाट, आगजनी और मारकाट मचाता हुआ दंगाई-जत्था काफी आगे बढ़ चुका था। बल्ली, शेरू, कल्लू दंगाइयों की अगुवाई कर रहे थे। नन्दू दौड़ता हुआ आकर उनके सामने खड़ा हो गया। हाँफता हुआ बोला, "निर्दोष, निहत्थों को मारने से क्या फायदा? उधर फैज बाजार में कुछ मुस्लिम गुण्डे चुन-चुनकर हिन्दुओं को मार रहे हैं। असली मुजरिम हैं वे गुण्डे। मारना है तो उन गुण्डों को मारो। लड़ना है तो उनसे लड़ो। युद्ध करना है तो उन से करो। अपनी सेना लेकर फैज बाजार चलो और भिड़ो उन गुण्डों से।"

बगले झाँकने लगे दंगाई। मिरगी के दौरे की तरह जबड़े भींचने लगे। गुस्से से फटा बल्ली, "आमने-सामने भिड़ेंगे तो हो गया युद्ध, न वे बचेंगे न हम। वे लोग सामने पड़ भी जायें तो हमें रास्ता बदल लेना है।"

शक्लें देखता रह गया नन्दू। गुस्से के मारे उससे बोला भी नहीं जा रहा था-तो फिर ये कैसा युद्ध है?

ठहठहाकर बल्ली बोला, "युद्ध-वुद्ध क्या? हमें तो मजा मारने और माल लूटने-हथियाने से मतलब है।"

अनगिनत कुत्तों ने जैसे उस पर हमला बोल दिया! सिर्फ बोटियों से मतलब है इन्हें। मारकाट मचानेवाले अन्धे दरिन्दे हैं ये। कौन-सा खुदा या भगवान इस मारकाट से खुश होगा? कुत्ते भी बेवजह हिंसक नहीं होते।

प्रलाप की-सी अवस्था में उसके मुँह से निकला, "फैज बाजार के गुण्डे और तुममें क्या अन्तर है?"

पूँछ पर लात पड़ गयी दंगाइयों के-हमें गुण्डा कहता है?

मौत आयी है साले की? तभी तो इनसानियत का दौरा पड़ा हुआ है साले को।

टूट पड़े वे उस पर। थप्पड़, घूँसे, ठुड्डे और लात चलाने लगे। एक दंगाई ने लोहे का सरिया लहराया। बल्ली ने उसे रोका, "अरे! ये तो ढाबेवाला नन्दू है। अपने ही धर्म का...जाने दो...।"

लात मारकर एक दंगाई ने उसे एक तरफ को गिरा दिया। भाग साले...। समझ नहीं आया उसे-सैनिक हैं तो जाकर मैदान में लड़ें, यह क्या? लड़ाई वहाँ हो रही है और ये यहाँ लड़ रहे हैं। लड़ाई नहीं ये, बर्बरता है।

थोड़ी दूर पर जल रही दुकानों पर नजर डालते हुए बल्ली ने कहा, "काम निबट गया है। अब हमें निकल लेना चाहिए।"

साथियों की भी यही राय थी। पर कल्लू वहीं जमकर खड़ा हो गया। कनपटी खुजाते हुए बल्ली से बोला, "अगली गली में सज्जद मियाँ का घर है। आपको तो पता है, उसकी बेटी शहनाज पर मेरा दिल है। उसके चक्कर में कई बार जूते खा चुका हूँ पर वो साली तो...दंगे में तो सबकुछ मुमकिन और माफ है..."

क्रूर अट्टहास गूँजा और दंगाई अगली गली की ओर मुड़ गये।

रूह काँप गयी नन्दू की। बुरी तरह थरथराने लगा वह, वहाँ झुग्गी में मेरी बहन भी अकेली होगी। गुण्डे तो गुण्डे ही होते हैं। गुण्डों का क्या धर्म? फिर शाबू है ही दूसरे धर्म का?

बदहवास-सा भागा जा रहा था वह अपने घर की ओर। वह शास्त्री नगर की ओर मुड़ गया था ताकि रास्ते में फैज बाजार न पड़े। उसके माथे से पसीना चुहचुहा रहा था। अगर आज शाबू अपने साथियों के साथ आया और अपने मजहब के नारे लगाने लगा तो मामला मजहब का हो जायेगा। धर्म का नाम लेते ही कोई आगे नहीं आयेगा। अकेली पड़ जायेगी मेरी बहन। वो सुखवीर

चाचा, आलम भाई, इसाक चाचा, फत्तू मामा, मदन भाई, मंजूर भाई, कान्ता मौसी सभी हिन्दू हो जायेंगे–मुस्लिम हो जायेंगे। अपना कोई नहीं होगा। अपनों के बीच अकेली होगी मेरी बहन।

ज्यों-ज्यों झुग्गियाँ नजदीक आ रही थीं, उसका दिल धड़कने लगा था– जो जुर्म किसी तरह भी सम्भव न हो धर्म की आड़ में कितनी आसानी से सम्भव हो जाता है। वो चाचा, वो मामा, वो मौसी, वो ताया कैसे भूल जाते हैं अपना-अपना धर्म। डरकर अपने-अपने दड़बों में घुस जाते हैं। बाहर अन्धे-भूखे भेड़िये बने वो गुण्डे बतायेंगे उन्हें उनका धर्म? बड़े बाजार के गुण्डे हों या फैज बाजार के? पुलिस हो या नेता, किसी का कुछ लेना-देना नहीं धर्म से। फिर भी जारी है अंधी लड़ाई...।

जलते हुए घर और दुकानों का धुआँ और दूर से आती हुई रोने-चीखने की आवाजें उसके अन्दर गोलियों की तरह उतर रही थीं। सब तरफ दरवाजे खिड़कियाँ बन्द थीं और गलियाँ सुनसान। बेकसूर भी नहीं, डरकर अन्दर छुपे लोग जो होने दे रहे हैं ये सब अपने सामने। होता रहेगा इन पर अन्धी भूख और लपलपाते लालच का हमला।

अक्षरा : जुलाई-अगस्त, 2008

स्वयं आप

खाकी लोगों की दीवार सामने थी और वे उनके सामने उन्हीं के खिलाफ नारे लगा रहे थे। यह हक उन्हें लोकतन्त्र ने दिया था। चिल्ला-चिल्लाकर उनकी गले की नसें दर्द करने लगी थीं। परसों उन्होंने मुख्यमन्त्री का घेराव करने की कोशिश की थी। कल जन्तर-मन्तर पर धरना देकर बैठे थे और आज इण्डियागेट पर कैंडिल मार्च करना है, उसके बाद ही घर लौटेंगे।

छह महीने बाद ही चुनाव हैं। सरकार की जमकर बदनामी हो रही है। रेप थमने की बजाय उल्टा बढ़ गये थे। या कम-से-कम खबरों से ऐसा ही लगता था। दबी जुबान में नेता रामस्वरूप वर्माजी भी मान रहे थे कि रेप तो होते रहे हैं! हो रहे हैं! होते रहेंगे!

रामस्वरूप वर्माजी के खासमखास थे शुक्लाजी। वर्माजी के कहने पर ही वे धरना-प्रदर्शनों में भाग ले रहे थे। तीन दिन से फैक्टरी भी नहीं गये थे। उनकी अनुपस्थिति में फैक्टरी उनके साले साहब का लड़का प्रदीप सम्भाल रहा था। कुछ बात होती तो फोन करके पूछ भी लेता।

नारे लगा-लगाकर शुक्लाजी का गला बैठ गया था। काफी देर हो गयी थी। वे लौटने लगे तो नेताजी ने उन्हें परे ले जाकर कहा, "यहाँ जन्तर-मन्तर पर तो धरना चल रहा है। कल ऐसा करते हैं तुम्हारी कॉलोनी गगन विहार में भी हंगामा करवा देते हैं। तुम ऐसा करना एक बाँस-फूस का पुतला बना लेना। कल तुम्हारे गगन विहार के बड़े पार्क में प्रधानमन्त्री का पुतला फूँक देते हैं। शाम को मैं भी वहाँ आ जाऊँगा। तुम भी कुछ बन्दे इकट्ठे कर लेना।। मैं भी पार्टी के बन्दों को फोन कर दूँगा। टी.वी. वालों को भी बुला लेंगे। तुम पुतला तैयार रखना।"

घर पहुँचे तो पता चला फैक्टरी में उनकी अनुपस्थिति का लाभ उठाकर उनके साले साहब के साहबजादे प्रदीप ने फैक्टरी में काम करनेवाली लड़की के साथ रेप कर डाला है।

पुलिस प्रदीप को पकड़कर ले गयी है। उनका दिल धड़ककर रह गया, "साले साहब को पता चलेगा तो क्या कहेंगे? आपके होते लड़का थाने में बन्द हो गया? आपका रसूख? आपका दबदबा कहाँ गया?"

बुरी तरह घबरा रही अपनी बीवी को उन्होंने दिलासा दी, "सब निबट जायेगा। वर्माजी के होते हमें किस बात की चिन्ता? मेरे बचपन के दोस्त हैं। क्लासफेलो रहे हैं। उन्हीं के कहने पर काम-धाम छोड़कर धरना-प्रदर्शन में लगा हुआ हूँ। वर्माजी पहले खुद सरकार में थे। अब फिर जीतकर मुख्यमन्त्री बनने के चांस हैं! निश्चिन्त रहो, मैं अभी जाकर उसे ले आता हूँ । इसमें मेरी भी इज्जत का सवाल है। अरे! अपना लक्की कहाँ है, दिखाई नहीं दे रहा?"

धीरे से कहा पत्नी ने, "शाम से होंडा सिटी लेकर निकला हुआ है। आपने ही सुबह उसे गाड़ी की चाबी दी थी। बिगाड़ रहे हैं आप लड़के को। किसी दिन कोई वारदात कर बैठेगा? देख लेना...? इस तरह की आवारागर्दी ठीक नहीं।"

ठहठहाकर हँस पड़े शुक्लाजी, "यही उम्र है। इस उम्र में मस्ती नहीं करेगा तो कब करेगा? हा हा हा...कर लेने दो मजे। वक्त आने पर अपने-आप अक्ल आ जायेगी। और टीना कहाँ है?"

"कहकर तो गयी है कि मौसाजी के यहाँ जा रही हूँ।"

"जाने ही क्यों दिया? लड़की की जात है, पता है जमाना कितना खराब है? रोज तो ऐसी-ऐसी शर्मनाक वारदातें हो रही हैं।"

एकदम पत्नी को अपनी ओर घूरते हुए पाकर वे हड़बड़ा गये। फुसफुसी आवाज में बोले, "तुम्हें रोकना चाहिए था उसे।"

"रोका था मैंने। बोली, भइया को तो आप लोग रोकते-टोकते नहीं हो तो मुझे कैसे रोक सकते हैं?"

"अच्छा, उसे मैं समझाऊँगा! अभी थाने चलता हूँ।"

थाने पहुँचकर वहाँ खाकी वर्दी देखकर उनका दिल धड़कने लगा। गला सूखने लगा।

थोड़ा हिम्मत करके वे थाना-प्रमुख अभयसिंह को मिले। मिनमिनाए, "साहब, नासमझ है गलती कर बैठा है।"

"गलती नहीं। इस लड़के ने क्राइम किया है और देख रहे हैं पुलिस की पहले ही कितनी किरकिरी हो रही है।" अभयसिंह की कड़क आवाज

ने उनका रहा-सहा हौसला भी पस्त कर दिया। अटकते-अटकते किसी तरह उन्होंने अपना परिचय दिया कि वे नेता रामस्वरूप वर्माजी के खास आदमी हैं। मेहरबानी करके वे उनके साले साहब के लड़के को छोड़ दें। मामला रफा-दफा कर दें।

"जन्तर-मन्तर और इण्डिया गेट पर क्या हो रहा है? एक तरफ पुलिस की टोपी उछाल रहे हैं दूसरी तरफ पैरों पर गिर रहे हैं? पुलिस कुछ करती नहीं? करती है तो गिड़गिड़ा रहे हैं, कुछ न करो..."

घबरा गये वे, "नहीं नहीं...मैं तो नहीं था...जन्तर-मन्तर, इण्डिया गेट मैं तो गया ही नहीं...!"

घूरकर देखा थाना-प्रमुख अभयसिंह ने। सिटपिटा गये वे। अपने चेहरे पर हाथ फेरने लगे जैसे थाना-प्रमुख को उनकी दाढ़ी में तिनका नजर आ गया हो? जैसे वे अपराध करते हुए रँगे हाथों पकड़े गये हों!

"आपसे मेरा मतलब है, आप जैसे...वो जो धरना-प्रदर्शन कर रहे हैं कौन हैं वे? कहाँ से आये हैं वे? कहीं से टपके तो हैं नहीं? हम-आपमें से ही तो हैं।"

जान-में-जान आयी शुक्लाजी की। साँस लौट आयी जैसे।

एकाएक उन्होंने थाना-प्रमुख के आगे नोटों की पेशकश कर दी और गिड़गिड़ाए, "सबकुछ आपके हाथ में है साहब! मेहरबानी करें। साले साहब का लड़का है। इज्जत का सवाल है।"

थाना-प्रमुख लालच में नहीं आया। साफ मना करते हुए उन्होंने कहा, "कार्यवाही तो होगी।"

थाना-प्रमुख के कक्ष से बाहर आकर शुक्लाजीने इधर-उधर फोन मिलाने शुरू कर दिये। थोड़ी देर में ऊपर से फोन आने लगे थे। थाना-प्रमुख ने फोन ही अटेंड नहीं किया। अन्य खाकी वर्दी फोन उठाती और कह देती, "साहब मौका-ए-मुआयना के लिए बाहर गये हुए हैं। अपना मोबाइल भी यहीं छोड़ गये हैं।"

कुछ देर बाद खाकी वर्दी ने उन्हें कहा, "अब आप जाओ। सुबह देखेंगे कि कुछ हो सकता है या नहीं। अगर पीड़िता के पक्षवाले न माने या मामला मीडिया में आ गया तो फिर तो कुछ नहीं हो सकता। आखिर मीडिया में बात नहीं गयी तो फिर देखेंगे कि क्या हो सकता है।"

थोड़ी दबी जुबान में वही पुलिसिया बोला, "एक तो हमारे ये प्रमुख साहब इतने कड़क हैं कि क्या करें? दरअसल हर मामले में पीड़िता इन्हें

अपनी बहन-बेटी लगती है। कहते हैं जो फर्ज एक भाई का होता है वही पुलिसवाले का फर्ज होना चाहिए।"

मन-ही-मन शुक्लाजी ने कितनी ही गालियाँ दे डालीं–साला ऐसा सनकी मुझे ही टकराना था?

नेताजी के फोन का तो स्विच ही बन्द था। निराश और मायूस होकर उन्हें लौटना पड़ा। पत्नी उनकी प्रतीक्षा में बैठी थी। लक्की लौट आया था। उनके दिमाग में कोई हल्का-सा विस्फोट हुआ–क्या पता–कहीं किसी के साथ कोई रेप-वेप या वारदात करके लौटा हो! ऐसे ही लड़के तो ऐसी हरकतें करते हैं। सोचते हैं, क्या है मामूली बात है...करके निकल लेंगे। ज्यादातर तो वारदातें ढकी-छिपी ही रहती हैं। बाद में पता चलता है कि कितना बड़ा गुनाह कर चुके हैं?

ऐसा कुछ कर आया होगा तो अभी आती होगी पुलिस। पुलिस भी इतनी सख्त हो गयी है। पुलिस सख्ती करे इसीलिए तो हम लोग धरना-प्रदर्शन में लगे हुए हैं। पत्नी ने बताया, "टीना अभी नहीं लौटी है। उसके मौसाजी का फोन आया था टीना दो दिन उनके घर रहेगी। दो दिन की छुट्टी भी हैं। वे आग्रह करने लगे–दो दिन यहाँ रहेगी तो मन बदल जायेगा।"

एकदम बिगड़ उठे शुक्लाजी, "क्या जरूरत थी। मौसा-फौसा के घर जाने देने की? देख रही हो? जमाना कितना खराब है? कहीं भी तो बच्चियाँ महफूज नहीं हैं? मौसा-फौसा, अंकल-फंकल सब साले तो हैवान हुए पड़े हैं? कुत्ते-बिल्लियों से बदतर हो गया है समाज...।"

"तो सरकार और पुलिस इसमें क्या करे? बच्चियाँ अपने घरों में अपने बापों से सुरक्षित नहीं हैं। अपने अन्दर भी तो झाँकें लोग। अपने-आपको, अपने घर को तो खुद ही सम्भालना पड़ेगा।"

सुबह होते ही वर्माजी का फोन आ गया। उनके कुछ कहने से पहले ही शुक्लाजी ने उन्हें प्रदीपवाले मामले की पूरी बात कह सुनाई। नेताजी थोड़ा खीझे फिर थोड़ा हँसे, "इस लड़के ने भी अभी पंगा करना था? खैर...तुम दस बजे थाने पहुँच जाना मैं थाना-प्रमुख को फोन करता हूँ। जैसे भी होगा, बेफिक्र रहो। काम हो जायेगा। और हाँ, मैंने वो प्रधानमन्त्री का पुतला बनाने के लिए कहा था...याद है न? ठीक है? अरे जैसा भी बन जाये। अड़ा-जुड़ा टेढ़ा-मेढ़ा...बस आदमी के ढाँचे जैसा होना चाहिए। नाम ही तो करना है? प्रतीकात्मक ही...शिल्पकारी थोड़ा दिखानी है?"

"ठीक है, मैं काम-चलाऊँ पुतला बनवा दूँगा।"

"हाँ-हाँ बस...तो ठीक है। शाम को तुम्हारी कॉलोनी गगन विहार के बड़ेवाले पार्क में...।"

फोन पर हुई वर्माजी से पूरी बात उन्होंने पत्नी को बता दी। नाश्ता-वाश्ता करके वो थाने जाने के लिए निकलने लगे तो अपनी पत्नी से बोले, "अरे नेताजी ने पुतला बनाने का काम मेरे जिम्मे लगाया है। तुम ऐसा करना-दो बाँस लेकर उन्हें क्रॉस की तरह सुतली से बाँध लेना। उन पर पुराने-धुराने कपड़े लपेटकर धड़ और टाँग, बाँहें बना लेना।"

"मुझसे तो भई बनेगा नहीं...मैंने तो कभी बनाया नहीं...मैं कैसे?"

"कुछ काम होना भी है तुमसे...।"

उनके घर में साफ-सफाई का काम करनेवाली परबतिया कुछ बोलने लगी। शुक्लाजी ने पूछा, "क्या बात है?"

"मालिक! बचपन में हम तो हर साल रावण का पुतला बनाते थे। पुराने-धुराने कपड़े, फटी-पुरानी बोरियाँ, बाँस और सुतली मिल जाये तो मैं ही बना दूँ।"

"अच्छा फिर तो समस्या हल हो गयी, तुम बना देना।"

पत्नी से उसे सामान वगैरह उपलब्ध कराने के लिए कहकर वे थाने की ओर चल दिये।

उन्होंने फिर से थाना-प्रमुख से मिलने की कोशिश की। थाना-प्रमुख उनसे मिलने को तैयार नहीं हुआ।

काफी देर तक थाने की बैंच पर बैठकर वर्माजी के फोन की प्रतीक्षा करते रहे। फिर खुद ही वर्माजी को फोन करके याद दिलाया। थोड़ी ही देर में वर्माजी का फोन थाना-प्रमुख को आ गया, "अरे! वो अपना ही बच्चा है जाने दो।"

"सर, कैसे जाने दूँ...बच्चा है तो उसने बड़ों जैसा क्राइम कैसे कर लिया है?"

"अरे वो तो है पर...देखो कानून समाज के लिए होता है न कि समाज कानून के लिए? है न? आदमी-आदमी को भी तो देखना पड़ता है। अपने-पराए का फर्क भी तो कुछ होता है?"

"अगर आज मैं इसको छोड़ देता हूँ और कल को आपकी बेटी के साथ कुछ हो जाता है? तब भी आप यही सब कहेंगे?"

वर्माजी के आग लग गयी, "साले सनकी, क्रेक तुझे देख...।"

फोन काट दिया थाना-प्रमुख ने।

दाल गलती न देखकर शुक्लाजी ने सोचा, साले साहब को फोन करके मामले की जानकारी दे देनी चाहिए। अपराध तो प्रदीप ने किया ही है। अब भुगते!

जिसके साथ रेप हुआ अब तक तो शुक्लाजी ने उनके परिजनों से मिलने की जरूरत तक नहीं समझी थी, पर उन्हें लगा कि उनसे मिले बिना वे कुछ नहीं कर सकते। पैसा अपरोच कुछ काम नहीं आ रही। पर उनसे मिलने जाने की उनकी हिम्मत नहीं हो रही थी।

उन्हें अकेला लौटा हुआ देखकर पत्नी का चेहरा भी लटक गया, "नहीं छोड़ा पुलिस ने प्रदीप को? मैंने तो सुबह ही भैया को फोन कर दिया था। कानपुर से यहाँ के लिए चल पड़े हैं। पहुँचनेवाले होंगे।"

शुक्लाजी का चेहरा फटे जूते-सा लटक गया, जैसे जूतों से पिट गये हों! पहले उन्हें अपने-आपको, अपने घर को सम्भालना चाहिए था। बाद में धरना-प्रदर्शन...।

कुछ देर यों ही खड़े सोचते रहे फिर एकाएक पत्नी से पूछा, "अरे हाँ, वो पुतला बना दिया?"

"हाँ, अन्दरवाले कमरे में पड़ा है। आओ दिखाती हूँ।"

पुतले को देखकर काँपकर रह गये शुक्लाजी; उन्हीं की कद-काठी का एक पुतला। दीवार के सहारे खड़ा था। एकदम शुक्लाजी का डुप्लीकेट।

पत्नी उनके चेहरे पर की उड़ती हुईं हवाइयों को घूर रही थी। वे अन्दर-ही-अन्दर डरने लगे। कहीं परबतिया ने पत्नी को बता तो नहीं दिया। पत्नी जब मायके गयी हुई थी। उसकी अनुपस्थिति में उन्होंने परबतिया की विवशता का लाभ उठाया था और इससे पहले जो नौकरानी थी, उसका भी...

पत्नी बता रही थी...परबतिया ने बाँसों का ढाँचा बनाकर उस पर फटे-पुराने कपड़े लपेट-लपेटकर पुतले को आदमी जैसा बनाया, फिर शुक्लाजी की पुरानी-धुरानी पैंट-कमीज पहना दी। एक पुरानी फुटबॉल को लेकर सिरवाली जगह पर रखकर उसे धड़ से सी दिया। फिर छोटे-छोटे काले धागे सिर पर बालों की जगह फेवीकोल के साथ चिपका दिये। उन्हीं की तरह का हेयर स्टाइल बना दिया। फिर बच्चों की ड्राइंगवाले ऑयल पेंट लेकर मुँह पर ब्राउन पेंट लगा दिया और आँख-नाक बना दिये और उन्हीं की तरह मूँछें बना दीं। और तो और एक बेकार पड़ा उन्हीं का पुराना चश्मा भी लगा दिया।

पत्नी हँसी, "आपका का ही पुतला लग रहा है। बिलकुल। मैंने परबतिया से कहा भी यह क्या किया, तूने तो हू-ब-हू शुक्लाजी का पुतला बना दिया।

प्रधानमन्त्री का पुतला बनाना था। वह बोली–क्यों? ये पुलिसवाले या मन्त्री-वन्त्री सब तो समाज में से, हमारे-आपके बीच में से ही तो आते हैं। पहले अपने अन्दर झाँक भी तो लेना चाहिए। दूसरों की ओर कोई एक अँगुली उठाता है तो अपनी चार अँगुलियाँ अपनी ओर ही मुड़ जाती हैं।"

शुक्लाजी को काटो तो खून नहीं। उन्हें लग रहा था दाढ़ी से निकल-निकलकर तिनके उनके गिरेबान में भर गये हैं। बुराई का पुतला तो वे खुद हैं। उन्हें लगा वे आग की लपटों से घिर गये हैं!

साक्षात्कार : अप्रैल, 2004

दोष बताओ

पति के माथे पर बल पड़ गये थे, "महिलाएँ तो हमारे ऑफिस में भी हैं। छेड़ना तो दूर उनसे मजाक करने की भी हिम्मत कोई नहीं कर सकता। जो ज्यादा चालू हो...चालाक बने या नखरे-वखरे स्टाइल-व्टाइल मारे, उसे तो कोई भी छेड़ने की हिम्मत कर सकता है। तूने भी ज्यादा ही उससे हँस-बोलकर स्टाइल से बातें-वातें की होंगी, तभी उसकी हिम्मत हुई होगी वर्ना तो..."

भौंचक्क रह गयी थी वह, "उलटा मेरा ही कसूर बता रहे हैं आप तो? उस गन्दे कीड़े ने मुझे छेड़ा है। वह अक्सर मुझ पर फब्ती-फिकरे कसता रहता है। ऑफिस रिकॉर्ड से मेरा मोबाइल नम्बर पता कर मुझे अश्लील मैसेज भेजता है। बॉस का पी.ए. है तो मैं क्या करूँ? कब तक बर्दाश्त करती रहूँ? आज उसने मेरा हाथ पकड़ने की कोशिश की। छुट्टी का वक्त था। सभी लोग जा चुके थे। वर्ना मैं तो हंगामा कर देती। बड़ी मुश्किल से बच पाई। आप तो मुझे ही कसूरवार?"

पीछे खड़ी सुन रही सास भी कड़कड़ाने लगी, "औरत को औरत की तरह रहना चाहिए। मर्द तो सब एक जैसे ही होते हैं। ज्यादा बन-ठन के फैशन-वैशन करके जाने की क्या जरूरत है? अपनी इज्जत अपने हाथ ही तो होती है।"

ससुरजी भी आगे आकर झींकने लगे, "सभी ऑफिसों का यही हाल है। लोग भी सब जगह एक जैसे होते हैं। अपनी सेफ्टी का तो खुद ही ध्यान रखना चाहिए। अपनी इज्जत अपने हाथ में होती है।" ननद ने भी कड़कड़ाना शुरू कर दिया, "यह तो आपको भी पता है कि घर की मजबूरियाँ ऐसी हैं कि काम के लिए निकलना पड़ रहा है। पहले ही घर में इतनी तो परेशानियाँ हैं। क्या जरूरी है कि ऑफिस के टेंशन घर लाकर घरभर की टेंशन और बढ़ाई जाये...? कोई बात हो तो इग्नोर कर देना चाहिए।"

चीख उठना चाहती थी वह, मेरा क्या कसूर है? एक गन्दा कीड़ा रोज मुझे छेड़ता है। अश्लील मैसेज भेजता है और आज उसने मेरा हाथ पकड़ लिया...

यह क्या मामूली बात है? अपनी प्रॉब्लम अपनों से नहीं कहूँ तो किससे कहूँ? मैंने तो यह सोचा था ये बात सुनकर इनका खून खौल उठेगा और गन्दे कीड़े के खिलाफ कुछ करेंगे पर ये तो...पर वह बोली कुछ नहीं। चुप लगा गयी।

पर वह चुप नहीं रहेगी। चुप रहने का मतलब गन्दे कीड़े को बढ़ावा देना होगा। उसकी हिम्मत और बढ़ जायेगी। आज उसने हाथ पकड़ा है कल...?

अगले दिन ऑफिस पहुँचकर वह चुपचाप अपने काम में जुट गयी। उसने पंजाबी सूट पहना हुआ था और चुन्नी को अच्छी तरह गले के आसपास लपेटा हुआ था। उसके साथ काम करनेवाली महिला कर्मचारियों ने उससे पूछा कि आज इतनी चुप क्यों है? उसने बिना झिझक पूरी बात बता दी। सुनकर वे चुप लगा गयीं। हैरान थी वह, उन सब चेहरों पर गुस्सा कम और डर बहुत अधिक था।

उनसे कोई उम्मीद न देखकर उसने पूरा मामला बॉस के आगे रखने का निश्चय किया। उसे उनसे उम्मीद थी, क्योंकि उनकी बॉस मिसेज शर्मा स्वयं भी एक स्त्री हैं, इसलिए वे अवश्य ही शिकायत पर कड़ा एक्शन लेंगी और उसके साथ न्याय करेंगी।

मैडम शर्मा के सामने पहुँचकर उसकी जुबान तालू से चिपक गयी और गला सूखने लगा। मैडम को पूछना पड़ा, "कुछ कहना चाहती हो?" अटकते-झिझकते हुए उसने अपनी शिकायत मैडम के आगे रख दी। सुनकर मैडम पूर्ववत् सहज बनी रहीं जैसे कुछ हुआ ही न हो। फिर किशनलाल उर्फ गन्दे कीड़े को बुलाकर उससे पूछा, "यहाँ ऑफिस में क्या यह सब करने आते हो?"

एकाएक किशनलाल हकलाने लगा, "नहीं-नहीं मैडम, मैंने इनका हाथ नहीं पकड़ा। एकदम झूठ बोल रही हैं।"

मुस्कराते हुए मैडम ने कहा, "अभी तो मैंने कहा भी नहीं कि तुमने इनका हाथ पकड़ा है? या कि कुछ और शिकायत करने आयी हैं।"

बोलती बन्द हो गयी किशनलाल की। मैडम ने आगे कहा, "ज्यादा चालाक बनने की कोशिश मत करो। जाओ, अपने काम में ध्यान दो। आज के बाद तुम्हारी कोई शिकायत नहीं आनी चाहिए।"

हैरान थी वह कि मैडम ने उसे मामूली वार्निंग देकर छोड़ दिया और बात खत्म कर दी। मैडम थोड़ी देर सीरियस बनी रहीं। फिर बोलीं, "तुम एक औरत हो और वह एक मर्द। उसका तो कुछ बिगड़ेगा नहीं, तुम जरूर बदनाम हो जाओगी...उस आदमी का फिर कब कैसे दिमाग घूम जाये और वह फिर इससे भी बड़ी कोई वारदात कर बैठे, कोई पता नहीं? हम तुम्हारी

सुरक्षा की गारन्टी नहीं ले सकते। हम नहीं चाहते तुम्हारे साथ हमारे ऑफिस की भी बदनामी हो। इसलिए क्षमा करो!"

मैडम ने एक लिफाफे में कुछ नोट रखकर उसकी ओर बढ़ाते हुए कहा, "यह लो अपना आज तक का हिसाब और दूसरी जगह नौकरी ढूँढ़ लो!"

चीख पड़ी वह, "मुझे बर्खास्त करके आप उलटा मुझे ही दण्ड दे रही हो? जिसने जुर्म किया उसे कुछ नहीं? महिला होकर भी...? ये न्याय है आपका?"

बाहर आयी तो उसका खून खौल रहा था। गुस्से के मारे हाथ-पाँव काँप रहे थे। घरवाले तो पहले ही मुझे बात आगे बढ़ाने से मना कर रहे थे। बर्खास्तगी का सुनेंगे तो सब कहेंगे...इसीने कोई गलत हरकत की होगी। यही दोषी होगी तभी तो इसे नौकरी से हटाया गया? मायके में मेरे भाइयों को बात पता लगेगी तो क्या कहेंगे? ...लेकिन मैं बेकसूर हूँ!

पुलिस की शरण में जाने के सिवाय अब उसके पास कोई रास्ता नहीं था।

थाने तक पहुँचने में उसे बहुत हिम्मत जुटानी पड़ी। थानेदार ने ध्यान से उसकी बात सुनी फिर कहा, "देखो मैडम, आपके मामले में कोई बड़ा गुनाह तो हुआ नहीं है मेरा मतलब रेप-वेप...! फिर भी छेड़खानी का मामला तो बनता ही है। आप चाहें तो हम मामला दर्ज करके कार्रवाई शुरू कर देंगे। प्रमाण के रूप में मोबाइल के मैसेज हैं ही...आगे कोर्ट आपको न्याय दे या परेशानी, तारीखें और बदनामी, ये आप जानें या आपका वकील। आप मामला दर्ज करवाना ही चाहती हैं तो पूरी बात एक बयान के रूप में एक सादे कागज पर कल लिखकर ले आओ। हम तुरन्त कार्रवाई शुरू कर देंगे। बाकी इनसानियत और एक बड़े भाई की हैसियत से मैं तो सलाह दूँगा कि आप ठण्डे दिमाग से सोच लो आप क्या चाहती हो?"

उसका दिमाग अभी ठण्डा नहीं हुआ था, बल्कि और गर्म हो गया था। वहाँ से वह सीधे महिला संगठन की अध्यक्ष मीनाक्षी मेहराजी के घर जा पहुँची। पूरी बात सुनकर मीनाक्षीजी ने कहा, "देखो बेटा, हमारे महिला संगठन की तो मीडिया के लोग पहले ही आलोचना कर रहे हैं कि हम लोग छोटी-छोटी बातों को लेकर हंगामा कर देते हैं। तुम्हारे मामले में भी कोई बहुत बड़ा क्राइम तो हुआ नहीं है इसलिए...।"

चीख उठी वह, "तो क्या मैं तबतक इन्तजार करूँ जबतक मेरे साथ कोई बड़ी वारदात न हो जाये। रेप के बाद मेरा मर्डर हो जाये तब मैं आपके पास आऊँ? अब तो मेरे पास सिर्फ एक ही रास्ता बचता है कि जैसे ही ऑफिस से निकलकर वह गन्दा कीड़ा सड़क पर आये मैं अपनी जूती उतारकर उस

गन्दे कमीने कीड़े को मारने लगूँ। इसे देखकर वहाँ से गुजरनेवाले लोग खड़े होकर तमाशा देखेंगे और कुछ तो उसे पीटने भी लगेंगे।"

मुस्कुराते हुए मीनाक्षीजी ने कहा, "ठीक है उस वक्त तो वह शख्स पिट लेगा लेकिन बाद में मौका पाकर वह तुमसे बदला लेगा तो...? क्या पता इससे भी बड़ा कोई क्राइम कर बैठे? उसकी कोई मामूली-सी भी हरकत जिन्दगीभर के लिए तुम्हें बदनाम या शर्मसार कर सकती है...अपनी इज्जत अपने हाथ में होती है।"

लापरवाही से उठकर बाहर जाते हुए उसने कहा—हुँह जबतक मेरा आत्मविश्वास और मेरी जूती मेरे साथ है, तबतक मैं ये बर्दाश्त करके चुप नहीं बैठ सकती। मुझे समझ नहीं आता, आप सब लोग उस गन्दे कीड़े के पक्ष में ही क्यों हैं? उसका साथ क्यों दे रहे हैं? मेरा दोष बताओ? कोई मुझे सजा दे रहा है तो कोई नसीहत? मेरी इज्जत मेरे हाथ में है कहाँ?

अक्षरा : मार्च-अप्रैल, 2012

चण्डी-दल

बंसी पानवाले से लेकर अमर टेलर तक और शामलाल सब्जीवाले की रेहड़ी से कमेटी के नल तक लोकपुरी में एक ही चर्चा थी—कल रात को दो-तीन औरतों ने रामरतन को बुरी तरह धुन के रख दिया। उसी के घर में घुसकर वह भी रात के वक्त। आजकल औरतों की हिम्मत कितनी बढ़ गयी है। कल भी रामरतन दारू पीकर आया था। रोजाना की तरह छोटी-सी किसी बात को लेकर बीवी को पीटने लगा था। पति की बेरहम पिटाई से बचने के लिए सुरस्ती बुरी तरह चीख रही थी। रात काफी हो गयी थी। अब तक शांत हो चुके बस्ती के माहौल में बिलबिलाने की आवाज गूँज रही थी। आसपासवालों के लिए यह रोज की बात थी। कुछ खीझ रहे थे और कुछ लोग हँस रहे थे...कुछ लोग बुदबुदाते हुए उन्हें गालियाँ बक रहे थे।

अचानक झुग्गी का दरवाजा ठेलकर दो-तीन औरतें अन्दर घुस आयीं। उनके मुँह पर कपड़ा बँधा हुआ था और आँखें खुली थीं। आते ही उनमें से एक ने झुग्गी का दरवाजा अन्दर से बन्द कर लिया और दूसरी ने बत्ती बुझा दी। रामरतन कुछ समझ पाता इससे पहले वे उस पर टूट पड़ीं। थप्पड़-लात-घूँसे जो बन पड़ रहा था चलाने लगीं। एकाएक हुए हमले को रामरतन न कुछ समझ पा रहा था, न सम्भल पा रहा था।

"कौन हो? अन्दर कैसे घुस आयीं?"

सुरस्ती ने पति को उनसे बचाने की कोशिश की तो उन्होंने जोर से धकेल दिया। वह परे जा गिरी। जवाब में रामरतन ने भी अपने हाथ चलाने चाहे तो उन्होंने मिलकर उसे नीचे गिरा दिया। उनमें से एक ने स्टोव के पास पड़ा बेलन उठा लिया और रामरतन के पेंदे पर मारने लगी। रामरतन बिलबिलाने लगा, "आयी आयी...मरग्या! मरग्या!!"

"कमीने...हरामजादे! औरत को पीटते हुए तुझे शर्म नहीं आती?"

"औरत क्या? बीवी है ये मेरी? तुम कौन होती हो?"

लात जड़ते हुए उनमें से एक ने कहा, "कमीने...बीवी है तो बेवजह पीटेगा? इसमें जान नहीं है?"

दूसरी ने भी लात जमाते हुए कहा, "दर्द हो रहा है न?? अब पता चला दर्द कैसे होता है? औरत पे हाथ उठाएगा?"

सुरस्ती ने उनसे उसे छुड़ाने की फिर से कोशिश की तो उन्होंने उसे धक्का देकर फिर से पीछे धकेल दिया।

"औरत पर हाथ उठाना मर्दानगी है न? अब दिखा न मर्दानगी, कमीने... तेरे तो हाथ तोड़ देने चाहिए..."

हाथ जोड़ता हुआ रामरतन उनके पाँवों पड़ने लगा, "माफ कर दो...अब नहीं पीटूँगा! बता तो दो आप कौन हो?"

उसे अच्छी तरह धुनने के बाद उनमें से एक ने कहा, "मैं दुर्गा हूँ! इस बार तुझे छोड़ देती हूँ। अगर फिर कभी तूने अपनी औरत पर हाथ उठाया तो तेरे हाथ-पाँव तोड़कर जिन्दगीभर के लिए अपाहिज बना दूँगी। याद रखना!!!"

दूसरी ने कहा, "मैं चण्डी हूँ! मैं तेरी मुण्डी उखाड़ माला बनाकर गले में डाल लूँगी।"

तीसरी ने कहा, "याद रखना! फिर कभी भी तूने इस पर हाथ उठाया तो हम फिर आ जायेंगी। औरत ही शक्ति देती है आदमी को और आदमी...?"

उसे कराहते हुए छोड़कर वे झुग्गी से बाहर निकल गयीं।

उनके जाते ही रामतन बीवी पर झुंझलाते हुए बोला, "देख तो साली किधर को जा रही हैं? हाय...पता तो चले साली कौन थीं? कहाँ से आयी थीं?"

सुरस्ती दरवाजे की ओर लपकी। पता चला जाते-जाते वो दरवाजा बाहर से बन्द कर गयी थीं।

सुरस्ती झुँझलाई, "इसलिए तो बन्द कर गयी हैं ताकि पता न चल सके किधर को गयी हैं? पीछा करके कोई पकड़ न ले?"

कराहते-टसकते हुए रामरतन बोला, "तुझे तो पता ही होगा...कौन थीं? किधर से आयीं? किधर को गयीं?"

"हैं? मुझे पता था यही कहोगे!!!"

"छोडूँगा नहीं! अब पता चल जायेगा कौन थीं, कौन नहीं??? पता लगाकर रहूँगा!!"

बत्ती जलाते हुए सुरस्ती ने कहा, "हाँ-हाँ पता लगा लेना। नहीं तो मुझ पर शक करते रहोगे!!!"

दायें-बायें दोनों तरफ के पड़ोसियों से उसकी बोलचाल बन्द थी। न

चाहते हुए भी सुरस्ती ने पड़ोसिन को आवाज लगाकर उससे बाहर से कुंडा खुलवाया। बात भी बतानी पड़ गयी।

चोटों पर हल्दी-तेल लगवाता हुआ रामरतन सुरस्ती का बार-बार हाथ झटक रहा था और दारू की झोंक में—छोडूँगा नहीं...छोडूँगा नहीं...बुदबुदा रहा था। सुरस्ती मन-ही-मन हँस भी रही थी और डर भी रही थी—ये चण्डिकाएँ मेरी परेशानी तो और बढ़ा गयीं। ये तो पहले ही मेरी जान का दुश्मन बना फिरता है, अब न जाने क्या करेगा? इससे तो इसे अक्ल आने से रही।

सुबह होते-होते बात बस्तीभर में फैल गयी थी और उनकी झुग्गी के आगे मजमा लग गया था। लोग अन्दर जाते और पता होने के बावजूद पूछते—क्या हुआ? कैसे हुआ? वे औरतें थीं कौन? उनकी सहानुभूति रामरतन के जख्मों पर नमक-मिर्च छिड़क रही थी। तड़फकर रोने के सिवाय उसके पास कोई चारा नहीं था। जाते-जाते वे कहते—देख लेना कहीं हड्डी-वड्डी न टूट गयी हो। एक्स-रे करवा लेना! लापरवाही मत करना। बाहर आकर लोग हँसने लगते—खूब तबीयत से ठोका है। भई अब तो औरतों से डरकर ही रहना पड़ेगा।

रामरतन न सीधा बैठ पा रहा था न सीधा लेट पा रहा था। उसका पिछवाड़ा सूज गया था और दर्द कर रहा था। दिन भर आने-जानेवालों का ताँता लगा रहा था और वह उनसे उल्टा लेटे-लेटे ही बात कर रहा था। उसके साथ ताश खेलनेवाले गंगू और फत्ते उसका पता करने आये तो उसकी हालत देखकर उनकी हँसी ही निकल गयी। बड़ी मुश्किल से किसी तरह अपनी हँसी पर काबू पाकर गंगू ने बात को सम्भाला, "अरे! दो-तीन बिल्ली मिलकर हमारे शेर की ठुकाई कर गयीं? कोई बात नहीं? कोई बात नहीं...हम किसलिए हैं. ..पता लगाकर रहेंगे साली कौन थीं...कहाँ से आयी थीं???"

बाहर कदम रखते ही वे ठहठहाकर हँस पड़े। अन्दर पड़े रामरतन को लगा उसे सारी दुनिया के सामने नंगा करके लगातार पीटा जा रहा है। ठीक उसी वक्त उसने अपनी बीवी के चेहरे की ओर देखा। वह बर्तन माँज रही थी और उसकी आँखों में आँसू थे। उसे लगा, उसका शक गलत है कि उन चण्डिकाओं को इसीने बुलवाया होगा। ये बेचारी तो मेरे दुख में खुद दुखी है। पर अगले ही क्षण उसे लगा, क्या पता उन औरतों को बुलवाया हो और अब पोल खुल जाने के डर से घबरा रही हो।

मिश्रा मेडिकोज से सुरस्ती द्वारा लाई गयी दर्द-निवारक गोलियों के दो पत्ते वह खत्म कर चुका था। गोली खाकर चोटों का दर्द तो वह कुछ घण्टों

के लिए भूल जाता पर लोगों की बातों की चोटों का दर्द उससे बर्दाश्त नहीं हो रहा था। वह न चीख पा रहा था, न चिल्ला पा रहा था।

तीन दिन तक वह घर से बाहर नहीं निकला था। उसका बस नहीं चल रहा था। बात-बेबात वह पत्नी को गालियाँ तो बक रहा था पर उसे पीट नहीं पा रहा था। इस बीच एकबार उसने हाथ उठाया भी पर चण्डिकाओं का खयाल आते ही उसका हाथ जहाँ का तहाँ रुक गया। कन्धे में उठे दर्द की एक्टिंग करते हुए उसने अपना हाथ नीचे लिया।

प्लास्टिक का सामान बनानेवाली एक फैक्टरी में नौकरी करता था वह। पहले भी वह दो-दो, तीन-तीन दिन बिना बताये छुट्टी मार लेता था। मालिक उससे पहले ही से परेशान था। आज वह फैक्टरी पहुँचा तो मालिक ने उसे खड़े-खड़े जवाब दे दिया। वह भी ऐंठने लगा, "मैं भी कहाँ नौकरी करना चाहता हूँ? ऐसी दस नौकरियों को ठोकर मारता हूँ! रखो अपनी नौकरी अपने पास! हुँह!!"

वह वापिस बस्ती लौट पड़ा। रास्ते में जो मिलता पूछने लगता—ऐसे घुस कैसे गयीं घर में औरतें? हद हो गयी? आजकल औरतें...!!!

उनकी बातों में छिपा उपहास उससे बर्दाश्त नहीं हो रहा था। जिन्दगी में इधर-उधर कई बार पिटा भी है पर इस तरह औरतों से पिटकर तो उसने पूरी मर्द जात की बेइज्जती करवा दी है। वो औरतें कहीं उसे मिल जायें तो वह उन्हें छोड़ेगा नहीं, उसे कुछ भी करना पड़े चाहे फाँसी ही क्यों न हो जाये...। उसका बस नहीं चल रहा था। उसे समझ नहीं आ रहा था वह क्या करे? घर आकर उसने अपनी बीवी से घुमा-फिराकर पूछने की कोशिश की। उसे विश्वास था हो न हो उसकी पत्नी को पता होगा। पर कुछ पता नहीं चल पाया। सुरस्ती बार-बार अपनी और अपने होनेवाले बच्चे की कसमें खाती रही कि उसे कुछ पता नहीं।

शाम को रामरतन घर के बाहर खड़ा होकर ऊँची आवाज में अड़ोस-पड़ोसवालों को सुनाता हुआ बोलने लगा था, "बस मुझे पता चल जाये वे साली भैन चो...कौन थीं? छोडूँगा नहीं सालियों को। मुँह पर तेजाब फेंककर सबक सिखा दूँगा...क्या समझा है? इस तरह पिटकर बेइज्जती करवा के चुप बैठ जाऊँगा?"

हालाँकि इस तरह कहते-कहते वह अन्दर-ही-अन्दर डर भी रहा था। रस्सी जल गयी थी पर ऐंठन नहीं गयी थी। एक तरफ वह लोगों से मुँह छुपाता फिर रहा था तो दूसरी ओर ऐंठ रहा था। अन्दर से वह इतना डरा हुआ था कि जहाँ भी दो-तीन औरतें खड़ी दिखतीं, वह वहीं से मुड़कर अपना रास्ता

ही बदल लेता। वहाँ यह और भी परेशानीवाली बात थी क्योंकि बस्तीभर में तंग गलियों के बावजूद औरतें घर के बाहर चारपाई बिछाकर धूप सेंकतीं और गप्पें मारती बैठी रहतीं।

उसे काम के छूट जाने की इतनी चिन्ता नहीं थी जितनी कि उन चण्डिकाओं का पता न लग पाने की। दो-एक जगह वह काम की तलाश में गया भी था पर बात नहीं बन पाई थी।

वह सार्वजनिक शौचालय के पीछे पड़ी जगह पर बने ताश के अड्डे पर ताश खेलता रहता। ताश खेलते-खेलते आज गंगू ने उसे सुनाते हुए कहा, "कहते हैं औरत को दो जूते रोज मारने चाहिए ताकि उसकी अक्ल ठिकाने रहे!! हह...हाह...!"

गर्दन अकड़ाते हुए फत्ते ने भी कहा, "मेरी बीवी कमा के लाती है। घर का काम भी करती है पर मैं तो जब मन चाहे जूता फेर देता हूँ। मैं तो आज भी अपनी बीवी को बिना बात धुन के आया हूँ। बात कुछ थी नहीं। बस मेरा उसे पीटने को मन कर रहा था। मैंने योंही खाने के लिए गुड़ माँग लिया। बोली–गुड़ कहाँ से लाऊँ? मैंने कहा–लाके क्यों नहीं रखा? घर में नहीं है तो क्यों नहीं है? बस मैंने धुन दिया।"

रामरतन समझ रहा था, वे जानबूझकर उसके जले पर नमक छिड़कने के लिए उसे यह सब सुना रहे हैं। घर में चाहे अपनी कमाऊँ बीवियों की चमचागीरी करते हों।

गंगू ने फिर कहा, "मैं तो भई औरतों से नहीं डरता...।" रामरतन झुँझलाया, "मैं भी तो लगभग रोज ही पीटता था अपनी घरवाली को पर...?"

"पर क्या? अब डर लगता है?"

"कहीं वो चण्डियाँ फिर न आ जायें?"

"अरे तू डर मत! हम तेरे साथ हैं!! देख लेंगे कौन हैं...साली?"

लगभग फुसफुसाते हुए फत्ते ने कहा, "तू ऐसा कर, आज तू घर जा के पूछ–वो चण्डियाँ कौन थीं? बता दे तो ठीक नहीं तो जम के पिटाई कर दे। मार के आगे भूत भी नाचता है। बक ही देगी कि वो औरतें कौन थीं? इस तरह पता चल जायेगा। न भी पता चल पाया तो, पिटाई करके तू अपनी बीवी की नजरों में मर्द बना रहेगा वर्ना...और हाँ अगर तू डरता है कि तेरी बीवी चिल्लायेगी और वे चण्डियाँ फिर आ जायेंगी तो ऐसा करते हैं हम तेरे घर के बाहर खड़े रहेंगे। देखते हैं कौन औरतें आती हैं तेरी बीवी को बचाने...? हाहा...उन तीनों के लिए हम दो ही काफी हैं।...! हा हा...!"

काफी देर तक वे उसे अपनी बीवी को पीटने के लिए भड़काते रहे। उसे लगा वे ठीक कह रहे हैं, इस तरह वह अपनी बीवी को पीटकर बदला भी चुकता कर लेगा और उसकी नज़रों में मर्द भी बना रह सकेगा वर्ना...और चण्डिकाओं का पता चल गया तो और भी बढ़िया।

देर शाम तक वे ताश खेलते रहे। रामरतन का शरीर दुखने लगा था। दारू पीने के लिए जेब में कुछ नहीं था। एकाएक वह उठकर चल दिया। धीमे से गंगू ने कहा, "ठीक है तू चल और बेधड़क हो के बीवी को खुराक दे दे! हम तेरे पीछे पाँच मिनट बाद पहुँचते हैं।"

आज वह अपनी बीवी को अच्छी तरह सबक सिखा देगा ताकि साली की अक्ल ठिकाने रहे। अभी वह कूड़े के खत्ते के पास से मुड़ा ही था कि रामदास कबाड़ी ने उसे आवाज देकर रोका। अनसुना करके वह आगे बढ़ जाना चाहता था पर रामदास भागता हुआ उसके पास पहुँचा, "पता चला तुझे? आज राधेलाल चाटवाले की बारी आ गयी। अभी थोड़ी देर पहले की बात है वह अपनी बीवी को पीट रहा था। बच्चे कहीं गये हुए थे। बस मुँह पर कपड़ा लपेटे दो-तीन चण्डियाँ प्रकट हो गयीं। पीट-पीटकर राधेलाल की चाट-चटनी बनाकर बाहर से दरवाजा बन्द करके गायब हो गयीं। पता ही नहीं चल पाया कौन थीं?"

उसकी रूह काँप गयी। रामरतन की साँस जहाँ-की-तहाँ सूख गयी। उसे लगा वह फिर से चण्डिकाओं से घिर गया है। राधेलाल को पड़े डण्डों का दर्द उसे होने लगा। उसके हाथ-पाँव काँपने लगे, "वही गलती फिर से करने जा रहा था मैं तो?"

घर पहुँचा तो सुरस्ती अँगीठी के पास बैठी खाना बना रही थी। वह चुपचाप आकर चारपाई पर बैठ गया।

सुरस्ती ने उसके चेहरे को गौर से देखा आज इनका मूड कैसा है? बोली, "कहीं नई जगह काम नहीं लगा तो मूड खराब करने की जरूरत नहीं। कपड़े सीने-पिरोने का काम करके मैं थोड़ा बहुत कमा रही हूँ न? हम दो-ढाई प्राणियों के लिए बहुत है...!"

मन-ही-मन कुढ़ गया-हुँह एहसान जता रही है साली। पर वह कुछ बोला नहीं। उसे चुपचाप देख सुरस्ती ने पूछा, "क्या हुआ? कुछ बोलते क्यों नहीं? बड़ी सोच में डूबे हुए हो?"

"सोच रहा हूँ वो चण्डियाँ हैं कौन?"

सुरस्ती कुछ कहने को हुई फिर एकाएक चुप लगा गयी। वह बताना

चाहती थी कि वे अगल-बगलवाली किरशना और दरशना और पीछेवाली झुग्गी में रहनेवाली रामवती ही थीं। वैसे तो औरत ही औरत की दुश्मन होती है। हालाँकि किरशना और दरशना से मेरी बनती भी नहीं थी। यहाँ तक कि बोलचाल ही बन्द थी पर उस दिन उनसे मेरा बुरी तरह पिटना बर्दाश्त नहीं हुआ। संयोग से उस दिन उनके पति भी अभी काम से नहीं लौटे थे। बस आ गयीं मेरी मदद को और...किरशना कह रही थी हमारे पतियों को पता भी चल जाता तो ज्यादा-से-ज्यादा क्या होता, वे भी उनसे पिट जातीं!! फिर किसी दिन उस पति की भी बारी आ जाती। पर वह कुछ नहीं बोली थी। एकदम चुपचाप बनी हुई थी। रामरतन दो बार बाहर झाँककर देख चुका था। गंगू और फत्ते आये ही नहीं थे। शायद उन्हें भी पता चल चुका था कि दो-एक जगह और भी उन जैसों की पिटाई हो चुकी है। औरत दूसरी औरत का साथ देने लगी है।

अक्षरा : सितम्बर-अक्टूबर, 2013

अपने यहाँ

बीच में उसका वह डर लगभग खत्म हो गया था, जो उसे शुरू-शुरू में लगता था और जिसने इन दिनों फिर से उसे घेर लिया था। यहाँ रहते हुए उसे दस साल हो गये थे, उसे यह लगता नहीं था कि वे यहाँ किराये के मकान में रह रहे हैं और कि यह मुहल्ला हिन्दुओं का है।

बुजुर्ग मकान-मालिक और मालकिन जिन्हें कि वे 'जी बाबूजी' और 'जी अम्माजी' कहकर पुकारते थे, कभी लगा ही नहीं कि गैर हैं या दूसरे मजहब के हैं।

जिन्नी अभी तक नहीं लौटी थी। रत्ना स्टोरवाले लाला से नमक की थैली लेने गयी थी। अब तक तो शहाना ने हौसला रखा था—रास्ते में कोई सहेली-वहेली मिल गयी होगी...वहीं खड़ी हो गयी होगी बातें बनाने...नौ साल की हो गयी पर...? बातें जितनी मर्जी करवा लो...दस मिनट का काम था, आधा घण्टा होने को आया।

अनहोनी की आशंका से उसके हाथ-पाँव काँपकर रह गये। जिन्नी तो अपने अब्बू की जान है। उसे कुछ हो-हवा गया तो उसके अब्बू मुझे जिन्दा नहीं छोड़ेंगे।

घबराहट के मारे उसको पसीना चुहचुहाने लगा। जल्दी-जल्दी पैरों में चप्पल डालकर वह ज्योंही घर से निकली, सामने से पड़ोस में रहनेवाली जिन्नी की सहेली स्मृति दौड़ी आ रही थी। उसका साँस फूला हुआ था और वह घबराई हुई थी, "आंटी-आंटी...जिन्नी कहाँ है? घर पर है कि...?"

"नमक की थैली लेने बाजार भेजा था मैंने उसे...!"

"हँ...उधर से ही आ रही हूँ मैं। थोड़ी देर पहले दो लड़के एक बाइक पर जिन्नी जैसी लड़की को बिठाकर ले जा रहे थे। लड़की के मुँह पर उन्होंने कपड़ा रखा था। लड़की रो रही थी। वे लड़के लग तो इसी मुहल्ले के रहे थे पर मैंने उन्हें पहचाना नहीं। बाइक फुर्र से उड़ाकर ले गये। लड़की ने स्काई ब्लू रंग का सूट पहन रखा था।"

गश खाकर शहाना नीचे गिर पड़ी। स्मृति सम्भालने लगी। उसकी 'आंटी-आंटी...' आवाजें सुनकर मकान-मालिक व मालकिन दौड़े आये—क्या हुआ? बात का पता चला तो परेशान हो उठे। अम्माजी दौड़कर पानी ले आयीं। छींटे मारे तो शहाना की सुध लौटी। बाबूजी हौसला देने लगे, "कुछ नहीं होगा जिन्नी को। तू घबरा मत। हिम्मत से काम लो!"

आसपास के लोग जुड़ने लगे थे। जिन्नी को खोजने के लिए इधर-उधर दौड़-भाग मच गयी थी। घबराहट के मारे शहाना का बुरा हाल था। उसे गश-पर-गश पड़ रहे थे। असलम को भी खबर देनी चाहिए, कहाँ गया है वह?

चुप लगा गयी शहाना—क्या बताये? कि वह तो हिन्दुओं का वह मुहल्ला छोड़कर मुसलमानों के मुहल्ले में रहने के लिए कमरा ढूँढ़ने गया है, कि उसे यहाँ के लोगों पर विश्वास नहीं, कि वह हिन्दुओं के इस मुहल्ले में रहना नहीं चाहता, कि शहर में कहीं भी कोई छिटपुट झगड़ा-फसाद या दंगा हो जाता है तो वह तुरन्त मुहल्ला छोड़ने की बात करने लगता है।

"गया कहाँ है असलम?" बाबूजी ने फिर से पूछा।

"जाफरपुर गये हैं किसी काम से! मोबाइल भी घर पर ही भूल गये हैं। वहाँ का कोई पता भी नहीं बता कर गये! उन्हें पता लगेगा तो..." वह फिर रोने-छटपटाने लगी थी।

असलम तो चाहता था कि इधर से शिफ्ट कर जायें लेकिन शहाना ही नहीं मानती थी।

"अब्बू-अम्मी की तरह हर सुख-दुख में काम आनेवाले कहाँ मिलेंगे ऐसे मकान-मालिक। मुहल्लेवालों ने भी कभी महसूस नहीं होने दिया कि हम दूसरे मजहब के हैं।"

"कामधन्धा इधर ही है। जाफरपुर तो इधर से बहुत दूर पड़ेगा। फिर कितना मुश्किल है रोज आना-जाना? किराया-भाड़ा अलग। जिन्नी का स्कूल भी इधर ही है। स्कूल बदलने का झंझट। इधर ठीक-ठाक तो चल रहा है।"

खीझ उठता असलम, "खुदा न खास्ता इधर कभी दंगा-वंगा हो गया तो बचानेवाला कोई नहीं मिलेगा। मुझे तो हर वक्त जिन्नी की फिक्र रहती है। लड़की की जात है। कुछ ऊँच-नीच हो गया तो...?"

तभी असलम का फोन बजा, "अरे मेरा ये मोबाइल घर पर ही रह गया था!" रुलाई नहीं रोक पाई शहाना और रोते-राते सारी बात असलम को बताई। फोन पर ही भड़क पड़ा असलम, "वही बात हुई न, इसी बात का डर था मुझे। अभी वापस आता हूँ। जिन्नी को कुछ हो गया तो तेरी खैर नहीं...।"

मुहल्लेवालों को भी नहीं छोड़ूँगा। क्या समझते हैं? हम वहाँ अकेले हैं? कौम बिरादरीवालों को वहाँ पहुँचने में कितनी देर लगेगी। ईंट-से-ईंट बजा देंगे! इन्हें भी ऐसा सबक न सिखा दिया तो...।"

शहाना को दिलासा देते-देते बाबूजी की आँखों में भी आँसू आ गये। उनके अपने बेटे विदेश में रह रहे थे। वे इन्हें ही अपना बेटा-बहू मानते थे। बाबूजी ने उठकर अपने जाननेवाले एस.पी. को फोन पर तुरन्त बच्ची का पता लगाने के लिए कह दिया।

दो महीने पहले भी असलम जाफरपुर में किराये का कमरा देखकर एडवांस दे आया था तब जिन्नी नहीं मानी थी—नहीं अब्बू! हम इधर ही रहेंगे। बच्ची की खातिर तब तो मान गया था असलम। बच्ची का यहाँ मन लगा हुआ है। दिया हुआ एडवांस भी जाया किया। आठ-दस दिन पहले जिन्नी ने आकर बताया कि मुहल्ले के लड़कों ने उसे छेड़ा है तो अम्मी और अब्बू की साँस जहाँ की तहाँ अटक गयी। जिन्नी के कपड़ों पर गोबर लगा हुआ था। उसने बताया कि सहेली के घर से वह अकेली आ रही थी। कुछ लड़के पार्क में क्रिकेट खेल रहे थे। एक लड़के ने जोर से शॉट मारा। बॉल उड़कर पार्क के बाहर सड़क पर बैठे कुत्ते को जा लगी। कुत्ता कैऊँ-कैऊँ करके जिन्नी की ओर भागा। उसे लगा कुत्ता उसे काटने आ रहा है। वह भी डरकर भागी। हड़बड़ी में वह सड़क पर पड़े गोबर पर गिर पड़ी। कुत्ता तो साइड से होकर निकल गया।

बताते-बताते जिन्नी अपनी सूनी आँखें मलने लगी, "सारे लड़के हँसने लगे। एक लड़का मुझे देखकर भैंस की तरह भाँ-भाँ करने लगा।"

अम्मी भी हँस पड़ी पर अबू सीरियस हो गये।

"वो कुत्ता कमीना भी हँस रहा था...दूर खड़ा होकर...।"

"कुत्ता कमीना कौन?"

"वो कुत्ता जो मुझे काटने मेरी तरफ आ रहा था।"

उस दिन असलम ने फिर से यह मुहल्ला छोड़ने का निश्चय कर लिया था और आज फिर कमरा ढूँढ़ने जाफरपुर गया हुआ था।

स्मृति बेहद डरी हुई थी। जो मिलता उससे पूछताछ करने लगती—वे कौन, नाम नहीं पता, तो शक्लें तो देखी होंगी। रंग कैसा था? उम्र कितनी होगी? लम्बे थे या ठिगने कद के? किधर को जा रहे थे।

स्मृति रोने को हो आयी थी। उसकी मम्मी को पता चला तो वह उसे बुलाकर घर से ले गयी, "तू जिसका भी नाम लेगी वह हमारा दुश्मन ही बन

जायेगा। लोग उसके घर पर तो हमला बोल ही देंगे। दंगा-फसाद खड़ा हो जायेगा। अब तू घर से बाहर मत जाना।"

भर्राये स्वर में पूछा स्मृति ने, "जिन्नी को कुछ होगा तो नहीं?"

छटपटा रही थी शहाना, "हाय मेरी बच्ची जाने कहाँ होगी? इसके अब्बू कहेंगे तूने बच्ची को भेजा ही क्यों? खुद क्यों न चली गयी नमक की थैली लेने। मुहल्लेवाले तो मदद कर रहे हैं। जाने कौन थे वो गुण्डे...।"

जिन्नी के अब्बू ने आते ही मुहल्लेवालों के खिलाफ कुछ बोल दिया तो? बात बढ़ जायेगी। कहीं दंगा-वंगा न हो जाये।

असलम लौटा तो डर और गुस्से के मारे फनफना रहा था। आते ही उसने इधर-उधर फोन करने शुरू कर दिये। कुछ ही देर में उसके दोस्त-रिश्तेदार इकट्ठे होने लगे। पहले दबी जुबान में फिर बाकायदा ऊँची आवाज में मुहल्लेवालों को सुनाने लगे, "बस पता चल जाये किसकी हरकत है? दिखा देंगे कि किसी की इज्जत पर हमले का अंजाम क्या होता है? हमने चूड़ियाँ नहीं पहन रखीं!" मुहल्ले में तनाव की स्थिति उत्पन्न हो गयी थी।

"जिन्नी आ गयी...जिन्नी आ गयी!" गली से आवाजें आयीं। सभी बाहर लपके। दो लड़के मोटरसाइकिल पर जिन्नी को लेकर आये थे। जिन्नी के माथे पर पट्टी बँधी हुई थी। घबराकर शहाना ने पूछा—क्या हुआ। एक लड़के ने बताया, "बहनजी, ये बिल्ली की तरह दौड़ी जा रही थी। एक बाइकवाला इसे साइड मारकर भाग गया। ये गिर पड़ी। माथे पर चोट लगी। खून निकलने लगा और ये बेहोश हो गयी। मैंने अपना रूमाल निकाल माथे पर रखा। खून को बहने से रोका। सामने से ये भैया भी इधर से आ रहे थे। ये पीछेवाली गली में रहते हैं। मैंने सोचा, आपको खबर करने में देर लग जायेगी। इधर पास ही बाटा चौक पर मेरे मामाजी का क्लीनिक है। जल्दी से हम इसे वहाँ ले गये। पट्टी-वट्टी सुई-वुई लगवाई...तब ठीक हो पाई।"

शहाना ही आँखों में आँसू थे। असलम ने भी पूरी बात सुनकर दोनों लड़कों का शुक्रिया अदा करते हुए कहा, "इलाज-विलाज में तुम्हारा जो खर्च हुआ हो वो ले लो...!"

छोटे लड़के ने हँसते हुए कहा, "मामाजी ने लिए ही नहीं! बोले मुहल्ले के नाते ये तुम्हारी बहन है तो अब ये भी मेरी भानजी हुई! अब भानजी से क्या पैसे लूँगा?"

जिन्नी का मुँह लटका हुआ था, "भैया का रूमाल खराब हो गया। उस पर खून लग गया है। भैया ने उसे वहीं डस्टबिन में फेंक दिया।"

लड़का हँस पड़ा, "फिर क्या हो गया?"

दोनों लड़के चले गये। एक को ट्यूशन जाने की जल्दी थी तो दूसरे को काम पर।

बाबूजी बहुत खुश थे। फोन करके उन्होंने एस.पी. को भी सूचना दे दी थी कि जिन्नी मिल गयी है। असलम के नाते-रिश्तेदार दबे पाँव लौटने लगे थे। इतनी जल्दी हम मान भी कैसे लेते हैं कि अपने यहाँ भाईचारा और इनसानियत खत्म हो सकते हैं।

बाबूजी जिन्नी से बोले, "शाम को मेरे साथ झण्डेवालान मन्दिर चलना। मैंने मन्नत मानी थी कि जिन्नी ठीक-ठाक वापस आ जायेगी तो हम मत्था टेकने और प्रसाद चढ़ाने आयेंगे!"

देर रात जिन्नी ने डरते-डरते अब्बू से पूछा, "अब्बू, आप कमरा देखने गये थो! क्या हम यहाँ से चले जायेंगे?"

अब्बू ने हँसते हुए कहा, "वहाँ हमारा कौन है? हमारे अपने तो सारे यहाँ हैं।"

शुक्रवार : सितम्बर, 2013

भट्ठी में पौधा

घर तक आते-आते रास्ते में राशनवाले, किरोसिनवाले और दवाईवाले का उधार चुकता करते-करते उसकी तनखा निपट गयी थी। तनखाह के हाथ में आने की गर्मी, उत्साह और खुशी कुछ ही क्षणों में अगले महीने की दस तारीख तक की इन्तजार, बेसब्री और बेचैनी में बदल गयी थी।

जिस तेजी से सिरपत अपनी किराये की अधकच्ची-सी कोठरी में घुसा था, उसी तेजी से उबलती हुई दाल की गन्ध उसकी नाक में घुस गयी थी। उसकी बीवी सुरसती जमीन पर बैठकर चारपाई पर सिर टिकाये-टिकाये सोई पड़ी थी। पास ही रोज की तरह जलते हुए स्टोव पर रखी दाल उबल-उबलकर बाहर गिर रही थी। "ये क्या...?"

हड़बड़ा उठी सुरसती। क्षणभर में उसने स्थिति को समझा और स्टोव की हवा निकाल दी, "बहुत थक गयी थी आज, सो जरा आँख लग गयी थी।"

"तू किसी दिन जरूर कोई झँझट खड़ा करेगी मेरी जान को...अच्छा पहले ये बता गिन्नू कहाँ है?"

"ग्यारह से ऊपर का वक्त हो गया और अभी तक नहीं लौटा? आने दे आज साले को...?"

"खैर तो है? क्या बात है?"

"पर अभी तक वो लौटा क्यों नहीं?"

"अब क्या पता? रोज तो दस बजे तक आ जाता था पर आज..."

"जायेगा कहाँ? आने दे साले को...सुन ले तू भी आज, वो मेरे हाथ से बचेगा नहीं।" "क्या हुआ है? ऐसा क्या किया है उसने?"

"आज उसका महीना पूरा होनेवाला था ना...मैं नन्दू के ढाबे पर गया था उसकी तनखाह लेने। पता चला गिन्नू अपनी तनखाह पहले ही ले जा चुका है। मैंने उसके मालिक को कहा तूने उसे उसकी तनखाह दी क्यों? है तो बच्चा ही। जब मैंने उसे रखवाया था तब ही कह दिया था कि उसकी

तनखाह मैं महीने के महीने खुद ले जाया करूँगा। उसका मालिक बोला–'वो मुझे कई दिनों से कह रहा था कि मेरी तनखाह मुझे ही देना मेरे बापू को मत देना वर्ना मैं काम छोड़ दूँगा। अगर मेरी तनखाह मेरे बापू को दी तो फिर काम भी मेरे बापू से ही करवा लेना...। हमें तो तनखाह देनी ही थी। उसकी मेहनत का पैसा उसे दे दिया।' और वो साला गिन्नू अपनी तनखाह लेकर चला गया है ना...जिसने पाला-पोसा उसका कुछ नहीं? आने दे साले को बनाता हूँ उसे बड़ा...साला अभी बारह-साढ़े बारह साल का हुआ नहीं और...।"

"अब जरा शान्ति से काम लो...आये तो जरा उसे प्यार से पूछना...जरा ठण्डे दिमाग से काम लो।"

"कहीं तू भी उसके साथ मिली हुई तो नहीं है? उसने वो तनखाह लाकर तुझे दी हो और तूने ही उसे कहीं छुपा...।"

खीझ उठी वह, "मैं तो उसकी चिन्ता में घुली जा रही हूँ वो गया कहाँ? कहाँ गया होगा कहाँ नहीं? और तुम मुझ पर ही...मैं कहती हूँ देख लेना एक दिन तुम अपने इस लड़के से हाथ धो बैठोगे। एक दिन घर छोड़कर कहीं भाग ही जायेगा वह, तो क्या कर लोगे?"

एकाएक ठण्डा पड़ गया सिरपत और सोचने लगा–सचमुच अगर गिन्नू घर छोड़कर भाग गया तो...।

सिरपत को चारपाई पर गुस्से से भरा हुआ बैठा देखकर सुरसती समझ गयी थी, अभी वो और भी क्लेश मचाएगा। रोज की ही बात है।

धीरे-से कहा सुरसती ने, "कमरे का किराया तो मैंने अपनी तनखाह से मकान-मालिक को दे दिया है। पर बिजली के सवा सौ बाकी हैं। पिछले दिनों चारपाई ठीक करवाई थी, उसके नब्बे रुपये देने हैं।"

"तेरा तो रोज का रोना है। मुझे तो लाला राधेश्याम के कर्जे की किश्त की चिन्ता है। इसी नामुराद गिन्नू के इलाज के लिए कर्जा लिया था। पैदा होते ही पीलिया, उल्टियाँ और बुखार हो गया था। बारह साल हो गये। उस वक्त लाला राधेश्याम ने कर्जा देके मेहरबानी न की होती तो गिन्नू आज जीवित न होता। यही एहसान क्या कम है कि पाँच परसेंट के हिसाब से बीस हजार का हजार रुपया तो महीना ब्याज ही बनता है, हम पाँच सौ रुपया महीना दे पा रहे हैं। अगला फिर भी कोई ज्यादती नहीं कर रहा। आज दस तारीख है पाँच सौ भी नहीं पहुँचे तो...तीन साल से तो गिन्नू की तनखाह चन्दू से लाके सीधी राधेश्याम को दे आता था। पर आज अब ये साला गिन्नू बड़ा हो गया...।"

सिरपत बार-बार चीख रहा था, "आज साले को जिन्दा नहीं छोडूँगा! वो मेरा बाप है या मैं उसका बाप...?"

अन्दर जमा हुआ दर्द सुरसती की आँखों से पानी बनकर बहने लगा था। मन में बार-बार हौल उठ रहे थे, "खुद कमाता है वह...वो क्यों सहेगा यह सब? हो न हो वह कहीं दूर भाग गया है...।"

घबराकर उसने अपने पति से कहा, "जाओ कहीं जाकर उसका पता लगाओ। जरूर कुछ ऊँच-नीच...मेरे बेटे को कुछ हो गया तो मैं भी जान दे दूँगी...।"

"अब मैं कहाँ जाऊँ उसे ढूँढ़ने? ...सिर चढ़ा रखा है तूने उस साले को...।"

कैसे बुरे-बुरे खयाल आने लगे थे सुरसती के दिमाग़ में। रोने-कलपने के सिवाय वह कुछ नहीं कर पा रही थी।

काफी प्रतीक्षा के बाद भी गिन्नू नहीं आया तो एकाएक बिफर उठी वह, "कहती हूँ कहीं ढूँढ़ो उसे...तुम नहीं जाते तो मैं जाती हूँ।"

"रुक जा...मैं ही जाता हूँ। पर कहाँ जाकर ढूँढूँ?"

ज्योंही सिरपत बाहर निकला उसने देखा सामने से गिन्नू चला आ रहा है। वह वापिस आ बैठा। डरा-सहमा-सा गिन्नू अन्दर घुसा तो सिरपत ने कड़ककर पूछा, "अपने मालिक से तनखाह ले आया ना?"

चुपचाप खड़ा रहा गिन्नू।

"सुनता नहीं तुझे? वो पाँच सौ रुपये कहाँ हैं? ला मुझे दे दे।"

जवाब में कुछ नहीं बोला गिन्नू। सिर झुकाये जमीन की ओर देखता रहा। सिरपत का पारा और भी चढ़ने लगा, "गूँगा-बहरा हो गया है क्या? अबे बोल साले—नहीं तो जान से मार दूँगा आज तो...।"

"जरा प्यार से पूछो...बता देगा...बच्चा ही तो है।"

सुरसती ने कहा तो बापू ने उसे परे धकेल दिया और काँपते-थरथराते हुए गिन्नू पर जैसे झपट ही पड़ा। गिन्नू की जेबें देखीं। कुछ भी नहीं था जेबों में, फिर पैसे कहाँ गये, "बता...सीधी तरह पैसे मुझे दे दे वर्ना मर जायेगा तू मेरे हाथ से...।"

गिन्नू अब भी कुछ नहीं बोला तो बापू उस पर टूट पड़ा। थप्पड़-लात-घूँसे जो बन पड़ रहा था, चलाने लगा। मार-मारकर उसकी हालत खराब कर दी।

साँस फूल आया बापू का उसे पीटते-पीटते। बुरी तरह बिलबिला रहा था गिन्नू। माँ रोती-झींकती बीच-बचाव करने की कोशिश कर रही थी।

"अब भी बता दे वर्ना जान से मार डालूँगा। बोल, साले बोल!"

पीटते-पीटते हाथ दुखने लगे बापू के तो वह इधर-उधर कोई चीज ढूँढ़ने लगा। माँ गिन्नू को पुचकारते हुए समझाने लगी, "इतना पिट रहा है तू...इससे अच्छा बता ही दे वो पैसे हैं कहाँ?"

"ये ऐसे नहीं बताएगा।"

गुस्से में पागल हुआ-सा बापू बिना आगा-पीछा देखते हुए गिन्नू पर तड़ातड़ डण्डे बरसाने लगा। उसके हाथ-मुँह-कोहनियों से खून निकलने लगा। तड़फकर गिर पड़ा वह। उसे गिरता हुआ देखकर बिफरी हुई गाय की तरह फुफकार उठी सुरसती। अपने पति को जोर से धक्का दिया उसने और वह चारपाई के पास जा गिरा। उसका माथा चारपाई के पाये पर जा लगा। माथे से खून बह निकला। उधर गिन्नू को बेहोश पड़ा देखकर वह तड़फड़ाकर रह गयी।

"बापू हो या कसाई? देख तो मार-मार के क्या हालत कर दी बेचारे की...हाय!"

गिन्नू का सिर सहलाते हुए वह कड़कड़ाने लगी, "अपनी मेहनत के पैसे खुद ले आया तो क्या गुनाह कर दिया...इस तरह कसाइयों की तरह पीटने का मतलब...?"

थोड़ी देर बाद गिन्नू को होश आया तो सुरसती उसे पानी पिलाने लगी। उधर सिरपत अपने माथे के जख्म को मैले-कुचैले कपड़े से दाबे बैठा था। जख्मों के दर्द से बिलबिला रहा था गिन्नू। सुरसती उसके जख्मों पर हल्दी लगाने लगी थी।

"इससे अच्छा तू बता ही देता पैसे गये कहाँ? किसे दे आया? किसी बुरी संगत में तो नहीं पड़ गया तू? कोई लाटरी जुए में तो नहीं गँवा आया जो बता नहीं रहा।"

"मैंने कब खेली है लाटरी...।"

"तो फिर गये कहाँ पैसे...?"

एकदम खीझकर बोला गिन्नू, "मैं अपने मालिक से पैसे लेकर चला तो ढाबे पर से ही एक स्मैकिया मेरे पीछे हो लिया...नाले की पुलिया से थोड़ा उधर ही उसने मुझे रोका और कहा—पैसे निकाल...। मैंने नहीं निकाले तो वह जबरदस्ती मुझसे छीनने लगा। मुझसे काफी बड़ा था वो, फिर भी मैंने उसे धक्का दिया और अपने पैसे बचाकर भाग लिया। पुल पर पहुँचते ही वहाँ तैनात मुच्छड़ पुलिसिये ने मुझे रोक लिया—कहाँ भागा जा रहा है इस तरह...किसी का कुछ उठाकर भागा है क्या? इतनी देर में वो स्मैकिया भी वहाँ आ गया और पुलिसिये से बोला—हाँ, साहब, ये मेरे पैसे छीनकर भाग

रहा था। मैंने बहुत कहा, उल्टा ये मेरे पैसे छीनने की कोशिश कर रहा था। पुलिसिये ने मेरी तलाशी ली और पैसे अपने कब्जे में कर लिए। मैंने बहुत कहा–ये मेरी महीनेभर की मेहनत की कमाई है। चल के मेरे मालिक से पूछ लो। अभी-अभी लेकर आया हूँ उससे। लेकिन उसने मेरी एक नहीं सुनी। मुझे दो डण्डे मार के भगा दिया। देखो पीठ पर निशान भी होंगे। मैंने आगे जाके मुड़के देखा तो पुलिसिया और स्मैकिया आपस में पैसे बाँट रहे थे...

मैंने एक पत्थर उठाया और जोर से मुच्छड़ पुलिसवाले के दे मारा। निशाना सही लगा। सिर फट गया उसका। खून निकलने लगा। सिर पकड़कर वहीं बैठ गया वह। मैं तो भाग लिया वहाँ से...!"

माँ का साँस जहाँ–का–तहाँ रुक गया, "हूँ...क्या जरूरत थी मुसीबत मोल लेने की? बापू भी घबरा गया। उसने उठकर झुग्गी का दरवाजा ठीक से बन्द किया–पुलिस से पंगा? मामूली बात नहीं है। अभी आती होगी पुलिस। वो पैसे तो गये ही गये अब देखना...खुद तो मरेगा ही, साथ में हमें भी मरवायेगा। इसीलिए मैं इसकी तनखाह लेकर आता था। अब बन ले बड़ा।"

"गुण्डे-वुण्डे बड़ों से भी तो पैसे छीन लेते हैं। मेरी जगह आप होते तो क्या कर लेते?" जवाब नहीं सूझा बापू को। भर्राई-सी आवाज में पूछा माँ ने, "लेकिन तुझे पैसे की क्या जरूरत आन पड़ी थी?"

जवाब में उसने अपना पीले प्लास्टिक का जूता उठाकर दिखाया जिसके तल्ले में बड़ा-सा मोरा था। फिर अपना पैर उठाकर दिखाया जिस पर बने जख्म से ताजा-ताजा खून रिस रहा था, "तीन महीने हो गये पैर में काँच घुसे। इलाज तो हुआ नहीं, ऊपर से रोज फिर-फिर चोट लग जाती है। खून निकल आता है।"

माँ गिन्नू के जख्मों पर हल्दी लगाने लगी तो वह चीख उठा, "तीन महीनों में कितने की तो हल्दी लगा दी। जख्म फिर भी ठीक नहीं हुआ! होगा भी कैसे? पैरों का बचाव तो जूते से होगा ना...

कितने दिनों से दो सौ रुपयोंवाला ब्राउन जूता ले के देने को कह रहा हूँ पर...! सोचा था दो सौ रुपयों का ब्राउनवाला जूता लूँगा और बाकी के पैसे से जख्म का इलाज करवाऊँगा। सारा दिन इधर-उधर भागना पड़ता है। पैर में दर्द हो या कुछ, मालिक को क्या?"

कहते-कहते उसकी आवाज भीग गयी थी। उसे अनसुना करके बापू ने फिर चिन्ता जताई, "ऐसे छोड़ेगी तो नहीं इसे पुलिस। आती ही होगी...!"

लापरवाही से कहा गिन्नू ने, "बहुत आगे जाके मैंने मुड़कर देखा। मेरा पीछा कोई नहीं कर रहा था। मेरे पैसे छिन चुके थे। फिर भी मैं बाजार की

तरफ चला गया। काफी देर तक मैं फैन्सी शूजवाले की दुकान के बाहर खड़ा रहा। बाजार बन्द होने लगा तो शूजवाला भी दुकान बन्द करके चला गया। मैं दुकान के बाहर फट्टे पर बैठकर रोता रहा। फिर उठकर घर चला आया। बहुत देर हो गयी पुलिसिये ने आना होता तो अब तक आ न जाता।"

माँ ने उसकी बात काटी, "ठीक है तू भाग आया पर तेरी शक्ल तो देख ली होगी उस पुलिसवाले ने! फिर कभी उसकी नजर तुझ पर पड़ गयी तो...!"

फुफकराते हुए साँप ने जैसे उनके दरवाजे पर फण पटका था–खट खट खट! उन्हें काटो तो खून नहीं। पुलिस होगी। इसी बात का तो डर था। सूखे पत्ते की तरह काँपते फड़फड़ाते रह गये। दरवाजा खोला तो सामने नशे में धुत गालियाँ बकते हुए राधेश्याम लाला के आदमी खड़े थे, "किश्त नहीं पहुँची अभी तक तेरी? कर्जा लेने के वक्त तो तलवे चाट रहा था। किश्त लेने के लिए तेरे चक्कर हम काटें।"

गिड़गिड़ाते हुए उन्होंने अपनी मजबूरियाँ बताईं तो वे भड़क उठे, "रहने दे ये बहानेबाजियाँ! कल शाम तक लालाजी के पास किश्त पहुँच जानी चाहिए। हमें दुबारा न आना पड़े वर्ना...?"

उसके जाने के बाद माँ का रुका हुआ साँस लौटा–गनीमत है पुलिस नहीं थी। दरवाजा बन्द करके बापू एक तरफ बैठकर कलपने लगा था, "ठीक दस तारीख को चले आते हैं लूटने! इन्हींका हक है हमारी तनखा पर। कहीं अपनी मेहनत की कमाई हम खुद न खर्च कर लें?"

फटे–पुराने जूते जैसा बापू का मुँह झुर्रियल होकर लटका हुआ था। गड्ढों में धँसी आँखों से रिसे पानी को देखकर गिन्नू तड़पकर रह गया, "ठीक कहता है बापू! उन्हीं को लूटा जाता है जिनके पास कुछ नहीं। हम अपने लिए नहीं उनके लिए कमाते हैं। पहले वह सोचता था जिनके पास कुछ है ही नहीं उनसे क्या लूटेगा कोई? लेकिन अब उसे समझ आ गया था कि वे पहले उसे कुछ कर्जा देंगे और फिर कमायेगा वह, और लूटेंगे वे? इस जायज लूट को ब्याज का नाम देते हैं वे।"

तीन साल हो गये उसे चन्दू के ढाबे पर काम करते हुए। पाँच सौ रुपये और दो वक्त की रोटी पर लगा था। आज भी वही मिल रहा है। तीन सालों में उसकी तनखाह एक पैसा भी नहीं बढ़ी थी। बढ़ाने के लिए कहने पर चन्दू खीझ उठता, "पहले पुलिसवाले और लेबर इंस्पेक्टर चार-चार सौ रुपया महीना लेते थे अब बारह-बारह सो देना पड़ रहा है। मैं उनकी बढ़ाऊँ कि तेरी? नहीं देने पर कानून का डण्डा है, तो किसी के पास पैसों का और एक हम हैं कि...?"

बहुत डर लगता था उसे आग से। जब भी वह परेशान होता उससे कोई गलती हो जाती तो चन्दू बिफर उठता, "साले भट्ठी में झोंक दूँगा तुझे!" क्षणभर के लिए वह सिहरकर रह जाता। डरकर वह तन्दूर से निकलतीं लाल-पीली लपटों की ओर देखता। कुछ क्षणों बाद वह लाल-पीली लपटों के अक्स उसकी आँखों में भी उतर आते। उसका मन होता कि कहे—मन तो मेरा हो रहा है कि तुझे धक्का मारकर तन्दूर में गिरा दूँ पर चुप्पी लगा जाता वह।

सुबह गिन्नू के बुरी तरह कराहने की आवाजें सुनकर आँख खुली थी माँ की। गिन्नू के पैर में तेज दर्द था और वह तेज बुखार से तप रहा था। माँ घबरा उठी थी। बापू बस्ती के किसी झोलाछाप डॉक्टर से दस रुपये की दो खुराक दवाई ले आया था। एक खुराक खिलाकर बापू ने गिन्नू से बोला, "आज तू काम पर नहीं जाइयो। अपनी जान पहले काम बाद में...।" माँ को भी बापू ने काम पर जाने से मना कर दिया, "मालकिन बुरा माने तो माने। बच्चा घर में बुखार से तप रहा है? पर उन्हें क्या? तो हमें भी क्या? जबतक इसका बुखार न उतरे तू कहीं मत जाना।"

हमेशा चिड़चिड़ाने और गुस्से में उबलने-उफननेवाले बापू को आज एकाएक इतना नम और नरम देखकर वह हैरान रह गया था!

दवा ने असर दिखाया था। कुछ देर बाद बुखार ढीला पड़ गया था। माँ काम पर चली गयी थी। दोपहर बाद लौटी तो सहज और खुश थी जैसे बहुत बड़ी समस्या निपटकर लौटी हो। वह अपनी मालकिन से पाँच सौ रुपया एडवांस लेकर आयी थी ताकि शाम को लाला राधेश्याम के आदमी आकर उन्हें जलील न कर सकें। पाँच सौ रुपये गिन्नू को पकड़ाकर माँ ने उसे लाला को उसके बँगले पर दे आने को कहा। गिन्नू ने लाला का बँगला देखा हुआ था। एकबार वह बापू के साथ वहाँ से गुजरा था तो बापू ने बाहर से दिखाया था, "ये लाला राधेश्याम का बँगला है।" हैरान रह गया था वह...कितना बड़ा लाल पत्थरों से बना कितना मजबूत घर है!

बँगले के बाहर अहाते में एक ऑफिसनुमा कमरे में उसने अपने बापू का नाम बताकर किश्त जमा करवाई और बँगले से बाहर निकल आया। उसके साथ-साथ लगभग उसीकी उम्र का एक मोटा-ताजा लड़का भी बँगले से निकल रहा था। उसके हाथ में क्रिकेट का बैट था और बँगले के सामनेवाले पार्क में खेलने जा रहा था। उसने ब्राउन रंग के जूते पहने हुए थे। गिन्नू की नजर उन पर पड़ी तो देखता ही रह गया। वह उसके पीछे हो लिया। मोटू पार्क में जाकर खेलने लगा। वह पार्क के गेट पर पहुँचकर ठिठक गया। डरते-सहमते

वह पार्क में घुसा। इससे पहले वह कभी किसी पार्क में नहीं घुसा था बल्कि आज पहली बार उसे काम से छुट्टी मिली थी। रोजाना सुबह-शाम बस काम। छुट्टी क्या होती है उसे कुछ पता नहीं था। पार्क की घास-पत्तियाँ, फूल, पौधे, क्यारियाँ देखकर उसे लगा स्वर्ग ऐसा ही होता होगा। उसे अपने इनसान होने का एहसास हो रहा था लेकिन उसे वहाँ अपनी मौजूदगी गुनाह की तरह लग रही थी। उसे वहाँ होना ही नहीं चाहिए। उसे लग रहा था वह कोई जुर्म तो नहीं कर रहा? वह पार्क की बैंच पर बैठ गया। मोटू जूते पहने हुए ही खेल रहा था। उसे शायद असुविधा हो रही थी। उसने पार्क की बैंच के पास आकर जूते उतारे और फिर से खेलने में व्यस्त हो गया। हसरतभरी निगाहों से गिन्नू कभी पार्क में खेलते हुए बच्चों को तो कभी बैंच के नीचे एक साइड में पड़े जूतों को देख रहा था। उसका मन हो रहा था कि वह उन जूतों को उठाकर भाग जाये। वैसे भी ये जूते हमारे ही पैसों के हैं। अभी तो इसके बापू को पाँच सौ देकर आ रहा हूँ। कमाएँ हम और मजा लें ये मोटे। गिन्नू ने अपने फटे जूते तुरन्त उतारे और...

पार्क के गेट पर पहुँचकर वह ठिठक गया। उसकी आँखों के सामने माँ और बापू का तमतमाया हुआ चेहरा आ गया–यह चोरी है। लाला चोर है तो मैं भी चोर बन जाऊँ? उसका मन नहीं माना। वापिस लौटकर वह बैंच के पास आकर जूते उतारने लगा। जूतों को अपने पैरों से अलग करते वक्त उसका मन तड़फड़ा रहा था। शायद किसी की नजर उस पर पड़ गयी–ओये क्या कर रहा है? क्षण में उसने अपने-आपको जूतों से अलग किया–कुछ नहीं? खेलना छोड़कर लड़कों ने आकर उसे घेर लिया–तो क्या कर रहा था? थरथर काँपने लगा वह, "मैं तो योंही जूते पहनकर देख रहा था। मुझे भी ऐसे जूते लेने हैं।"

"देख रहा था या चुराकर भाग रहा था साला! मारो साले को...!"

थप्पड़-लात-घूँसों से पीटने लगा वह। वह झुँझलाया, "चोर होता तो भाग न जाता, मुझे भी ऐसे जूते लेने हैं।"

मोटू हँसा, "ऐसे जूते लेने की औकात है? पता है ढाई हजार रुपये के जूते हैं? साला भिखारी की औलाद चोर...।" खींचकर बैट दे मारा मोटू ने उसके।

वह किसी तरह जान बचाकर भाग खड़ा हुआ। वह पूरा दम लगाकर दौड़ रहा था। कुछ देर तक लड़कों ने उसका पीछा किया, फिर रुक गये।

घर लौटकर उसने माँ को कुछ नहीं बताया। उसके माथे पर लगी चोट के बारे में पूछने पर जवाब दिया कि वो भागते-भागते एक साइकिलवाले से टकरा जाने से लगी है। सवालिया निगाहों से देखा था माँ ने उसे। स्पष्ट था

कि उसके जवाब से माँ सन्तुष्ट नहीं थी, पर माँ ने बात आगे नहीं बढ़ाई थी।

रात हो गयी थी। बापू देर से लौटा था। अपने मालिक से वह तीन सौ रुपये एडवांस ले आया था। दो सौ रुपयों की उसे अब भी चिन्ता थी। लाला की किश्त दी जा चुकी है, पता चलने पर बापू की एकाएक बाँछें खिल गयीं, "फिर तो इन रुपयों से गिन्नू के लिए जूते ले लेते हैं।"

सूखे की मार झेल रही पपड़ाई दरकी जमीन पर एकाएक बौछार पड़ गयी। घर का माहौल एकाएक खुशनुमा हो गया! गिन्नू की आँखों में नये ब्राउन जूते चमचमाने लगे!

दरवाजे पर धड़धड़ हुई थी, जैसे किसी सांड ने दरवाजे पर टक्कर मारी हो। गिन्नू ने उठकर दरवाजा खोला। सामने लाल जलती हुईं आँखों से घूरता नशे में धुत मुच्छड़ पुलिसिया खड़ा था। उसके माथे पर पट्टी बँधी हुई थी और हाथ में डण्डा था।

अन्दर घुसते हुए बोला, "तू ही पत्थर मारकर भागा था न? क्या सोचा था तुझे पकड़ नहीं पाऊँगा? कल तो मैं पट्टी करवाने के चक्कर में रह गया। स्मैकिये ने बताया कि उसने तेरा पीछा चन्दू के ढाबे से किया था। आज मैंने चन्दू से जाके पूछा तो उसने तेरा पता बताया।"

गिन्नू को काटो तो खून नहीं। थरथर काँप रहे थे माँ और बापू! सफाई दी गिन्नू ने, "उलटा स्मैकिए ने छीने थे मेरे पैसे। मेरे पाँव में तो चोट लगी हुई है। मुझे तो जूते लेने थे।" अपने जख्म दिखाने के लिए उसने अपने पाँव आगे बढ़ाये। पुलिसिये ने उसके पैर पर खींचकर डण्डा मारा। बिलबिलाकर रह गया वह। खड़ा नहीं रह पाया। नीचे बैठे दर्द से छटपटाने लगा। रोना गले में ही जैसे अटक गया। पुलिसिये का डण्डा थमा नहीं था, "तूने मेरा खून निकाला मैं तेरा खून बहा दूँगा।"

पुलिसिये के पाँव पकड़ रहा था बापू। माँ गिड़गिड़ा रही थी, "बच्चा है गलती कर बैठा है। गरीब है...माफ कर दो, आपके पाँव पड़ते हैं।" बिफरे हुए साँड की तरह उसने माँ और बापू पर भी लात और डण्डे बरसाने शुरू कर दिये। बापू ने तीन सौ रुपये उसकी ओर बढ़ाये तो पुलिसिये ने अपनी जेब में रखते हुए कहा, "इनसे क्या होगा? मेरे खून निकला। मुझे पट्टी करवानी पड़ी। कम-से-कम दस हजार निकालो वर्ना...सरकारी बन्दे पर हमला करने के जुर्म में जिन्दगी भर के लिए अन्दर करवा दूँगा।"

गिन्नू से उठा नहीं जा रहा था। शायद उसकी टाँग की हड्डी टूट गयी थी। वो रोते-रोते बोला–आप चन्दू के पास गये थे। उसने बताया तो होगा

उसीने मुझे तनखाह के पैसे दिये थे, मैंने किसी से पैसे नहीं छीने...और भी भड़क उठा पुलिसिया, "तेरा मतलब–मैंने छीने...तेरी...!"

गालियाँ बकते हुए पुलिसिये ने पास ही जल रहे स्टोव पर लात दे मारी। स्टोव उलटकर गिन्नू पर आ गिरा। उसके कपड़ों ने आग पकड़ ली। स्टोव पर उबल रही दाल की पतीली गिन्नू के पेट पर आ गिरी। बुरी तरह जल गया वह। बुरी तरह चीखने लगी माँ।

कोठरी में हाय-तौबा, चीख-पुकार मच गयी थी। आग बुझाने की कोशिश करता बापू गिन्नू के तन से कपड़े अलग करने की कोशिश कर रहा था। गिन्नू बेसुध-सा होता जा रहा था। कोठरी के दरवाजे पर ठिठके पुलिसिये को माँ ने जोर से धक्का दिया। वह बाहर जा गिरा। बाहर आसपास के लोगों को जमा देखकर पुलिसिया चुपचाप वहाँ से खिसक लिया। उसके जाने के बाद आसपास के मुर्दा लोगों की साँसें लौटीं। उन्होंने गिन्नू को अस्पताल पहुँचाया था।

गिन्नू आधे से कुछ ज्यादा जल गया था। माँ बाहर खड़ी रो रही थी। बापू उसे चुप कराने की कोशिश कर रहा था। तभी सादी वर्दी में एक काले मोटे आदमी ने बापू को परे ले जाकर कहा, "तुम्हारे ऊपर केस बन रहा है। तुम्हारे लड़के को पुलिसवाले ने स्मैक बेचते हुए देखा। वह तुम्हारे घर की तलाशी लेने गया। स्मैक की पुड़िया बरामद हुई। उल्टा तुमने पुलिसवाले पर हमला कर दिया। हमारे पास गवाह और सब सबूत मौजूद हैं। अब बोलो क्या करना चाहते हो? पुलिस के खिलाफ बयान तो देना मत वर्ना जिन्दगीभर जेल में सड़ोगे। दस-पन्द्रह हजार का इन्तजाम कर लो और मामला रफा-दफा करवा लो। तुम्हारे पास नहीं है तो किसी से उधार ले लो...।"

बापू चीखा, "किसी से उधार-वुधार नहीं लूँगा। बेशक डाल दो जेल में...। जो सच है वही बोलूँगा!"

अस्पताल के बेड पर लेटा गिन्नू आँखें खोलता तो उसे ग्लूकोज की थैली पिचके हुए जूते जैसी नजर आती...। आँखें बन्द करता तो उसे लगता राक्षसी चेहरोंवाले लाला के बन्दे चन्दू और पुलिसिये ने मिलकर उसे जलती हुई भट्ठी में लटका रखा है। फिर आँखें खोलता, तो उसकी आँखों से आग निकलने लगती!

कथाक्रम : अप्रैल-जून, 2014

□□